KB123737

더 파이널

더 파이널 10

2022년 6월 17일 초판 1쇄 인쇄
2022년 6월 22일 초판 1쇄 발행

지은이 유성
발행인 김정수 강준규

기획 이기헌 왕소현 박경무 강민구
책임편집 백승미
마케팅지원 이원선

발행처 (주)로크미디어
출판등록 2003년 3월 24일
주소 서울시 마포구 성암로 330 DMC첨단산업센터 318호
Tel (02)3273-5135 **편집** 070-7863-8595 **Fax** (02)3273-5134
홈페이지 rokmedia.com **E-mail** rokmedia@empas.com

ⓒ 유성, 2021

값 8,000원

ISBN 979-11-354-6930-5 (10권)
ISBN 979-11-354-6920-6 04810 (세트)

유성 퓨전 판타지 장편소설 10

The Final

더 파이널

CONTENTS

본 드래곤

콰쾅—!

본 드래곤의 앞발이 굉음을 일으키며 내리꽂혔다.

순간 마치 폭탄이 떨어진 것처럼 지면이 움푹 주저앉으며 먼지구름이 뿜어져 올라왔다.

천장에서는 크고 작은 바위가 우박처럼 쏟아져 내렸다.

─ 그야말로 천재지변 그 자체로군.

딱 그 말대로다.

놈이 살아 있던 고대에는 어땠는지는 모르지만, 과거 놈이 지금과 같은 모습으로 발데란에 나타났을 때는 태영도 직접 본 적이 있었다.

그 압도적인 힘 앞에서는 수천의 병사나 성벽도 아무런 의미가 없었다.

그리하여 붙은 이름이 디재스터, 재앙이다.

그리고 그 이름처럼 당시 놈은 태영에게도 재앙이나 다름 없었지만, 지금 태영의 관심사는 놈이 아니었다.

그 너머에서 바라보는 후드의 사내, 세븐이다.

놈들이 움직이기 전에 아지트를 습격한 것도, 그로 인해 세컨드 보이스의 간부를 잡을 기회가 생긴 것도 처음이니까.

더구나 지금 놈 옆에는 이곳에 오기 전까지는 상상도 못 했던 자까지 붙어 있었다.

"○○○! ◇□○▽!"

ㅡ저 빌어먹을 자식이…….

알아듣지 못하는 말로도 그리모어를 열 받게 만드는 재주를 가진 중국인이다.

그러나 문제는 놈이 가진 재주가 그것만이 아닐 확률이 높다는 점이다.

'방에서 본 중국어로 된 서류나 처음 봤을 때 병사들의 대응을 보면, 저자는 이곳에서 중책을 맡고 있을 확률이 높아.'

이는 곧 세컨드 보이스가 그만큼 도움이 된다고 판단했다는 의미다.

아니, 분명 도움이 될 것이다.

현대와 이계의 지식이 합쳐지면 어떤 상승효과를 일으킬 수 있는지는 태영이 직접 경험해 봤으니까.

'하지만 더 큰 문제는 그게 저자 개인이 아닌, 조직적으로 벌어지는 일일 때다. 만약 실제로 세컨드 보이스와 현대의 거대 조직이 손을 잡은 거라면……'

한 가지만은 분명하다.

앞으로의 상황은 태영이 기억과는 전혀 다른 방향으로 진행될 것이고, 이는 현대와 이계는 물론 태영에게도 결코 좋은 방향은 아닐 거라는 것이다.

그러니 알아내야 한다.

정말 세컨드 보이스가 현대의 조직과 손을 잡았는지, 손을 잡았다면 그 이유가 뭔지, 또 뭘 꾸미고 있는지도.

'모두 저 두 놈을 잡으면 모두 해결될 일이다!'

태영이 폭격 같은 본 드래곤의 공격을 받으면서도 거리를 좁혀 가는 이유다.

"미련이 많은 놈이군."

그러나 세븐은 여유로운 웃음을 지으며 바라볼 뿐이다.

"위안이 될지는 모르겠지만, 사실 나도 미련은 있다. 네놈에게는 갚아 주고 싶은 빚고 있고, 궁금한 것도 많으니까. 하지만 포기하지."

"한 방 얻어맞고 쫀 건 이해하지만, 너무 포기가 빠른 거 아닌가? 좀 더 애써 보라고. 혹시 아나? 마구 날리다 보면 네 조잡한 마법이 통할지도 모르잖아. 뭐 운이 따라 줘야겠지만."

"유치한 도발이군."

"사실 그대로를 말한 거다. 그걸 도발로 받아들인다면 찔리는 구석이 있다는 말이겠지."

"네가 뭐라고 지껄여도 달라질 건 없다. 이미 너는 내 손을 떠났으니까."

콰쾅—!

히죽대는 놈의 앞으로 다시 본 드래곤의 발이 떨어졌다.

그리고 지면을 긁으며 돌진!

"핼버드!"

태영이 핼버드로 변형되는 그리모어의 창날로 바닥을 찍으며 장대높이뛰기를 하듯이 놈의 다리를 뛰어넘었다.

삐이이이—!

그러나 바닥에 닿기 직전, 날카로운 청영의 울음과 함께 발아래로 스쳐 지나가는 놈의 발이 뿜어 올리는 흙더미가 터지듯 갈라지며 다른 발이 날아들었다.

이에 태영은 '에어 워크'를 발동하며 다시 수직 상승!

그대로 대기를 밟으며 놈들을 향해 날아갈 때였다.

위이이잉—!

그 위를 덮치듯이 떨어지는 거대한 꼬리!

"……빌어먹을!"

황급히 방향을 튼 태영이 내리꽂히듯 바닥에 내려서며 횡으로 이동했다.

콰쾅! 콰쾅! 쾅쾅!

그 뒤로 따라붙듯이 떨어지는 본 드래곤의 발과 꼬리!

아니, 발뿐이었다.

"이놈은 이미 너와 저 새 새끼를 적으로 인식했으니까."

본 드래곤의 꼬리는 세븐이 바라보는 위쪽, 태영의 의지에 따라 놈을 향해 날개를 펄럭이며 '깃털 폭풍'을 준비하는 청영을 향해 뻗어 올라가고 있었다.

"청영, 피해!"

다행히 청영은 그 직전에 몸을 돌려 꼬리를 피해 낼 수 있었다.

그러나 본 드래곤의 꼬리는 그대로 천장을 강타!

그 아래로 비처럼 쏟아지는 바위에 청영은 물론 태영도 뒤로 물러날 수밖에 없었다.

"내가 끼어들 자리는 없지. 이제 그럴 생각도 없다. 네놈들 탓에 나도 이제 여기서 한가하게 지낼 수만은 없게 됐으니까. 내가 있든 없든 결과는 달라지지도 않을 테고 말이야."

세븐이 히죽 웃으며 몸을 돌렸다.

"◇ ㅁ ◇! ㅗ!"

낄낄대며 가운뎃손가락을 들어 올리던 중국인이 그 뒤를 붕어 똥처럼 따라붙으며 반대쪽으로 통로로 뛰어갔다.

콰쾅-!

그리고 마치 그 앞을 가로막듯이 떨어지는 본 드래곤의 발!

─저 자식이 마지막까지…… 내가 어떤 놈을 이렇게까지 죽여 버리고 싶어진 적은 처음이다만, 저놈의 말대로다. 주인이 왜 그러는지는 알지만, 이놈은 그저 그런 몬스터가 아니잖아! 뼈밖에 안 남았어도 드래곤이야! 저딴 놈들을 신경 쓸 때가 아니라고! 지금은…… 주인!!

그때 울컥한 목소리로 떠들던 그리모어의 비명처럼 소리쳤다.

순간 태영도 느낄 수 있었다.

앞을 가로막은 발의 위, 10여 미터 높이에서 요동치는 강대한 마력!

─이, 이건 설마…….

그리고 그리모어가 다시 떠듬거릴 때, 태영은 이미 바닥을 찍으며 돌진하고 있었다.

본 드래곤의 몸 아래로!

콰콰콰콰─!

태영이 서 있던 자리로 시커먼 기운이 줄기줄기 내리꽂힌 건 그때였다.

─브, 브레스?

브레스는 아니었다.

저주로 생성된 사기에 마력을 담아 뿜어내는 것뿐이다.

태영이 그걸 알고 있는 이유는 과거에 본 적이 있기 때문이다. 놈이 뿜어내는 그 시커먼 사기 덩어리에 100여 명의 병사들이 한순간에 녹아내리는 장면을 말이다.

지금 눈앞에서도 같은 일이 벌어지고 있었다.

시커먼 기운이 내리꽂힌 자리는 순식간에 시커멓게 변해 녹아내리고 있었다.

그리고 지면을 타고 태영의 뒤로 밀려들기 시작했다.

-피, 피할 곳은…….

"없어!"

태영이 와락 몸을 돌리며 소리쳤다.

피할 곳이 없다기보다는 그런 곳을 찾아 움직일 시간적인 여유가 없었다.

그렇다면 남은 방법은 하나!

태영은 그리모어에 바람 속성의 마력을 불어 넣으며 바닥을 내리찍었다.

쩌쩌쩌쩡! 펑-!

그 위로 회오리를 일으키며 뿜어져 올라오는 돌풍!

바로 앞까지 밀려오던 검은 기운이 갈가리 찢어지며 사방으로 흩어졌다.

그러나 잠깐이었다.

일시에 뿜어져 나온 마법의 힘은 곧 사라졌고, 멈칫하던 검은 기운이 약해지는 돌풍을 삼키듯이 다시 밀려들었다.

- 이런 망할…….

그리고 태영이 욕을 웅얼대는 그리모어에 황급히 다시 마력을 불어 넣을 때였다.

촤촤촤촤—!

그 앞으로 장막처럼 둘러쳐지는 깃털의 벽!

보는 순간 이해할 수 있었다.

삐이이이—!

머리 위에서 들려오는 청영의 울음!

마치 거대한 날개로 태영을 감싸듯이 휘감은 깃털은 바로 그 청영이 펼친 '날개의 벽'이었다.

그러나 잠시 후, 확 흩어지는 깃털과 함께 청영이 툭 떨어졌다.

"청영!"

삐…… 삐이…….

힘겹게 고개를 들어 올리는 청영의 양 날개는 곳곳이 시커멓게 타들어 가 있었다.

- 저 빌어먹을 뼈다귀 자식이 감히…….

황급히 청영을 안아 드는 태영의 머릿속에 낮은 목소리가 울렸다.

- 주인, 조금 전에는 도망간 놈들 따위는 포기하고 일단 물러나는 게 좋겠다고 말할 생각이었다. 하지만 이제 뒤의 말은 하지 않겠다. 도망간 놈들 따위는 아무래도 상관없지만, 받은 만큼은 돌려

줘야 하니까.

태영도 같은 생각이다.

그러나 그게 도망간 놈들을 포기하겠다는 말은 아니다.

태영이 본 드래곤이 나타났을 때부터, 놈의 공격을 피하며 틈틈이 왼손을 꾹꾹 움켜쥐어 왔던 이유가 그 때문이었다.

그리고 그리모어의 말을 들으며 한층 세게 꽉 움켜쥐었을 때였다.

"으악! 그, 그만!"

비명과 함께 뒤쪽 통로에서 하덴이 뛰어 들어왔다.

그 입가에 피가 잔뜩 묻어 있는 이유는 하덴이 오랜만에 흡혈을 허락받은 뱀파이어라서고, 그럼에도 얼굴이 창백한 이유는 태영에게 피의 맹약을 한 뱀파이어라서다.

피의 맹약은 생명을 담보로 잡히는 계약.

실제로 태영은 그 계약으로 언제든 마음만 먹으면 문자 그대로 하덴의 심장을 쥐어 터뜨릴 수 있는 권한을 얻게 되었다.

그래서 틈틈이 왼손을 꾹꾹 움켜쥔 것이다.

그럼 알아서 찾아올 테니까.

"이, 이제 그만해 주십시오! 그, 그게 얼마나 고통스러운지 주인님은 아십니까? 정말 죽을 것 같다고요!"

"몰라!"

"그, 그렇게 딱 잘라서…… 아니, 그보다…… 헉! 저, 저놈은 설마 본 드래곤? 그럼 혹시 저를 부른 이유가……."

"이놈을 네게 맡길 생각은 없어!"

한 손에는 청영을, 다른 손에는 오러를 뿜어 올리는 그리모어를 쥐고 몸을 일으킨 태영이 본 드래곤 너머의 통로를 돌아보며 말했다.

"방금 저 통로로 두 놈이 도망쳤다. 한 놈은 후드를 쓰고 있고, 다른 놈은 가운을 입고 있으니 알아보기는 어렵지 않을 거다."

"그럼……."

"네가 할 일은 그 두 놈을 잡는 거다. 단, 그중 한 놈은 마법사다. 이곳을 빠져나갔을 때는 마법을 못 쓰는 몸이었지만, 아마 지금쯤이면 이미 회복했을 것이다. 하지만 꼭 두 놈 다 산 채로 잡아와야 한다. 할 수 있겠지?"

"살아만 있으면 됩니까?"

"그래, 내 말을 듣고, 대답할 수만 있으면 나머지는 아무래도 상관없다."

"그럼 문제없습니다."

하덴은 1초도 고민 없이 대답했다.

콰쾅—!

그사이 몸을 돌린 본 드래곤이 다시 발을 내리찍었다.

"청영, 넌 일단 들어가 있어! 그리모어, 양손 도끼로 변환해라!"

태영은 놈의 발을 피해 물러나며 일단 '잠재된 영혼의 힘'을 발동시켜 청영을 갑옷으로 흡수하며 그리모어를 양손 도끼로 변형시켰다.

"좋아, 가라!"

"넵!"

대답과 동시에 하덴의 몸이 안개로 변해 흩어졌다.

그리고 위로 치솟아 천장을 타고 머리 위를 지나자 본 드래곤이 고개를 들어 올렸다.

그러나 당연히 태영이 두고 볼 리가 없었다.

"네 상대는 나다!"

동시에 다시 화살처럼 날아가 놈의 발목에 일격!

콰쾅! 펑—!

폭음과 함께 놈의 몸이 덜컥대며 흔들렸다.

그리고 다시 아래로 향하는 놈의 머리와 함께 내리꽂히는 놈의 발!

놈이 바닥을 찍을 때마다 지면이 폭발하며 크고 작은 바위가 산탄처럼 뿜어져 올라왔다.

그 충격으로 천장에서도 바위가 우박처럼 쏟아졌다.

그러나 그런 돌덩이 따위는 태영에게 위협이 되지 않았다.

애초에 섀도 스텝은 비처럼 쏟아지는 돌덩이를 피하며 완성한 체술이니까.

때때로 바닥을 휩쓸듯이 날아드는 꼬리 역시 마찬가지다.

공격 반경이 넓고 예측하기 힘들어 접근할 타이밍을 잡기는 힘들지만, 굳이 위험을 감수하며 접근할 이유도 없었다.

"티리온!"

그런 건 태영만큼이나 다재다능한 그리모어를 활로 바꾸면 바로 해결!

펑! 펑! 펑!

태영은 거리를 벌리며 놈의 머리에 연이어 마력 화살을 박아 주었다.

그리고 놈이 다시 돌덩이를 날려 대며 다가오면 그만큼 물러나며 화살 공격!

그렇게 서너 번 반복하자 놈은…….

크아아아―!

쾅! 콰쾅! 콰콰콰콰―!

－효과가 없는데?

"괜히 드래곤이 아니니까. 게다가 너도 좀 전에 봤잖아. 도끼에 제대로 찍히고도 발목에 살짝 흠집만 났던 거. 그런 놈을 마력 화살만으로 쓰러뜨리기는 무리지."

－뭔가 다른 목적이 있다는 말이군.

"그렇지."

그리모어의 말에 태영이 씨익 웃으며 대답했다.

그리고 놈이 꼬리로 쳐 날리는 돌덩이를 피해 물러나며 말을 이었다.

"드래곤이 왜 최강의 몬스터로 불리는지 알아?"

—그야 보면 알잖아. 뼈만 남았는데도 소드 오러로도 흠집밖에 내지 못하는 저 무식한 몸뚱이와 그 무식한 몸뚱이로 휘둘러 대는 무식한 힘 때문이지.

물론 그런 이유도 있다.

그러나 이계에 그런 무식한 몸뚱이를 가진 몬스터는 드래곤 외에도 꽤 된다.

그럼에도 드래곤이 최강의 몬스터로 불리는 이유는 그런 사기적인 몸을 가지고 있으면서 마법까지 사용한다는 점이다.

태영이 거리를 벌리며 화살 공격만 해 온 이유가 바로 그걸 확인하기 위해서였다.

—그러고 보니 저 녀석이 마법을 사용하는 걸 본 적이 없군. 하지만 저 녀석은 멀쩡한 드래곤이 아니잖아. 뼈만 남은 놈이니 당연한 거 아니야?

당연한 게 아니다.

과거 놈이 발데란에 나타났을 때는 마법을 사용했었다.

그러나 지금 놈은 미꾸라지처럼 돌덩이 사이를 요리조리 빠져나가며 약 올리듯 화살을 날리는 공격에 발광하면서도 마법을 사용하지 않고 있었다.

'아니, 사용하지 못하는 거다!'

그렇다면 답은 하나!

'놈은 아직 완성된 본 드래곤이 아니라는 말이다! 놈이 발데란에 나타난 시기보다 1년 이상 빨리 온 나 때문에, 만들어지는 도중에 깨어난 거야!'

그리고 그로 인해 얻을 수 있는 결론도 하나다.

"이제 간 볼 필요가 없다는 말이지."

화악―!

다시 검으로 바뀐 그리모어에서 활화산 같은 오러가 뿜어져 올라왔다.

크아아아―!

본 드래곤이 괴성을 터뜨리며 돌진해 왔다.

그러나 태영도 이번에는 물러나지 않았다. 아니, 물러날 이유가 없었다.

"어디, 제대로 붙어 보자!"

앞으로 내딛는 발로 지면을 찍으며 돌진!

마치 발사대를 떠난 미사일처럼 폭발적으로 가속하며 놈을 향해 뻗어 나갔다.

그리고 단숨에 10여 미터 거리로 좁아졌을 때.

콰쾅―!

폭음과 함께 그 앞으로 무수한 바위가 날아들었다.

―레퍼토리가 변하지를 않는군.

그러나 그리모어의 말처럼 질리도록 봐 온 장면의 반복일 뿐이다.

물론 그래도 바위는 바위.

예상한 것이든 아니든 제대로 찍히면 박살 나기는 마찬가지다.

그럼에도 주저 없이 정면으로 돌진하는 이유는 이전과는 상황이 달라졌기 때문이다.

검술에 공격만 있는 게 아니듯이 마법도 마찬가지다.

검술이든 마법이든 핵심은 자신의 대미지를 최소화하며 적을 쓰러뜨리는 것. 즉, 그 자체가 상대의 공격에 대응할 수단이 된다는 말이다.

특히 마법의 경우는 더 그렇다.

속성에 따른 상성이 존재하고, 장점만큼 약점도 명확해 마법사의 전투는 대부분 치열한 수 싸움으로 전개되기 마련이다.

뭐 그것도 카자드 정도의 수준이 되면 얘기가 달라지겠지만 어쨌든, 핵심은 이거다.

놈이 마법을 사용하지 못하는 반쪽짜리 본 드래곤이라는 걸 확인한 이상, 이제 태영도 그딴 걸 신경 쓸 필요가 없어졌다는 것.

"블링크!"

따라서 한데 뭉쳐 날아오는 바위 따위는 패스!

단숨에 10여 미터의 공간을 넘어 본 드래곤의 발아래로 이동했다.

퍼펑―!

동시에 그 앞에서 폭발하는 섬광!

―끄떡없군.

그러나 그리모어의 말처럼 놈은 움찔하는 기색도 보이지 않았다.

당연하다. 검보다 최소 1.5배 위력이 높은 양손 도끼로 찍었을 때도 겨우 흠집만 생길 정도로 단단한 놈이니까.

―그래도 열은 받나 본데.

그리고 이것도 당연히, 그 직후에 거대한 뼈로 이루어진 발이 날아들었다.

그러나 그 발에 터져 나가는 건 바닥뿐이었다.

태영은 바로 '블링크'를 발동!

다시 10여 미터 떨어진 곳으로 이동했을 때였다.

콰콰콰쾅―!

폭음과 함께 그 앞으로 바위가 날아들었다.

놈이 지면에서 퍼 올린 바위를 태영이 이동한 방향으로 날린 것이다.

―저 녀석…… 읽은 건가?

"그렇겠지. 마법을 사용하지 못한다는 게 마력의 흐름도 읽을 수 없다는 말은 아니니까."

태영이 그리모어를 굳이 검으로 변형시킨 이유 중 하나가 그 때문이다.

무거운 무기를 들면 움직임이 둔해진다는 상식은 마법에도 그대로 적용된다. 즉, 그만큼 '블링크'의 재사용 시간이 길어지고 이동 거리는 짧아진다는 말이다.

굳이 그런 페널티를 감수할 이유는 없었다.

"그런다고 달라질 건 없어."

태영이 좀 전에 먹인 공격은 대미지를 주려는 목적이 아니었으니까.

다음 공격을 위한 밑 작업이었다.

"블링크!"

그리고 그 결과가 다시 바위를 패스하며 날아온 놈의 발목에 허옇게 덮여 있는 서리다.

"단단하다는 게 항상 장점이라고는 할 수 없지."

도끼를 써야 할 때는 바로 지금!

"그리모어, 도끼!"

태영의 고함과 함께 놈을 향해 날아가는 그리모어가 빛에 뿜으며 거대한 도끼로 변형되고, 그 위에 연이은 섬광을 일으키며 방금 화덕에서 꺼내는 쇠처럼 시뻘겋게 달아오르는 과정이 모두 한순간에 이루어졌다.

그리고 일시에 방출!

콰쾅! 퍼퍼퍼펑—!

폭음과 함께 화염이 폭발했다.

그리고 놈의 발목을 훑고 지나가는 불길 뒤로 떠오르는 무수한 균열!

강철 이상으로 단단한 드래곤의 뼈라도, 아니 되레 그렇기에 버텨 낼 수 있을 리가 없었다.

그런 뼈에 급속 냉동과 가열로 인한 급속 수축과 팽창을 버텨 낼 신축성 따위는 없을 테니까.

– 하지만 기대만큼의 효과는 아니군.

"통했다는 게 중요하지."

– 그건 그렇지.

크아아아–!

– 문제는 이제 이놈도 주인이 제 뼈를 부술 수 있는 적이라는 알아 버렸다는 거고 말이야.

"말했잖아."

태영이 씨익 웃으며 대답했다.

그리고 다음 순간.

콰콰콰콰–!

"그런다고 달라질 건 없다고."

태영은 이미 10여 미터 떨어진 곳에서 놈이 바닥을 긁어대는 모습을 지켜보고 있었다.

물론 마냥 그러고 있을 수는 없었다.

놈이 마력을 흐름을 읽어 '블링크'의 이동 위치를 추적할 수 있다는 건 이미 확인된바!

역시나 이번에도 이동하자마자 바위가 산탄처럼 뿜어져

날아왔다.

그리고 그 뒤를 따라 돌진!

쾌쾅—!

그대로 태영을 휩쓸며 벽을 들이받았다.

물론 그건 어디까지나 놈의 희망 사항이고 태영은 이미 그전에 멀찍이 물러났지만 어쨌든, 놈의 대응은 확실히 이전과는 달랐다.

좀 전까지는 그저 발로 바위를 쳐 날릴 뿐이었지만, 지금은 한시도 가만히 있지 않았다.

바로 태영을 향해 육탄 공격을 해 왔고, 벽을 들이받을 때나 몸을 돌릴 때도 쉬지 않고 발을 구르거나 꼬리로 바닥을 휩쓸었다.

'블링크'를 막을 방법이 없으니 아예 접근할 공간을 주지 않겠다는 의도다.

—그래도 보이는 것처럼 머릿속이 텅 빈 건 아닌 모양이군. 아무리 뼈만 남았어도 드래곤. 나름 고고한 존재라고 알려진 놈이 저만한 덩치로 콩알만 한 주인이 달라붙는 게 겁나서 저러고 있으니 딱하다는 생각이 들기도 하지만 말이야.

그리고 그리모어의 말처럼 보기는 좀 뭐하지만, 일단 효과는 있었다.

'블링크'는 정확한 이동 위치를 지정할 수 없는 마법.

무턱대고 사용하면 떨어지는 놈의 발밑으로 이동하지 말

란 법이 없으니까.

이제 '블링크'를 이용한 치고 빠지기는 하기 힘들어졌다는 말이다.

그러나 놈이 모르고 있는 게 있었다.

– 어쩌지?

"어쩌기는 뭘 어째? 이제 확인할 건 다 확인해 봤으니 하던 대로 하면 되지."

놈이 그렇게까지 해 가며 차단하는 '블링크'는 태영이 익힌 무수한 기술 중에 하나, 그것도 평소에는 그다지 사용하지 않는 기술이라는 것이다.

그리고 이런 말까지 하기는 뭐하지만, 지금까지는 평소와 같은 힘을 발휘하고 있었다고 할 수도 없었다.

화악–!

–[엘더 슬레이어]의 직업 특성 [라이트 세이버]가 활성화되어 신체 능력이 30% 상승했습니다.

태영에게 평소의 힘이란 이것!

'파마의 램프'가 뿜어내는 태양광으로 '엘더 슬레이어'의 특성이 활성화된 상태다.

그리고 '엘더 슬레이어'의 속성은 사냥꾼!

"전력으로!"

상대를 사냥감으로 인식했을 때 비로소 100%의 힘이 발휘되는 직업이다.

　-[파마의 램프]의 이펙트 스킬 [사냥의 시간]이 발동되었습니다.
　-[사냥의 시간] 효과에 의해 [파마의 램프]에 축적된 광력을 최대치로 방출합니다. 이에 따라 [엘더 슬레이어-라이트 세이버]의 특성에 초과 능력치가 적용됩니다.
　-32%…… 35%…… 38%…….

바로 지금처럼!
"쳐 죽인다!"
쾅-!
순간 태영의 몸이 폭음을 일으키며 뻗어 나갔다.
어둠 속에서 떠오르는 램프의 빛과 함께 태영이 엄청난 속도로 질주해 오자 놈도 분위기가 이상하게 돌아간다고 느꼈는지 한층 속도를 높이며 바위를 뿌려 대기 시작했다.
그러나 '사냥의 시간'으로 상승한 건 속도만이 아니다.
모든 신체 능력의 증폭!
즉, 태영이 사용하는 모든 기술에 적용된다는 말이다.
번뜩이는 몸놀림으로 바위 사이를 가로지르는 '섀도 스텝'에도, 거기에 '광화'가 더해져 그때마다 분열되듯이 떠오르는 분신에도!

펑! 펑! 펑!

뭐 분신은 나오는 족족 바위에 찍혀 펑펑 터져 나갔지만, 본래 분신의 역할이 그거였고, 또 그것만으로 충분했다.

놈이 그때마다 움찔움찔하며 고개를 돌리니까.

그러나 폭광이 터졌다는 건 정작 놈이 찾는 태영은 이미 그 자리를 지나갔다는 의미!

그때 태영은 이미 놈의 몸 아래로 파고들어 가고 있었다.

쩌쩌쩌쩡-!

그리고 터져 나오는 파열음!

동시에 무수한 균열이 번져 있는 놈의 발목이 다시 서리에 뒤덮였다.

그게 무슨 의미인지 놈이 모를 리가 없었다.

크아아아-!

놈이 비명 같은 괴성을 터뜨리며 발을 들어 올렸다.

그러나 태영은 놔줄 생각이 없었다.

태영은 이미 사냥을 시작했고, 사냥이란 약점을 집요하게 공략해야 하는 법!

팡! 팡! 팡!

태영은 대기를 밟으며 멀찍이 도망치는 다리를 추격했다.

콰쾅! 퍼퍼퍼펑-!

그리고 그 끝에서 폭발하는 화염!

놈의 발목에 번져 있던 균열이 더 넓게 벌어지며 뼛가루가 우수수 떨어졌다.

눈에 보이는 부분만이 아니었다.

콰직—!

바닥에 발을 디디는 것과 동시에 그 내부에서 울려 나오는 파열음!

놈이 흠칫 놀라며 황급히 다시 발을 들어 올렸다.

분신이 일으키는 폭광으로 시선을 돌릴 때처럼 이 역시 반사적으로 한 행동이겠지만, 멍청한 짓이었다.

태영은 아직 놈이 다리를 들어 올리는 그 위치에 있으니까.

"그리모어! 와일드 오러!"

— 좋지! 일단 다리부터 하나 가져가자!

그리모어가 기다렸다는 듯이 환호성을 터뜨리며 굵은 뇌전을 줄기줄기 뿜어 올렸다.

반면 놈의 발목은 연이은 수축과 팽창에 속까지 균열이 번져 골다공증이나 다름없는 상태!

드래곤이라도 그런 다리로 '와일드 오러'를 받아 낼 수 있을 리가 없었다.

그리고 결과는 예상한 그대로.

콰지지지지! 퍼펑—!

폭음과 함께 터져 나오는 무수한 파편!

그리모어가 뚫고 나온 놈의 발목에서 떨어져 나오는 뼛조각이었다.

당연히 놈의 다리는 완전히 절단.

그 아래로 중간 부분이 잘린 놈의 발이 떨어졌다.

그리고 뒤이어 나머지 다리도 바닥에 떨어졌지만, 한순간에 반 토막 나 버린 다리로 제대로 중심을 잡을 수 있을 리는 없었다.

쿠쿵-!

놈의 몸이 옆으로 꺾이며 쓰러졌다.

그리고 다시 몸을 일으키려고 버둥대기 시작했지만, 당연히 태영이 보고만 있을 리가 없었다.

-크하! 그야말로 도마 위의 생선이나 다름없군.

지금 놈은 딱 그런 자세니까.

이에 태영은 수직으로 내리꽂히며 다시 얼음 마법을 빨아들인 그리모어로 일격!

반대쪽 다리에도 같은 충격이 전해지자 놈이 기겁하며 미친 듯이 다리를 흔들어 대기 시작했다.

태영이 노린 대로 말이다.

한쪽 다리가 박살 난 상태에서 반대쪽 다리를 그렇게 흔들어 대며 일어날 수는 없을 테니까.

그러나 당연히, 그게 그 다리는 그냥 두겠다는 말은 아니다.

"도망쳐 봐야 네 몸에 붙어 있는 다리지!"

쾅-!

바닥을 찍으며 추격!

놈의 몸을 타고 허옇게 얼어붙은 다리까지 올라가 이번에는 뜨거운 맛을 보여 주었다.

그리고 다시 반복되는 속까지 시원한 맛과 속까지 뜨거운 맛의 콤보!

- 이제 충분히 익은 것 같은데.

"그럼 절단이지!"

- 그게 내 전문이지! 와일드 오러!

콰지지지지! 퍼펑-!

뒤이어 떨어진 뇌전에 반대쪽 발목도 떨어져 나갔다.

- 자, 그럼 다음은…… 어? 주인!

그때 히죽대며 떠들던 그리모어가 움찔하며 소리쳤다.

"알아."

그러나 태영은 대수롭지 않은 표정으로 고개를 끄덕였다.

태영도 바로 뒤에서 전해져 오는 뒷덜미가 저릿저릿할 정도로 강한 마력을 느끼고 있었고, 방금 대답한 것처럼 그게 뭔지도 알고 있었다.

"생각보다 오래 걸렸군."

태영이 돌아보는 놈의 입에서 끓어 넘치는 올라오는 검은 기운.

사기에 마력이 더해진 짝퉁 브레스다.

그러나 종류가 다를 뿐 실제로는 진짜 브레스와 크게 다를 게 없었다.

강력한 힘에는 그만한 제약이 따르는 법.

설사 진짜 드래곤이라도 내키는 대로 브레스를 펑펑 질러 댈 수 있는 게 아니다. 아니, 진짜 드래곤을 본 적이 없으니 그건 장담할 수 없지만, 적어도 놈은 아니다.

과거에 봤던 완전한 상태의 본 드래곤도 한번 브레스를 뿜으면 다시 사용할 때까지는 몇 분의 시간이 필요했다.

태영이 지금까지 그 공격을 신경 쓰지 않은 이유가 그 때문이었다.

그리고 그건 지금도 마찬가지다.

놈이 두 번째 다리를 허망하게 잃은 이유와 같은 이유다.

일격에 태영을 녹여 버릴 공격이라도 위협이 되는 건 좀 전처럼 피하기 힘들 때의 얘기.

콰콰콰콰—!

이렇게 대가리만 쳐들고 뿜어 대는 브레스에는 해당하지 않는 말이다.

놈의 공격 범위가 아무리 넓어도 100% 안전하게 피할 수 있는 장소가 있으니까.

쾅—!

그것도 '차지대시' 한 번으로 바로 이동할 수 있는 위치에 말이다.

"너무 늦었다."

태영이 히죽 웃으며 바라보는 놈의 머리 뒤다.

그리하여 놈이 남은 힘을 쥐어짜 뿜어낸 브레스는 허망하게 벽과 바닥만 녹이고 끝.

"자, 그럼 이제 다시 내 차례군. 뭐 네가 가진 마지막 무기를 그렇게 허망하게 낭비해 버렸을 때 이미 결과는 정해진 것이나 다름없지만, 억울해하지 않아도 된다. 네 몸뚱이는 내가 훨씬 더 세상에 도움이 되는 방향으로 재활용해 줄 테니까."

태영이 버둥대는 놈을 향해 성큼성큼 다가가며 말했을 때였다.

콰콰콰쾅―!

돌연 광장을 뒤흔드는 폭음이 터져 나왔다.

본 드래곤이 일으킨 게 아니다.

폭음이 들려온 곳은 태영이 들어온 통로 너머, 놈들의 아지트 어딘가였다.

그리고…….

콰콰콰쾅! 콰콰콰쾅!

이를 시작으로 곳곳에서 폭음이 울리기 시작했다.

"빌어먹을!"

하덴의 입술이 일그러졌다.

하덴은 그 스스로가 곧 역사와 전통이라고 해도 좋을 정도로 오래 살아온 뱀파이어, 그것도 대부분을 그 정점인 로드로 군림해 온 존재다.

마음만 먹으면 모든 것을 제 뜻대로 할 수 있는 힘이 있었다는 의미다.

그러나 그 힘을 그저 휘두를 뿐이라면 몬스터와 다름없다.

이는 뱀파이어 혈통에 자부심에 가진 하덴으로서는 용납할 수 있는 일.

격식과 체통은 뱀파이어의 정체성과 같다고 말해 온 이유다.

이미 누구도 거스를 수 없는 힘을 가진 하덴이 굳이 그런 걸 챙길 이유는 없었지만, 그런 의미 없는 것을 챙김으로써 자신이 한낱 몬스터와는 다른 지적 생명체라는 사실을 자각할 수 있었기 때문이다.

그리고 조금 전 다시 한번 자각했다.

'망할 주인 놈! 대체 제 손에 쥐어진 게 뭐라고 생각하는 거야? 내 심장이라고 심장! 이딴 식으로 꽉꽉 움켜쥐면 내가 얼마나 아플지 생각도 못 하는 거야? 아니, 뭐 알고 있으니 그딴 짓을 했겠지만…… 해도 될 짓이 있고 안 될 짓이 있잖아! 내 심장이 무슨 호출기냐고!'

이제 그딴 걸 챙길 처지는 아니라고 말이다.

'이번만이 아니야! 내 위치는 주인 놈을 따라다니는 놈 중에서 가장 밑바닥! 내 날개를 뜯어 간 퍼런 새는 그렇다 쳐도, 주인 놈이 타고 다니는 말보다도 아래다! 뱀파이어 로드였던 내가!'

당연히 분통이 터질 일이다.

그러나 그게 태영에 대한 반항심으로 이어지지는 않았다.

정작 하덴은 자각하지 못하고 있었지만.

'하지만 정작 주인 놈이 급할 때 찾은 건 그 새나 말이 아닌 나, 하덴이다. 그건 주인도 일단 내 능력은 인정하고 있다는 의미! 그럼 이번 기회에 확실히 증명해 주마! 내가 그 말이나 새 따위보다 훨씬 쓸모가 많은 존재라는 사실을 말이야. 그럼 주인 놈도 나를 대하는 태도가 달라질 수밖에 없을 터!'

이미 하덴은 몸도 마음도 그 주인 놈의 노예가 돼 버렸다는 사실을 말이다.

물론 태영은 이미 하덴의 심장을 쥐고 있는 슈퍼 갑!

반항심을 품어 봐야 고달파질 뿐이라는 건 충분히 경험해 봤기에 나온 합리적인 결론이라고 할 수 있었다.

'생각해 보면 애초에 주인 놈이 내 심장을 꽉꽉 쥐어짠 건 마법사와 중국인이라는 놈들이 도망친 탓이지. 즉, 좀 전에 내가 느낀 고통은 그놈들 때문이라는 의미!'

그리하여 하덴의 분노도 자연스럽게 놈들로 이동!

"놓치지 않는다!"

하덴은 의욕을 불태우며 바로 추격을 시작했다.

그때는 이미 놈들이 반대쪽 통로로 사라진 뒤였지만, 그런 건 문제가 되지 않았다.

누누이 강조해 왔듯이 그는 전직 뱀파이어 로드!

일정 범위 안이라면 놈들의 몸에 한 방울의 피만 묻어 있어도 감지할 수 있었다.

하덴은 피 냄새를 쫓아 빠르게 따라붙었고, 잠시 후 그 끝에서 갈라지는 문으로 빠져나가는 두 놈을 찾아낼 수 있었다.

"드디어 잡았구나, 쥐 새끼 같은 놈들!"

"저, 저놈은……."

"저놈? 고작 인간이 내게 그따위로 지껄이다니 그것만으로도 죽을죄지만, 넘어가 주지. 그게 네놈들에게 좋은 일이 될지는 모르겠지만."

단숨에 놈들의 뒤로 따라붙은 하덴이 피식 웃으며 중얼거렸다.

태영과 달리 놈들은 만만하니까.

"히익!"

그리고 그 앞에서 지릴 것 같은 얼굴로 비명을 터뜨리는 놈은 확실히 만만해 보였다.

그러나 다른 한 놈, 후드를 쓴 놈은 아니었다.

퍼펑—!

그 직후에 터져 나오는 불길!

물론 하덴도 그중 하나가 마법사라는 사실은 알고 있었다.

그러나 뱀파이어는 달리 노력하지 않아도 기본적인 마법을 습득할 뿐만 아니라 태생적으로 높은 마법 저항력을 얻는 종족!

뱀파이어가 인간, 특히 마법사를 열등한 존재로 깔아 보는 이유가 그 때문이었다.

그리고…… 방금 격식과 체통을 중시하는 하덴이 욕을 내뱉은 이유도 그 때문이었다.

펑! 화르륵!

"큭!"

통하고 있기 때문이다.

그 열등한 존재로 깔아 보던 마법사의 공격이, 하덴의 몸 곳곳을 시커멓게 태워 버릴 정도로.

쩌쩌쩌쩡—!

그리고 또 시퍼렇게 얼릴 정도로.

"이, 이런……."

그런 예상치 못했던 전개에 활활 타오르고, 쩍쩍 얼어붙을 몸을 따라 시뻘겋게 달아오르던 하덴의 얼굴도 퍼렇게 변해 버렸을 때였다.

"불쾌하기 짝이 없군. 결과적으로 일이 이 지경이 된 건 내가 여러모로 실수를 저지른 탓이라고 해야겠지만, 고작 이런 놈에게까지 얕보이다니…….”

“고, 고작 이런 놈?”

이어지는 말에 하덴의 얼굴이 균열을 일으키듯 일그러졌다.

그 눈에는 격렬한 살기가 뿜어져 나왔다.

“……○◎□◇!”

그러나 좀 전까지 쌀 것 같은 표정을 짓고 있던 놈조차 비웃음을 떠올리며 이딴, 욕으로밖에는 들리지 않는 말로 대꾸할 뿐이었다.

눈으로 어떤 살기를 뿜어 올리든 하덴의 몸은 밟히던 개나 다름없는 몰골이니까.

하물며 하덴을 그런 몰골로 만들어 버린 후드의 사내, 세븐이 그딴 살기에 신경 쓸 리가 없었다.

“좀 전에 네놈이 말했었지. 네놈에게 그따위로 지껄인 것만으로도 죽을죄지만, 넘어가 주겠다고 말이야. 그 말 그대로 돌려주지. 네놈이 감히 나를 얕보고 그따위 말을 지껄인 건 죽을죄지만, 넘어가 주겠다. 그게 네놈에게 좋은 일이 될지는 모르겠지만.”

“감히…… 네놈이 지금 누구 앞에서 그따위 말을 떠들어 대고 있는지 알고 있는 건가?”

“관심 없다.”

세븐이 한 걸음 내디디며 웅얼거렸을 때였다.

위이이잉─!

그 주위에서 작은 빛의 원반이 연이어 떠올랐다.

그리고 세븐이 다시 한 걸음 내딛는 것과 동시에 일제히 뿜어져 날아왔다.

이를 갈아붙이던 하덴이 황급히 몸을 돌렸다.

그러나 이미 하덴은 놈의 마법에 수없이 태워지고 얼려 버렸던 몸.

그사이 흘린 피는 적지 않았고, 이는 하덴의 몸을 이미 평범한 인간 이하로 만들어 놓은 상태였다.

뭐 하덴의 몸이 둔해진 이유가 꼭 그래서만은 아니지만 어쨌든.

푸확─!

그 끝에서 치솟아 올라오는 피!

원반을 피해 물러나던 하덴이 그대로 고꾸라지며 바닥을 굴렀다.

"크흐……."

그리고 신음을 흘리며 다시 고개를 들어 올렸을 때, 그의 한쪽 다리는 허공에 불규칙한 피의 궤적을 그리며 날아가고 있었다.

푸확─! 푸확─!

그리고 몸을 돌리는 하덴의 좌우로 섬광이 가로지르는 것과 동시에 양팔이 튀어 올랐고, 뒤이어 남은 다리마저 잘려 나갔다.

콰직-!

동시에 하덴의 머리가 바닥에 처박혔다.

"내가 관심 있는 건 네놈을 주제 파악도 못 하게 만든 놈이다. 하지만 그렇다고 원망할 필요는 없다. 그 덕에 너는 그 놈보다 더 오래 살게 될 테니까. 물론 방금 말한 것처럼 그게 네놈에게 좋은 일일지는 모르겠지만."

그 뒤에서 들리는 목소리.

바닥에 처박힌 하덴의 뒤통수를 밟고 있는 건 바로 그, 세븐이었다.

그리고 하덴의 몸에 남아 있는 것도 그 머리뿐.

"크……."

하덴이 할 수 있는 일도 그 발아래에서 신음을 흘리는 것뿐이었다.

그러나 다음 순간.

"크크크크!"

갑자기 그 신음이 웃음으로 바뀌었다.

"뭐지? 미쳐 버린 건가?"

"그래, 차라리 미쳐 버렸으면 좋겠군. 기껏 망해 가는 세계를 나왔는데 밤낮없이 그 망할 주인 놈에게 구박받으면서 잡일이나 해야 하는 신세가 된 것도 모자라, 이제 너 같은 놈에까지 이런 모욕을 당하고 있으니 말이야. 이대로는 네놈이 그딴 말을 하지 않아도 미쳐 버릴 지경이다."

"아직 그런 소리를 떠들 정신이 있다니, 다행이군. 하지만 원망을 하려거든 네 주인이라는 놈에게 해라. 네놈이 이런 꼴이 된 건 널 이곳으로 보낸 그놈 탓이니까."

"그건 아니지."

"뭐?"

"일단 확실하게 말해 두지. 난 지금 불평을 하는 게 아니다. 방금 구박이니 뭐니 한 말도, 말실수였다."

"무슨 헛소리를……."

"중요한 말이니 똑똑히 기억해 둬라, 나중에 딴소리하지 말고."

"나중? 네놈에게 그런 게 있으리라고 생각하나?"

"그래, 내가 이 세계에서 유일하게 마음에 드는 게 그거다. 이 세계에서도 기다리면 밤이 온다는 것."

"그런다고 뭐가……."

미간을 찌푸리며 중얼대던 세븐이 움찔하며 입을 다물었다.

"○○○! ◎◇□◇!"

멀찍이 떨어져 지켜보는 중국인은 여전히 히죽대며 이딴 말을 떠들어 대고 있었지만, 세븐은 느낄 수 있기 때문이다.

기온이 갑자기 뚝 떨어지며 몸을 얼어붙게 만드는 듯한 감각!

"이, 이건…….."

그저 감각만이 아니었다.

그는 마법사지만, 아니 마법사이기에 더 명확하게 알 수 있었다.

얼어붙는 것 같은 감각은 그저 감각만이 아니었다.

바람처럼 자연스럽게 주위를 흐르던 마력이 실제로 얼어붙은 것처럼 멈춰 버렸다.

그러나 그것도 잠시.

갑자기 갇혀 있던 짐승이 뛰쳐나오듯이 멈춰 있던 마력이 일시에 폭풍처럼 휘몰아치며 한 지점으로 몰려들기 시작했다.

바로 세븐의 발아래, 하덴의 몸이었다.

그리고 세븐이 그 마력을 쫓아 다시 하덴을 내려다보았을 때였다.

쩌쩡─!

파열음과 함께 시커먼 기운이 뿜어져 올라왔다.

"큭! 이, 이게 대체…….."

당혹성을 터뜨리며 물러나던 세븐의 몸이 경직되었다.

그 앞에서 일어나고 있었다.

좀 전까지 그의 발에 밟혀 꿈틀대고 있던 하덴의 몸이 마치 떠오르듯이 세워졌다.

그리고 완전히 세워졌을 때.

좌라라락―!

주위에 흩뿌려져 있던 피가 일제히 솟아 올라왔다.

그 끝에 떨어져 있던 팔과 다리도, 연이어 허공으로 떠오르며 머리만 남은 하덴의 몸으로 날아갔다. 그리고 빨려 들어가는 피와 함께 양쪽 어깨와 허벅지에 결합!

"하아……!"

하덴의 입에서 달뜬 신음이 흘러나왔다.

"마, 말도 안 돼. 어, 어떻게 이런 일이…… 네놈은 도대체…….."

"말했을 텐데, 밤이 되면 달라질 거라고."

"바, 밤? 그럼 이게 모두…… 아, 아니, 이 마력은…… 서, 설마 네놈은 뱀파이어…….."

"로드다."

하덴이 슬쩍 들어 올리는 입술 사이로 송곳니를 드러내며 중얼거렸다.

"이제 네가 벌을 받을 때라는 말이지. 하지만 그렇다고 떨 필요는 없다. 주인이 네놈에게 관심이 있는 동안에는 죽을 일은 없을 테니까."

퍼펑―!

그때 그 얼굴에서 화염이 폭발했다.

그리고 그와 동시에 순간적으로 세븐의 얼굴에 회심의 미소가 떠올랐지만, 잠깐이었다.

"단, 살려만 오면 된다는 말도 했었지."

흩어지는 화염 속에서 또렷하게 들려오는 목소리!

그 순간 세븐은 힘의 차이를 명확하게 이해했고, 뭘 해야 할지도 이해했다.

이에 와락 몸을 돌려 세웠을 때!

푸확-!

아래에서 피가 치솟아 올라왔다.

"……!"

비명을 삼키며 시선을 내리자 붉은 칼날이 발등을 뚫고 올라와 있었다.

중심을 잃은 세븐의 몸이 앞으로 기울어졌다.

푸확! 푸확! 푸확!

그리고 그 몸을 꿰뚫으며 치솟아 오르는 붉은 칼날!

"큭! 이, 이건……."

"네놈 탓에 흘린 이 몸의 피다."

하덴이 느긋한 걸음으로 다가가며 대답했다.

"네놈 탓에 이만큼의 피를 흘렸다는 말이다. 그게 어떤 의미인지 이제부터 알게 해 주지. 방금 말했듯이 주인은 살려만 오면 된다고 했으니까."

그리고 피의 칼날에 꿰인 세븐의 앞에 얼굴을 바짝 들이대며 말했을 때였다.

불안하게 흔들리던 세븐의 눈동자가 갑자기 우뚝 멈췄다.

그리고…….

"할 수 있으면 해 봐라!"

콰쾅-!

그대로 폭발해 버렸다.

"으악!"

하덴이 비명을 터뜨리며 퉁겨져 날아갔다.

그리고 바닥에 처박힌 채 대굴대굴 굴러가다가 벌떡 일어나, 황망한 눈으로 피 떡처럼 뭉개져 피만 뿜어 올리는 세븐을 바라보다가 다시 비명을 터뜨렸다.

"마, 망했다!"

그 몰골이 남의 일처럼 생각되지 않아서다.

"너무 겁을 줬나? 아니, 아무리 그래도…… 뭔 놈의 포기가 이렇게 빨라! 갑자기 그딴 짓을 해 버리면 난 어쩌라는 거냐고! 이대로는…… 아니, 잠깐!"

이에 머리를 움켜쥐며 소리치던 하덴이 퍼뜩 고개를 들어 올렸다.

생각났기 때문이다.

좀 전까지 세븐의 뒤에서 듣는 것만으로도 기분이 나빠지는 말로 떠들어 대던 놈이 말이다.

"그래! 주인은 살려서 데려오라고 했지만, 꼭 두 놈 다 잡아 오라고 말한 적은 없어! 아니, 그렇게 말한 것도 같지만,

못 들었다고 하면 돼! 어차피 이미 다른 방법도 없고! 놈이라도 잡아서 들이밀면서 우겨 보는 수밖에 없어!"

빠르게 방향을 수정한 하덴이 황급히 몸을 돌렸다.

그러나 서두를 필요는 없었다.

"◎◇□▽……."

허옇게 질린 얼굴로 이렇게 떠들어 대는 놈은 세븐처럼 자폭할 기미 따위는 보이지 않았다.

그럴 용기가 있는 놈이었다면 이 와중에 질질 싸 대고만 있지는 않을 테니까.

"어이, 너! 이리 와 봐."

이에 하덴이 놈을 향해 손가락을 까딱이며 한결 부드러운 목소리로 말했을 때였다.

콰쾅—!

뒤에서 폭음이 울렸다.

그리고 잇따르는 폭음과 하덴이 돌아보는 통로 안쪽이, 아니 그 통로가 있는 산 전체가 무너져 내리기 시작했다.

❧

"방금 들려 온 폭음은……."

디오가 움찔하며 고개를 돌렸다.

"디오, 숙여!"

그때 뒤에서 조드의 고함이 들려왔다.

순간 반사적으로 상체를 숙이는 디오의 등 위로 한 발의 화살이 가로질렀다.

"컥!"

디오의 앞에서 한 병사가 비명을 터뜨리며 어깨를 움켜쥐었다.

그러나 곧 또다시 화살이 그 팔목을 관통!

그 팔을 그대로 어깨에 꿰어 버렸다.

푸확—!

디오의 창날이 병사의 목을 가르며 지나간 건 그때였다.

그리고 피를 뿜으며 쓰러지는 병사를 어깨로 받아 그 뒤에서 날아드는 검을 막아 내는 것과 동시에 몸을 회전시키며 다시 창을 휘둘렀다.

그 창이 향하는 곳은 우측!

대검을 사용하는 퍼거슨은 상대적으로 빠른 병사들의 맹공에 주춤주춤 밀리고 있었다.

따다다당—!

그러나 디오의 창이 지나가자 그 맹공도 잠시 주춤!

퍼거슨이 그 틈에 한 걸음 물러났다.

그리고 다시 대검을 치켜드는 순간, 양팔의 근육이 확 팽창했다.

"파워 스윙!"

그 팔로 휘두르는 대검은 그야말로 폭탄!

디오의 창은 적의 검을 밀어낼 뿐이었지만, 퍼거슨의 대검은 아예 날려 버리며 돌진!

콰콰콰콰—!

단숨에 세 명의 적을 갈라 버렸다.

세 명밖에 가르지 못했다는 말이 아니다. 범위 안에 세 명밖에 없었기 때문이다.

그리고 그게 디오 일행이 꾸역꾸역 몰려드는 놈들을 상대로 아직 버티고 있는 이유 중 하나다.

소수의 인원으로 다수를 상대할 때 가장 효과적인 전술은 적의 숫자를 제한하는 것.

즉, 지형을 이용하는 방법이다.

이에 디오는 태영을 추격하는 놈들을 막으며 후퇴!

너비가 채 5미터도 되지 않는 통로에서 놈들을 막아 내고 있었다.

"얼마든지 덤벼라!"

"먼저 죽고 싶은 놈부터 와라!"

"오지 않아도 달라진 건 없어! 네놈들은 이미 모두 내 사정권 안이다!"

그리고 다른 하나가 이것.

휘몰아치는 피 속에서 다시 대검을 뽑아 드는 퍼거슨을 시작으로 디오와 조드의 입에서 연이어 터져 나오는 고함이다.

그냥 분위기에 취해서 질러 대는 고함이 아니다.

"큭! 또……."

그 앞에서 신음을 흘리며 휘청대는 적병!

적의 마력 운용을 방해하는 퍼거슨의 위리어 스킬 '배틀 크라이'의 효과였다.

그리고 디오의 고함은 그런 퍼거슨과 그 틈을 타 또다시 한 놈의 목에 화살을 박아 넣는 조드의 기력을 상승해 주는 '배틀 포스.'

조드의 고함은 파티원의 집중도를 상승시켜 주는 '윈드 포커스'.

오랜 시간 팀플레이로 실전을 치러 온 전사들만이 익힐 수 있는 어시스트 스킬이었다.

그리고 다시 반격!

빠른 연계 플레이로 좁은 통로를 비집고 들어오는 놈들을 해치웠지만, 디오 일행도 알고 있었다.

쪽수에는 장사가 없는 법.

디오 일행이 지금보다 두 배 이상 강해져도 끊임없이 밀려 드는 놈들을 모두 해치울 수는 없다는 걸 말이다.

"큭, 빌어먹을!"

"퍼거슨!"

"난 괜찮아! 그보다…… 대체 언제까지 버텨야 하는 거야?"

"나도 몰라!"

디오가 고개를 저으며 소리쳤다.

"지금 내가 분명하게 말할 수 있는 건 하나, 아직은 물러날 때가 아니라는 거야!"

콰콰콰콰—!

바로 이것, 뒤에서 들려오는 폭음 때문이다.

한번 울릴 때마다 디오 일행과 적이 일으키는 소음을 집어삼키며 동굴을 흔들어 대는 폭음!

그게 뭘 의미하는지는 굳이 생각할 필요도 없었다.

그 폭음이 울려 나오는 곳은 태영이 도주하는 놈들을 따라간 방향이고, 그로부터 얼마 지나지 않아 들려오기 시작했으니까.

"그런데 정말 이게 싸우는 소리가 맞긴 해? 아니, 뭐 싸우는 소리처럼 들리기는 하지만, 대체 어떻게 싸우면 이런 무지막지한 굉음을 일으킬 수 있는 거야? 상상도 안 된다고!"

"너만 그런 게 아니야."

디오가 창으로 적의 검을 쳐 내며 대답했다.

"확실한 건 우리가 놈들과 치고받는 것과는 차원이 다른 전투라는 거겠지. 레온 님도, 또 레온 님과 싸우는 뭔가도."

"뭔가라니……."

"레온 님이 추격하던 놈 중에는 마법사로 보이는 놈도 한 명 있었지만, 이 굉음은 마법으로 만들어 낼 수 있는 수준이 아니야. 아니, 애초에 동굴을 통째로 흔들어 놓을 정도로 위력적인 마법을 연사할 수 있는 마법사였다면 그렇게 도망만 쳤을 리는 없지. 놈들이 도망간 곳에 분명 다른 뭔가가 있는 거야."

"그럼 레온 님이 추격하던 놈들은……."

"모르지."

짧게 대답하던 디오가 움찔하며 미간을 좁혔다.

퍼거슨의 말에 대답하던 도중에 미처 생각하지 못하고 있던 것을 깨달았기 때문이다.

지금까지 디오는 앞은 물론, 뒤에서 울리는 폭음에도 촉각을 곤두세우고 있었다.

처음 폭음을 들었을 때부터 직감했기 때문이다.

앞서 설명한 것처럼 그게 태영과 어떤 존재가 싸우며 일으키는 폭음이고, 그 결과에 따라 그와 퍼거슨, 조드의 운명도 결정되리라는 것을 말이다.

그런데 조금 전 디오의 귀에 지금까지 들려오던 것과는 방향도 질감도 다른 폭음이 잡혔다.

그리고 그때, 디오의 머릿속에는 불길한 상상이 떠올랐다.

'우리의 난입으로 놈들은 이미 이 비밀 기지가 탄로 난 셈이다. 그건 놈들도 더는 이곳에 있을 수 없게 됐다는 의미다. 그럼 놈들이 다음에 생각할 건 흔적을 지우는 일일 테고, 그 방법은 하나뿐이다.'

그러나 디오는 여기서 생각을 멈췄다.

쉴 틈 없이 몰려드는 놈들 탓에 방금 퍼거슨의 말에 대답하다가 떠오른 생각을 거기에 대입해 보지 못했기 때문이다.

'만약 레온 님이 쫓던 이 시설의 책임자라는 자들이 이미 추격을 따돌리고 이곳을 탈출했다면…….'

콰쾅—!

그때 또다시 폭음이 터져 나왔다.

동시에 디오의 머릿속에서 어수선하게 돌아다니던 생각들이 한순간에 사라지며 한 단어를 떠올렸다.

"퍼거슨, 조드, 뛰어!"

순간 디오가 거세게 창을 휘두르며 몸을 돌렸다.

"뭐? 뭐?"

어리둥절한 얼굴로 돌아보던 퍼거슨이 몸싸움을 벌이던 놈을 밀어내며 따라붙었고, 조드는 그 뒤로 연이어 화살을 퍼부으며 디오를 돌아보았다.

"……역시 그런 거냐?"

"그래, 빌어먹을! 방금 그건 분명 폭발음이다. 놈들은 이 기지를 완전히 붕괴시켜서 흔적을 지우려고 하는 거야."

"뭐, 뭐라고? 하지만 저놈들은……."

"모르겠지. 나도 그래서 처음 폭발음을 들었을 때는 의심만 하고 있던 거고. 그건 여기에 그렇게까지 해서라도 숨기고 싶은 비밀이 있다는 말이겠지만……."

"디오!"

그때 조드가 디오의 어깨를 잡아챘다.

그리고 한데 뒤엉킨 채 몸을 돌리며 벽을 들이받았을 때였다.

쿠콰콰콰—!

바로 앞에서 거대한 바위가 떨어졌다.

"이, 이런……."

"이 통로로 가기는 무리야!"

"하, 하지만……."

"네가 왜 이쪽으로 뛰어왔는지는 알아! 하지만 우리가 알게 된 걸 레온 님이 모를 리가 없어! 인제 와서 뛰어가 알려주는 건 의미가 없고, 그 뒤도 마찬가지다! 레온 님은 우리가 돕고 말고 할 수준의 헌터가 아니야! 설사 레온 님이 우리가 생각하는 것보다 어려운 상황이라도, 아니, 그럴수록 우리는 되레 짐이 될 뿐이야! 그리고……."

조드가 고개를 돌리며 말을 이었다.

"우리도 그럴 처지는 아니고."

"저 자식들, 이 바위 더미를 보고도 상황 파악이 안 되는 건가?"

그런 모양이다.

"놈들의 앞이 낙석으로 막혔다!"

"여기는 좀 전에 있던 곳보다 통로도 넓어! 일거에 몰아붙이면 놈들도 더는 버티지 못할 거다!"

"돌격!"

놈들은 여전히 이딴 소리를 꽥꽥대며 뛰어오고 있었다.

그러나 놈들도 곧 알게 되었다.

디오 일행이 뛰어가던 통로가 무너졌다는 건 이미 이곳도 붕괴하기 시작했다는 의미.

놈들은 눈치채지 못하는 모양이지만, 이미 그 위의 천장도 쩍쩍 갈라지고 있었다. 거기에 놈들이 바글대며 뛰어오며 검기까지 날려 대니 당연히!

퍼펑! 콰쾅! 쿠콰콰콰—!

"크악! 뭐, 뭐야?"

"나, 낙석이다! 이쪽·통로로 무너진다! 물러나!"

"아, 안 돼! 뒤에도……"

"무, 무슨 말이야? 이 동굴은 세븐 님의 마법으로 지진이 일어나도 무너지지 않는다고…… 아, 아니, 그럼 설마…… 컥!"

가장 열심히 달려오던 놈들부터 짱돌에 찍혀 쓰러졌다.

그러나 이제 그것도 남의 얘기가 아니었다.

이런 기세면 놈들은 곧 쏟아지는 바위 속에 함몰되겠지만, 디오 일행의 앞은 이미 거대한 바위로 막혀 있는 상황!

설사 디오 일행이 있는 통로까지 무너지지 않는다고 해도 이곳에 갇힌 채 죽을 날만 기다리는 신세가 되지 않으려면 방법은 하나!

"젠장! 퍼거슨! 조드! 일단 망토를 말아 머리를 보호해! 놈들과 싸울 필요는 없어! 앞을 막는 놈들만 처리하며 돌파한다!"

디오가 창을 세우고 돌진하며 소리쳤다.

그러나 쏟아지는 바위 속에서 우왕좌왕하는 놈들은 그들을 돌아볼 여유도 없었다.

그건 곧 그 속으로 돌입한 디오 일행도 마찬가지였지만, 같은 상황이라고는 할 수 없었다.

본시 개인의 역량은 혼란 속에서 더 극명한 차이를 보이는 법.

"디오, 퍼거슨, 가능하면 벽에 붙어! 벽에서 멀어질수록 큰 바위가 떨어질 확률이 높다! 머리통보다 작은 돌은 피하려고 하지 마! 그 정도는 팔로 쳐 내도 망토를 감아 놨으니 부러지지는 않을 거다!"

"그러고 있어!"

"그렇다고 위만 보지 마! 바닥에 돌과 시체가 쌓여서 발디딜 틈이 많지 않아! 지금 팔보다 중요한 건 다리다!"

일단 방향이 정해지자 일말의 동요도 없이 돌진!

작은 돌덩이는 둘둘 만 망토로 받아 내고, 막기 힘든 바위는 피하며 통로를 가로질렀다.

그리고 마침내 적병이 와글대는 통로를 돌파했다.

게다가 빈손으로 나온 것도 아니었다.

"방패다! 받아!"

동시에 뒤따르는 조드가 수거한 방패를 장비!

따당! 퉁! 따다다당!

한 단계 업그레이드된 방어력으로 돌덩이를 막아 낼 수 있게 되었다.

당연히 그만큼 속도도 상승!

뒤에서 한데 뭉쳐 뛰어오는 적병과 더 빠르게 거리를 벌리며 통로를 가로질렀다. 그리고 태영과 헤어졌던 교차로를 지나 입구로 연결된 통로로!

"저기 입구가 보인다! 다행히 아직…… 아니, 잠깐! 천장에서 바위가 갈라지고 있어! 이대로라면…….."

"멈추지 마!"

디오가 폭발적인 가속으로 뻗어 나갔다.

그리고 갈라지는 바위틈에 창을 박아 넣으며 소리쳤다.

"오래 못 버텨! 뛰어!"

그 아래로 조드와 퍼거슨이 지나갔다.

동시에 창을 뽑으며 몸을 날린 디오가 둘을 따라 동굴 밖으로 굴러 나왔을 때였다.

쿠쾅! 콰콰콰콰—!

천장에서 거대한 바위가 떨어졌다.

곧 천장이 통째로 붕괴하듯이 크고 작은 바위가 쏟아졌고, 좌우의 벽까지 붕괴하며 봉합하듯이 입구 주위를 빈틈없이 막아 버렸다.

"헉헉! 몇 초만 늦었어도…….."

"다행이라고 말하지는 마."

디오가 고개를 돌리며 말했다.

"우리를 살린 그 몇 초는 동료를 저 안에 버려 둔 대가로 얻은 시간이니까."

그리고 무너진 입구를 바라보며 입술을 일그러뜨렸을 때였다.

거친 숨을 몰아쉬던 조드가 고개를 저었다.

"아직 단정하기는 일러."

"그래, 나도 아직 포기한 건 아니야. 하지만 입구가 이런 상태라면…….."

"그런 말이 아니야. 아까 너도 말했잖아. 이미 이 시설의 책임자라는 놈들은 이 동굴을 빠져나갔을 거라고 말이야. 하지만 내부 구조로 봤을 때 놈들이 빠져나간 곳이 이 입구는 아닐 거야. 다른 출구가 있을 확률이 높다는 말이지. 그리고 레온 님은 놈들을 추격하고 있었으니 적어도 그게 어느 방향인지는 알고 있었을 테고."

"그럼…….."

이어지는 말에 디오의 눈이 빠르게 움직였다.

"그래, 그렇겠지. 네 말대로라면 레온 님도 이미 탈출했을 확률이 높아. 하지만 만약 그때까지 레온 님이 싸우던 놈과

승부를 내지 못한 상황이었다면, 놈도 따라 나왔을 확률이 높아. 그렇다면…… 이러고 있을 때가 아니야!"

그리고 벌떡 몸을 일으키며 소리쳤을 때였다.

콰쾅! 콰콰콰콰—!

천둥 같은 폭음이 울려 퍼졌다.

순간 디오와 퍼거슨, 조드가 움찔하며 고개를 돌렸고, 그 대로 굳어 버렸다.

동굴의 붕괴와 함께 주저앉은 산 위로 마치 화산이 분출되 듯이 집채만 한 바위 수십 개가 뿜어져 올라오고 있었다.

크아아아—!

그리고 대기를 뒤흔드는 포효와 함께 뻥 뚫린 구멍 속에서 올라오는 거대한 형체!

"저 거대한 뼈는 설마……."

"마, 말도 안 돼. 발탄 대수해에 드래곤에 얽힌 전설이 전 해진다는 건 알고 있었지만, 설마 진짜 드래곤이, 그것도 본 드래곤이 있을 줄은…… 그럼 설마 우리가 놈들과 싸우는 동 안 레온 님이 싸운 적이 바로 저……."

바로 그 본 드래곤이었다.

그리고 터져 오르는 바위와 함께 올라온 본 드래곤의 다리 가 바닥에 닿는 순간!

쿠콰콰콰콰—!

"헉! 이, 이쪽으로 온다! 피해!"

디오 일행이 비명을 터뜨리며 몸을 날렸다.

그리고 본 드래곤이 그 거대한 몸으로 주위의 숲을 짓이기며 지나갔을 때였다.

황망한 눈으로 돌아보던 조드가 벌떡 일어나며 소리쳤다.

"디오!"

"그래, 알고 있어! 저 방향은…… 발데란이다! 저 녀석, 발데란으로 가고 있어! 빌어먹을, 저런 놈이 발데란을 습격하면……."

"그게 아니야! 사람이다! 본 드래곤의 등에 사람이 타고 있어!"

"사, 사람?"

조드를 따라 고개를 돌린 디오와 퍼거슨의 얼굴이 경악에 물들었다.

보는 순간 알 수 있었기 때문이다.

"레, 레온 님?"

바다 너머의 적

─어라? 주인, 방금 그 녀석들······.

"나도 봤어."

─그 와중에 세 녀석 모두 사지 멀쩡하게 빠져나오다니, 운이 좋은 녀석이군.

"그딴 건 없어."

태영이 회귀를 반복하며 알게 된 것 중 하나다.

이유 없는 결과는 없다.

그게 깊은 고민에 의한 것이든, 순간적인 판단에 의한 것이든, 자신에게 일어나는 모든 일은 자신이 선택한 결과.

태영이 살아 나올 수 있던 이유도 그 때문이다.

동굴에서 폭발음이 터져 나오기 시작했을 때 태영은 바로 무슨 일이 벌어지는지 알 수 있었다.

그리고 그때.

쿠콰콰콰—!

지금 아름드리나무를 수수깡처럼 짓밟으며 내달리는 본 드래곤을 보며 생각했다.

이렇게 튼튼한 놈이면 바위에 찍혀도 끄떡없겠다고.

그리고 잽싸게 놈의 턱 아래로 파고들어 간 태영의 생각대로, 놈은 머리 위로 집채만 한 바위가 떨어져도 끄떡없었다.

—그야 그렇겠지. 소드 오러에도 끄떡없던 놈이 바위 따위에 쪼개질 리는 없으니까. 하지만 이대로는 이놈과 함께 파묻힐 뿐이잖아!

"그럴 일은 없어."

—저 바위를 뚫고 탈출할 방법이 있다는 거야?

"물론 있지. 난 이 녀석처럼 저런 바위에 찍혀도 버틸 수 있는 재주는 없지만, 그 대가리를 부술 재주는 있고, 그건 이 녀석도 알고 있으니까."

쩌쩌쩌쩡—!

턱 아래에서 터지는 섬광에 놈이 흠칫하는 이유다.

목 주변으로 쩍쩍 번지는 얼음에 아픈 꼴을 당했던 기억이 떠올랐을 테니까.

그러나 이미 놈의 두 앞발은 반 토막 나 버린 상태.

놈이 할 수 있는 건 그저 이리저리 구르며 바닥에 몸을 비벼 대는 것뿐이었다.

그러나 그 정도로는 태영을 떨어낼 수 없었다.

놈이 태영을 떨어내지 못하면 어떻게 될지 아는 것처럼, 태영도 놈의 몸에서 떨어져 나가면 어떻게 될지 알고 있으니까.

태영도 놈을 따라 이리저리 옮겨 다니며 틈틈이 공격!

그때마다 놈은 더 필사적으로 겹겹이 쌓이는 바위에 몸을 비벼 대며 기어 올라갔다.

지금도 마찬가지다.

"발데란이다! 저놈이 발데란으로 가고 있어!"

조금 전 디오 일행을 지날 때 그런 말이 들려왔지만, 그딴 게 아니다.

놈은 그저 도망치고 있을 뿐이다.

태영, 아니 태영의 손에서 열기를 뿜어 올리는 검에서 조금이라도 멀리.

그러나 아무리 빨리 달려도 도망칠 수 있을 리가 없었다.

지금 태영이 질주하는 곳은 허옇게 얼어붙은 목까지 일직선으로 이어져 있는 놈의 등뼈!

퍼퍼퍼펑! 화르르륵!

크아아아-!

불길이 터지며 놈의 머리 바닥에 처박혔다.

그리고 동굴 속에서 그랬던 것처럼 그대로 바닥에 몸을 긁어 대며 구르기 시작했다.

그때마다 흙과 함께 갈가리 찢어진 나무가 튀어 올랐다.

그러나 태영과는 상관없는 일이다.

놈의 머리가 바닥에 처박힐 때 태영은 이미 '에어 워크'를 밟으며 솟아오르고 있었다.

─애쓰는군.

그리고 그리모어의 말처럼 갖은 애를 써 가며 버둥대는 놈을 내려다봤을 때, 태영의 등 뒤에서는 10여 개의 검의 형상이 부챗살처럼 펼쳐지고 있었다.

"그런다고 달라질 건 없지."

태영이 이렇게 말할 수 있는 이유가 그 때문이다.

그 검의 형상은 '데드 블링거'!

태영의 의지에 따라 적을 꿰뚫는 오러의 검기다.

그리고 지금 태영의 의지는 명확!

"가라!"

수직으로 떨어진 검기는 빨려들 듯이 놈의 목으로 내리꽂혔다.

콰콰콰콰─!

그 아래에서 잇따르는 폭발!

이미 수차례 냉동과 해동을 반복하는 사이 균열이 번져 있던 목에서 폭발이 일어날 때마다 뼛조각이 터져 올라왔다.

그리고 깊은 상처처럼 벌어졌을 때.

콰직-!

거대한 섬광이 그 틈을 파고들어 갔다.

'와일드 오러'를 줄기줄기 뿜어 올리는 그리모어였다. 그리고 그 검자루를 움켜쥔 태영이 팔을 당기는 것으로 끝.

쿠쿵-!

놈의 머리가 육중한 울림을 일으키며 떨어졌다.

-종합 평가 레벨이 상승했습니다!

-종합 평가 레벨이 상승했습니다…….

동시에 태영의 눈앞에 줄지어 떠오르는 메시지!

-드래곤치고는 좀 싱겁군. 뭐 이놈도 그럴 만한 사정이 있었던 모양이고, 그렇다고 쉽게 잡은 것도 아니지만…… 아! 맞다! 퍼렁이! 퍼렁이는…….

삐! 삐이!

질문에 대답하듯이 태영의 갑옷에서 울음이 흘러나왔다.

뒤이어 갑옷의 빛이 한 점으로 모이며 청영이 가벼운 몸짓으로 폴짝 뛰어나왔다.

그 몸짓처럼 청영은 큰 문제는 없어 보였다.

시커멓게 변색했던 날개도 다시 파란색으로 돌아와 있었다.

―……괜찮은 모양이군.

삐! 삐이!

―네가 어떻게 되든 딱히 관심은 없다만.

청영이 반짝이는 눈으로 바라보자 그리모어도 다시 퉁명스러운 목소리로 돌아왔다.

대체 왜 그러는지는 모르겠지만.

―뭐 어쨌든 퍼렁이도 멀쩡한 것 같으니 됐고, 그럼 이제 이놈과 싸운 보람은 있었다고 말해도 되겠군.

"물론이지."

태영이 바닥에 떨어진 머리를 돌아보며 히죽 웃었다.

그러나 아직 마냥 행복한 미소를 지으며 그 머리를 바라보고 있을 때는 아니다.

태영이 이곳에 온 목적은 따로 있으니까.

"청영, 날 수 있겠어?"

삐이!

청영이 마치 확인시켜 주듯 살짝 날아올랐다.

"좋아, 그럼 일단 하덴을 찾아라. 하덴이 놈들을 놓친 게 아니라면 이 근방에 있을 거야."

그리고 이어지는 말에 그대로 숲을 가로지르며 날아갔을 때였다.

"레온 님―!"

멀리서 디오의 목소리가 들려왔다.

"음……."

얼굴에 굵은 상처가 새겨진 거구의 중년인이 미간을 찌푸렸다.

그의 이름은 골드먼.

디오 일행과 합류한 태영이 다시 발데란으로 돌아와 가장 먼저 찾은 사람이 바로 그, 발데란 헌터 길드의 지부장이었다.

그리고 그와 함께 다시 놈들의 아지트 앞으로 돌아왔다.

"솔직히 처음 자네들의 말을 들었을 때는 화가 났네. 몇 달 전부터 행방불명되는 헌터가 늘었다는 건 나도 알고 있었지만, 그게 발탄 대수해에 숨어서 언데드 드래곤을 만드는 수상한 놈들의 짓이라니, 미친놈의 헛소리로밖에는 들리지 않으니까. 하지만 저런 걸 직접 봐 버린 이상 믿지 않을 도리가 없겠군."

그 말처럼 보여 줄 필요가 있어서다.

놈들의 아지트 앞에 뻗어 있는 본 드래곤의 사체를 말이다.

그런 일에는 물증이 필요하고, 드래곤의 사체만큼 태영의 말을 입증할 물증은 없으니까.

물론 입증만 하고 끝내려고 지부장을 여기까지 데려온 건 아니다.

　몇 가지 이유가 있지만 어쨌든.

　"이제 어쩌실 겁니까?"

　"글쎄…… 뭐가 됐든 일단 놈들의 정체를 확인해 보는 게 순서겠지. 그러려면 놈들의 아지트였다는 저 돌무더기부터 파내야 할 테고."

　"쉽지는 않을 텐데요?"

　"그래, 쉬운 일은 아니겠지. 인부만 수백 명이 필요할 테고, 장소가 장소이니만큼 그동안 헌터도 꽤 고용해야 할 테니까. 시간도 시간이지만, 얼마가 들어갈지 계산도 안 되는군. 하지만 그래도 해야지. 헌터 녀석들이 목숨 걸고 벌어 온 돈을 삥 뜯어 온 건 이럴 때 사용하기 위해서니까."

　"이번 일을 공표하겠다는 말입니까?"

　"물론 그건 아니네. 적어도 놈들의 정체가 확실해질 때까지는 비밀로 해야겠지. 인부나 헌터 들에게는 유적 발굴이라고 둘러대면 별문제가 없을 거네. 그러니 자네들도 그때까지는 이번 일을 함부로 입 밖에 내지 말아 주게."

　"그러죠. 단, 조건이 있습니다."

　"조건?"

　"그곳에서 발견되는 건 뭐든 제게도 알려 주십시오."

　첫 번째 이유는 이거다.

　태영도 동굴을 모두 뒤져 본 건 아니다.

다시 말해 태영이 챙긴 서류 외에 더 뭐가 있을지 모른다는 말이다.

아니, 있을 것이다.

태영이 그렇게 단언할 수 있는 하덴이 잡아 온 중국인에게 들었기 때문이다. 동굴 안에는 그마저도 접근할 수 없는 장소가 있었다고 말이다.

그러나 태영이 동굴을 파내는 건 현실적으로 불가능한 일이고, 굳이 그럴 이유도 없었다.

방금 말한 것처럼 이제 그런 건 헌터 길드가 알아서 해 줄 테니까.

물론 헌터 길드가 파낸 정보를 고스란히 태영에게 넘겨주는 건 별개의 문제지만, 헌터 길드도 거절할 이유는 없었다.

"그건 굳이 조건을 걸 필요도 없네. 자네는 이번 일의 당사자니까. 또 이번 일과 관련해서 앞으로 자네 도움이 필요한 일도 있을 테고 말이야. 저런 게 또 있지 말란 법은 없고, 저런 걸 쓰러뜨릴 수 있는 헌터는 내가 아는 한 자네밖에 없으니까."

"물론 도울 일이 있으면 돕죠, 공짜는 아니지만."

"당연히 나도 헌터를 공짜로 부려 먹을 생각은 없네. 그럼 그 문제는 됐고, 남은 건…… 저건 어떻게 할 생각인가?"

골드먼이 본 드래곤의 사체를 돌아보며 물었다.

몬스터 사체의 소유권은 해치운 사람이 갖는 게 헌터의 철

칙!

몽땅 태영의 것이라는 말이다.

골드먼을 데려온 두 번째 이유가 그 때문이다.

"드래곤의 뼈, 그것도 한 마리 분이라니…… 돈으로 환산하면 대체 '0'이 몇 개나 붙을지 상상도 안 되는군."

그런 거나 계산하라고 데려온 게 아니다.

"자네만 괜찮다면 헌터 길드에서 매입을 주선해 보지. 물론 가격이 가격이니만큼 중앙 길드라도 전체 매입은 힘들겠지만, 나머지 부분도 구매자를 찾아 연결해 주겠네."

매매 중계를 해 달라고 데려온 것도 아니다.

"팔 생각은 없습니다."

"팔 생각이 없다니? 그럼 이걸 모두 자네가 쓰겠다는 건가?"

"모두 제가 쓰게 되지는 않겠지만…… 어쨌든 지부장님에게 부탁하고 싶은 게 그겁니다. 제가 들고 갈 수 있는 크기도 아니고, 저는 급한 용무도 있습니다. 그러니 지부장님이 저 대신 이걸 운송해 주실 수 있겠습니까?"

"이걸 모두 말인가?"

"물론 운송비는 제가 내겠습니다."

태영이 빙긋 웃으며 본 드래곤의 뒷발로 다가갔다.

그리고 그대로 오러를 뿜어 올리는 그리모어를 뽑아 관절부에 일격!

쩍-!

- 어라? 이번에는 한 방에 떨어지네.

사체이기 때문이다.

아니, 처음부터 사체였지만, 펄펄 뛰어다닐 때와 달리 지금은 관절부를 연결하던 마력까지 사라져 어렵지 않게 떼어 낼 수 있게 된 것이다.

물론 그게 아무나 떼어 낼 수 있다는 말은 아니다.

골드먼이 황망한 눈으로 바라보고 있는 것도 아마 그 때문이겠지만 어쨌든.

태영이 그 앞으로 본 드래곤에서 떼어 낸 발가락뼈를 던져주었다.

"이 정도면 되겠습니까?"

"웅? 어…… 어?"

엉겁결에 발가락을 받아 든 골드먼이 떠듬대자 디오가 피식 웃으며 말했다.

"새삼스럽게 뭘 놀랍니까? 말했잖아요. 저 본 드래곤을 쓰러뜨린 사람이 바로 저 레온 님이라고 말입니다."

"웅? 아, 그, 그래. 그랬지. 이 정도면…… 운송비로 충분하네. 아니, 넘치겠군. 그리고 덕분에 중간에서 장난질을 칠 생각 따위를 하면 안 된다는 것도 알게 됐네."

"물론 믿고 있습니다."

"고맙군. 그럼 어디로 보내 주면 되겠나?"

"발테아르입니다."

"바, 발테아르?"

그러나 이어지는 말에 디오도 골드먼과 같은 얼굴로 태영을 돌아보았다.

"그, 그럼 설마⋯⋯."

"어이, 디오, 그게 뭔 말이야? 갑자기 왜 그래? 설마라니?"

"몰라서 묻습니까? 지금 발테아르라고 했잖아요! 지부장님도 발테아르에 관한 소문은 들어 봤을 거 아닙니까? 얼마 전에 노월 왕국에서 건국 발표를 한 남부의 공국! 그 발테아르 공왕의 이름이 레온이라고요! 그런데 저 드래곤 뼈를 발테아르로 옮겨 달라는 말은 혹시 이름만 같은 게 아니라⋯⋯."

"그게 접니다."

태영이 빙긋 웃으며 대답하자 골드먼의 입도 쩍 벌어졌다.

그러자 디오의 입은 지지 않겠다는 더 크게 벌어졌고, 그 옆에서 퍼거슨과 조드도 기꺼이 입을 벌리며 동참했다.

─인제 와서 뭔 뒷북이야?

뭐 확실히 그런 감이 있지만 어쨌든.

"그래, 이제야 이해가 돼⋯⋯ 아니, 당연하지. 그렇게 무지막지한 기운을 뿜어내는 사람이 주인이라고 부르고, 혼자 본 드래곤을 때려잡는 사람이 평범한 헌터일 리가 없지. 레온 님이 질리언 국왕을 왕위 쟁탈전의 승리자로 만들고, 노월 왕국의 왕성을 통째로 날려 버린 몬스터를 해치운 그 레온 님이라면…….”

더 해 줄 말은 없었다.

“좀 전에도 말했듯이 제가 좀 급한 용무가 있는데, 나머지 말은 나중에 기회가 될 때 들어도 되겠습니까?”

“네? 아, 네, 죄송합니다.”

“그럼 골드먼 지부장님, 나머지 일을 부탁합니다.”

“네? 아, 네!”

적당히 자르고 일단 골드먼, 디오 일행과 헤어졌다.

그리고 흑영을 타고 숲을 가로지를 때였다.

삐이! 삐—!

청영의 울음과 함께 하덴과 사색이 된 중국인의 모습이 보였다.

ㅡ아까부터 묻고 싶었는데, 왜 디오 녀석들과 골드먼이라는 녀석에게는 저놈에 대해서 말하지 않은 거지? 그 세컨드 보이스라는 놈들을 견제할 세력으로 헌터 길드를 끌어들일 생각이면 저놈에 대해서도 말하는 편이 낫지 않아?

이유는 두 가지다.

첫째는 태영이 챙긴 서류를 포함해 아직 놈에게 알아내야 할 게 많다는 것.

그리고 둘째는…….

“몰랐던 걸 알게 되면 할 일도 달라지는 법이지.”

"중국?"

왈드 공작이 미간을 모으며 되물었다.

"네, 일단 그자들이 중국이라는 곳에서 온 자들인 건 확실합니다. 중국이라는 곳에 대해서는…….''

"설명할 필요는 없지."

카자드의 말에 공작이 고개를 저으며 중얼거렸다.

그의 정보망은 방대하다.

그리고 그건 비단 아르키네아 제국에만 국한된 게 아니다.

사람의 일이 자신의 사정만으로 결정되는 게 아니듯, 국가 역시 자국의 사정만으로 돌아가지는 게 아니다.

되레 정치적인 부분에서는 국외의 상황이 더 많은 영향을 미친다.

당연히 공작의 정보망 역시 중앙 대륙 전역에 뻗어 있었다.

제국처럼, 아니 제국보다 촘촘하게.

그나마 공작의 정보망이 헐거웠던 곳은 북부였다.

대륙 북부의 중소 왕국들은 제국에 영향을 줄 규모도 아니었고, 그 사이에 자리 잡은 발탄 대수해 탓에 교류도 없었다.

그러나 대격변으로 인해 상황이 달라졌다.

이어져 버렸기 때문이다.

본래 북부의 중소 왕국이 끝이었던 중앙 대륙이, 대격변 이후 나타난 또 다른 대륙과 말이다.

왈드 공작이 이를 방관하고 있었을 리가 없었다.

그러나 뭐든 시간이 필요한 법.

더구나 말했듯이 지금까지 대륙 북부는 그의 관심 밖에 있던 지역이라 아직 알아낸 정보는 많지 않았다.

그중 하나가 그 대륙이 아직 전체 크기조차 가늠되지 않을 정도로 크다는 것이고, 대격변 이전에 그 대륙을 차지하고 있던 나라의 이름이 중국이라는 것이다.

가볍게 넘길 수 있는 이름이 아니라는 말이다.

며칠 전 제국의 북부 국경 초소를 괴멸시킨 자들과 연결해 나온 이름이라면 더.

"먼저 확인해 봐야 할 건……."

잠시 생각에 잠긴 얼굴로 말을 끌던 공작이 카자드를 돌아보며 말을 이었다.

"이번 일에 그 중국이라는 나라 자체가 관여되어 있느냐는 거겠지."

"일단 누군가의 지시를 받았다는 건 분명합니다. 그것도 상당히 지위가 높은, 권력자의 지시를 말입니다."

"그럼……."

"그것만으로 단정할 수는 없겠죠. 공작님이나 저나 그 중국이라는 나라에 관해 아는 게 많지는 않으니까. 권력 구조가 어떻게 되어 있는지도 모르고 말입니다."

"하지만 위협이 된다는 건 분명하지."

"물론 저도 그렇게 생각합니다. 제가 접촉해 본 하쿠인들의 말에 따르면 그 중국이라는 나라, 특히 권력자는 주변국에 그리 우호적인 성향을 가지고 있는 것 같지는 않으니까요. 하지만 경계해야 할 건 그들이 아닐지도 모릅니다."

"무슨 말이지?"

"제가 알아낸 건 놈에게 들은 게 아닙니다. 마법으로 놈의 기억을 읽어 낸 겁니다."

"잘은 모르지만, 꽤 위험하게 들리는군, 여러모로."

공작이 눈매를 좁히며 중얼거리자 카자드가 피식 웃으며 고개를 끄덕였다.

"위험하죠. 또 꽤 어려운 마법이기도 하고 말입니다."

"그런데?"

"놈의 머릿속에 프로텍트가 걸려 있더군요."

"프로텍트?"

"머릿속에 프로텍트를 걸어 두는 건 마법사들이 정신 계열의 마법을 방어하기 위해 종종 사용합니다. 하지만 그런 것과는 다른 프로텍트였습니다. 폭발해 버리더군요, 놈의 머릿속이."

첸이라는 사내가 죽은 이유다.

물론 카자드도 살려 둘 생각은 없었으니 결과는 마찬가지였겠지만 어쨌든.

"제가 고작 중국이나 권력자 같은 단어 쪼가리만 주워듣고 돌아온 이유가 그 때문이죠."

"자네도 손을 쓸 수 없을 정도의 마법이었다는 말인가?"

"저라고 모든 마법을 해제할 수 있는 건 아닙니다. 아니, 애초에 그건 그런 종류의 마법도 아닙니다만, 중요한 건 그런 게 아닙니다."

"그렇겠지."

공작이 고개를 끄덕이며 말했다.

"놈들의 배후에 그렇게까지 해서라도 숨겨야 할 뭔가가 있다는 거겠지. 우리는 그게 뭔지 감조차 잡지 못하고 있고 말이야."

그리고 한층 더 복잡한 표정으로 한숨을 불었다.

"대체 어디서부터 뭘 해야 할지도 모르겠군."

"단서가 전혀 없는 건 아닙니다. 놈의 머릿속을 폭발하기 직전에 중국이나 권력자라는 이미지 외에, 꽤 익숙한 이름 하나가 튀어나오더군요."

"익숙한 이름?"

"네, 레온입니다."

카자드의 대답에 공작이 퍼뜩 고개를 들어 올렸다.

"레온? 내가 아는 그 레온 말인가?"

"그때 놈의 머릿속에서 구체적인 이미지까지는 떠오르지

않아 확답할 수는 없습니다. 하지만 그럴 확률이 높다고 생각합니다. 그 이름을 떠올릴 때 순간적으로 제국 남부 국경을 넘어야 한다는 이미지도 떠올랐으니까요."

"발테아르인가? 그럼 일단 레온이 그자들과 연관이 있다는 건 확실하다는 말이군."

"하지만 좋은 관계는 아닌 것 같았습니다. 놈의 머릿속에서 레온이라는 이름과 묶여 있는 감정은 적개심, 아니 그런 감정도 실리지 않은 살의였습니다."

"……암살자로군."

공작이 살짝 고개를 끄덕이며 말했다.

그리고 다시 눈매를 좁히며 혼잣말처럼 중얼거렸다.

"대체 뭐가 어떻게 얽혀 있는 건지 점점 더 파악하기가 힘들어지는군. 애초에 그 중국이라는 나라는 물론, 레온에 대해서도 아는 게 많지 않으니 그럴 수밖에 없기도 하지만……우연이라고 보기는 힘들군."

"뭐가 말입니까?"

"그때, 자네가 북부 국경 초소를 습격한 그 중국인인지 뭔지를 때려잡고 있을 때 말이네. 레온도 북부에 있었네."

"북부?"

"그래, 북부라고는 해도 가까운 곳은 아니지만, 그때 레온은 발데란에 있었지."

"여전히 관심이 많으시군요."

카자드가 의미심장한 눈으로 바라보자 공작이 피식 웃으며 고개를 저었다.

"그런 눈으로 보지 말게. 젊은 시절 부지런히 돌아다니며 돈을 뿌린 덕분에 앉아만 있어도 들려오는 말이 많아서 알게 된 것뿐이니까. 물론 내가 관심이 없으면 애초에 그런 말도 들려오지 않았겠지만."

"그런 것보다 지금은 그런 말을 하신 의도가 더 궁금하군요. 공작님의 말씀대로 이번에 습격받은 초소와 발데란은 수백 킬로미터 이상 떨어져 있습니다. 초소를 습격한 놈들이 레온과 관련이 있고, 같은 시기에 레온이 북부에 있었다는 건 확실히 공교롭게 느껴지기는 합니다만, 그것만으로 우연이 아니라고 생각하는 건 너무 앞서 나가는 것 아닙니까?"

"여전히 그곳에 있다면 그렇겠지."

"네?"

"레온이 발데란에 머물렀던 건 채 이틀이 안 되네. 발데란에 도착하자마자 발탄 대수해로 들어갔다가 다음 날 바로 나와 지금은 서부로 이동하는 중이네."

"스토커가 따로 없군요."

"말했지 않나? 그런 건 앉아만 있어도 들려온다고. 더구나 이제 그는 한 왕국, 그것도 제국의 바로 아래에 붙어 있는 왕국의 공왕이네. 또한, 그 자신이 일개 부대에 필적하는 힘을 가진 전사이기도 하지. 그런 자가 제국의 중심부를 일직선으로 가로지르는 거네. 모를 수도 없고, 몰라서도 안 되는 일이지."

"일직선으로 가로지른다⋯⋯."

"그게 핵심이지."

공작이 몸을 돌렸다.

그리고 벽에 걸린 지도를 바라보며 말을 이었다.

"내가 레온이 발데란을 떠났다는 보고를 받은 게 나흘 전이네. 그리고 다음 날 오전에 파넬 관문을 지났다는 보고가 들어왔고, 오후에는 모하임 관문에서 같은 보고가 들려왔네. 그만큼 서두르고 있다는 말이지. 그리고 그가 지나온 경로를 따라가 보면 아마도 목적지는⋯⋯."

"발트하츠, 그라디오스 후작이군요."

"그렇겠지."

공작이 다시 카자드를 돌아보며 대답했다.

카자드의 눈매가 좁아졌다.

"확실히 이상하기는 하군요. 그와 그라디오스 후작의 관계야 새삼스러운 일도 아니지만, 발데란에서 갑자기⋯⋯ 발데란에서 뭔가 일이 있었다는 말이군요, 레온도 발데란에 갈 때까지는 예상하지 못했던 일이."

"일단 레온의 동선만 보면 그렇게 생각하는 게 자연스럽겠지."

"그럼 결국 레온이 발데란에서 뭘 했느냐가 문제겠군요."

"거기까지는 나도 모르지만……."

왈드 공작이 수염에 덮인 턱을 긁적이며 중얼거렸다.

"묘한 얘기를 듣기는 했지. 레온이 떠난 다음 날 발데란의 헌터 길드에서도 대규모 운송단이 나왔다고 하네."

"운송단? 그게 레온과 관련이 있다는 말입니까?"

"확실하지는 않지만, 난 있다고 보네. 그 전날 발데란의 헌터 길드 지부장이 레온과 함께 관문을 넘어 발탄 대수해로 들어간 이력이 있으니까. 운송단이 운반하는 화물은 그 발탄 대수해에서 들여온 몬스터의 뼈라고 하더군. 문제는 그게 평범한 뼈가 아니라는 거지. 평범한 뼈라면 일부러 천막으로 가려 놓고 쉬쉬할 이유는 없을 테니까."

"평범한 뼈가 아니라면……."

"나도 직접 본 게 아니라 정확히는 알 수 없지. 하지만 운송단에서 이런 말이 흘러나오는 걸 들은 사람이 있다더군. 그 형태가 마치 드래곤 같다고 말이야."

"드래곤?"

이어지는 공작의 말에 카자드의 몸이 움찔했다.

"그건……."

그리고 낮은 목소리로 중얼거리며 왈드 공작의 뒤에 걸린 지도를 바라보았다.

그가 태영을 만난 노월 왕국에서 발데란까지, 그리고 다시 발데란에서 태영의 목적지로 추측되는 제국 서부의 발트하츠까지.

카자드는 골몰히 생각하는 얼굴로 천천히 지도를 훑었고, 이내 그 입에 열은 미소가 떠올랐다.

"흥미로운 얘기군요."

❡

－흥미롭군.

그리모어가 히죽대는 목소리로 중얼거렸다.

그러나 태영은 불편하기 짝이 없는 표정을 떠올리고 있을 뿐이었다.

－그라디오스 후작도 만만히 볼 수 없겠어.

지금 그 앞에서 그리모어가 말한 그라디오스 후작이 벙긋 웃는 얼굴로 서 있기 때문이다.

물론 그게 딱히 문제가 된다는 말은 아니다.

태영이 드래곤의 뼈까지 골드먼과 디오 일행에게 맡기고 발데란을 떠나 눈썹이 휘날리게 제국을 가로질러 온 이유가 바로 그, 그라디오스 후작을 만나기 위해서니까.

그리고 미리 연락도 해 두었다.

불과 하루 전이었기는 하지만, 청영의 다리에 방문하겠다는 내용의 편지를 묶어 보냈다.

그러나 그때까지는 정말 상상도 못 했다.

-환영! 발테아르의 공왕 레온 전하 방문!

발트하츠에 도착해 가장 먼저 보게 될 게 이런 플래카드일
줄은 말이다.

게다가 한 장도 아니었다.

같은 내용의 플래카드가 성벽 곳곳에서 펄럭대고 있었다.

그리고 성문 앞에 완전 군장 상태로 늘어서 있는 100여 명
의 병사들!

그 뒤로는 화려한 옷을 입은 사람들이 나팔이나 북 따위를
들고 모여 있었다.

모두 '들어오기만 해 봐라! 확 불어 줄 테다! 미친 듯이 북
을 쳐 줄 테다!'라는 표정으로 말이다.

"하아······."

보고만 있어도 피곤해지는 장면이었다.

-뭐야? 반응이 왜 그래?

"몰라서 묻냐?"

-알지만, 모르겠군. 처음 이곳에 왔을 때는 도둑처럼 밀수꾼의
비밀 통로로 숨어 들어갔었는데, 지금은 완전히 국빈 대접이잖아.
아니, 국빈이지. 딱히 변한 게 없어서 나도 잊어먹고 있었지만, 주
인은 이제 공왕이잖아. 애매하기는 하지만, 일단 왕이니까 후작
보다 끗발이 높기도 하고.

물론 그렇기는 하다.

─그런데 그라디오스 후작이 그냥 '어? 왔냐?' 하는 것도 좀 그렇지 않아?

그것도 그렇기는 하다.

문제는 태영이 눈썹이 휘날리게 달려온 건 그런 대접이나 받고 싶어서가 아니라는 것이다.

그리고, 장담컨대 그라디오스 후작도 대접이나 해 주려고 이러는 게 아니다.

물론 정치적인 효과를 노리는 부분도 있겠지만 아마도 그런 이유는 1%, 99%는 장난이다.

─감격스럽군. 주인이 똥파리 같은 몸으로 날 찾아온 게 엊그제 같은데, 어느새 본 드래곤을 때려잡고 제국의 후작에게 국빈 대접을 받을 수 있는 몸이 되다니. 자랑스럽다, 주인.

이 녀석은 100%다.

그러나 그런 이유로 며칠을 달려온 목적지를 앞에 두고 말을 돌릴 수는 없는 일.

결국, 태영은 한숨을 불어 내며 전진.

"와아아아─!"

빵빠바바! 둥둥둥둥!

불편하기 짝이 없는 얼굴로 함성과 나팔, 북소리를 받으며 성문으로 다가갔다.

그라디오스 후작은 활짝 웃으며 반겨 주었다.

"방문해 주셔서 감사합니다, 레온 공왕 전하. 나름대로 최선을 다해 환영 준비를 했지만, 전하의 마음에 드실지 모르겠군요."

"적당히 하시죠."

"뭘 말입니까? 모어 경, 혹시 내가 실례되는 행동이라도 했나?"

"글쎄요? 전 모르겠습니다만."

후작이 돌아보자 모어가 눈을 껌뻑이며 고개를 저었다.

그리고 같이 다시 태영을 돌아보며 히죽 웃었다. 그러나 그것도 잠시, 곧 그 얼굴에서 웃음기가 사라졌다.

태영이 굳은 얼굴로 바라보고 있어서다.

"어제 자네가 매를 통해 보낸 편지에 중요하게 의논할 일이 있다는 내용이 적혀 있었는데…… 아무래도 즐겁게 얘기할 내용은 아닌 모양이군."

"네."

"나쁜 소식인가?"

"상황에 따라 최악의 소식이 될 수도 있고, 최고의 소식이 될 수도 있습니다."

"어려운 얘기라는 건 확실하군."

"후작님을 찾아온 이유죠."

"들어가지."

곧 후작도 굳은 얼굴로 몸을 돌렸다.

벽을 따라 두꺼운 책이 빽빽이 꽂혀 있는 서재.

그 안쪽에 놓여 있는 탁자에 세 남자가 둘러앉아 있었다.

한 명은 서재의 주인인 라이너 벤 그라디오스 변경백. 옆에는 호위 기사인 모어가 자리하고 있었고, 태영은 그 둘과 마주 보는 자리에 앉아 있었다.

태영의 요청으로 마련된 자리다.

그러나 자리를 옮긴 뒤에도 침묵을 지키고 있었다.

─답답하군. 할 말이 있어서 그렇게 바쁘게 달려온 거 아니야? 그럼 얼른 시작하라고. 나도 무슨 말을 하려고 그러는지 궁금하니까.

그게 그렇게 간단하게 시작할 내용이 아니기 때문이다.

말이란 같은 내용이라도 말하는 방식이나 순서에 따라 전혀 다른 내용이 돼 버리기도 하는 법.

먼저 태영의 생각부터 정리할 필요가 있었다.

입을 연 건 몇 분이 지나서였다.

"후작님도 노월 왕국의 왕위 계승식 때 일어난 일에 대해서는 들어 보셨을 겁니다."

"거기서부터 시작하는 건가?"

묵묵히 바라보던 그라디오스 후작의 미간에 주름이 잡혔다.

"드미트리에게 전해 들었네. 그 일이 어떤 식으로 시작됐는지, 또 어떻게 진행됐고 어떻게 끝나게 됐는지도 말이야. 물론 자네의 활약상을 포함해서. 그래서 나도 꽤 기대하고 있었지. 그 보고서를 가장한 영웅소설의 주인공에게 직접 그때 일을 직접 들을 기회는 흔치 않으니까. 하지만 그렇게 무거운 표정으로 말하니 안 좋은 예감밖에 들지 않는군. 혹시 자네가 발데란에 갔던 것도 그 일과 관련이 있는 건가?"

"알고 계셨습니까?"

"행방을 숨기고 싶었던 건가?"

"그건 아니죠."

"그럼 그 정도는 알아야지. 자네는 이제 일개 헌터나 기사가 아니니까. 더구나 나는 자네에게 아들까지 맡겨 두지 않았나?"

"워트는……."

"발테아르로 간 모양이더군. 곳곳에서 내 이름을 팔아먹으면서 말이야. 그 탓에 나도 여기저기에 해명하느라 꽤 바쁜 시간을 보내야 했지."

"그건 제 사정 때문이었습니다."

"불평하는 게 아니네. 워트 녀석은 지금까지 내 이름을 입에 올리는 것조차 꺼려 왔지. 그런 녀석이 내 이름을 팔고 다녔다는 건 그만한 사정이 있었다는 말이고, 이제 워트도 제자존심보다 중요한 게 있다는 알게 됐다는 의미지. 자네에게 맡기기를 잘했다고 생각하는 부분이네."

후작이 빙긋 웃으며 말했다.

"그럼 하던 얘기로 돌아가지. 자네가 발데란에 간 게 노월 왕국에서 일어난 일과 관련이 있다는 데까지 말했었지? 그건 질리언 국왕도 알고 있는 건가?"

"모릅니다."

"그때는 확실하지 않은 일이었다는 말이군. 자네가 발데란에 간 건 그걸 확인하기 위해서고. 그 뒤에 바로 나를 찾아왔다는 건 확인이 끝났다는 말이겠지. 맞나?"

"네."

"역시 나쁜 예감밖에 들지 않는군."

후작의 입가에 다시 웃음이 번졌지만, 좀 전과는 확연히 다른 웃음이었다.

노월 왕국의 일을 꺼낸 것만으로 바로 여기까지 추측해 낼 수 있는 사람이니까.

태영이 자신을 찾아온 이유도 이미 짐작하고 있을 것이다.

그리고 역시나.

"제국인가?"

"네."

그라디오스 후작은 핵심을 정확히 파고들었고, 이어지는 대답에도 놀란 반응을 보이지 않았다.

그러나 모어는 아니었다.

"제, 제국이라니요? 그 말은 혹시 제국에서도 노월 왕국과 같은 일이 벌어질지도 모른다는 말입니까?"

"이미 벌어졌을지도 모르지. 레온 경이 발데란에 가지 않았다면 말이야. 지금까지 자네가 한 말은 그렇게 받아들여도 되는 거겠지?"

모어는 좀 전까지의 대화만으로 이런 결론을 떠올릴 수준의 이해력을 갖추지는 못하고 있었다는 증거다.

"시기를 특정할 수는 없지만, 결과만 말하자면 그렇습니다."

"그 말은…… 노월 왕국의 일을 일으킨 놈들이 발데란 어딘가에서 같은 짓을 준비하고 있었고, 레온 경이 놈들을 해치웠다는 말입니까?"

그래도 일단 대화의 맥락을 파악할 이해력 정도는 갖추고 있는 것 같지만, 딱 거기까지인 모양이다.

"그럼에도 급하게 나를 찾아온 이유는 그게 끝이 아니라는 말일 테고."

"끄, 끝이 아니라고요?"

이어지는 후작의 말에 다시 화들짝 놀라며 되묻는 게 그래서겠지만 어쨌든.

후작은 신경 쓰지 않고 말을 이었다.

"일단 확인부터 하지. 자네는 놈들에 대해 어디까지 알아낸 건가?"

"저도 아직 많이 알지는 못합니다. 노월 왕국에 있을 때까지만 해도 제가 아는 건 놈들이 세컨드 보이스라는 이름을 사용하는 조직이라는 것뿐이었습니다."

"세컨드 보이스…… 들어 본 적이 없군. 하지만 중요한 건 놈들이 어떤 이름을 사용하느냐가 아니라, 그런 이름을 사용하는 놈들의 목적이겠지."

"그것도 모릅니다."

"그런데도 놈들이 노월 왕국에서 일어난 일과 같은 일을 꾸미고 있다고 말한다는 건 발데란에서 본 게 있어서겠지? 대체 뭘 본 건가?"

"드래곤입니다."

후작이 표정에 변화가 생긴 건 이 말을 들은 다음이었다.

"뭐? 드, 드래곤? 드래곤이라면 설마…… 고대 제국의 북부 원정을 막았다고 전해지는 발탄 대수해의 드래곤을 말하는 건가?"

"아마 그럴 겁니다. 단, 제가 본 건 언데드 드래곤이었습니다."

"언데드 드래곤……."

후작의 동공이 지진이라도 일어난 것처럼 거칠게 흔들리기 시작했다.

"하지만 그건 걱정하지 않으셔도 됩니다. 제가 처리해 뒀으니까요."

"그, 그래? 그건 다행이군. 만약…… 응? 자, 잠깐? 뭐라고? 처리했다고? 혹시 그 말은 자네가 언데드 드래곤을 해치웠다는 말인가?"

"그렇게 됐습니다."

그리고 이어지는 태영의 대답에 그 눈이 빅뱅을 일으키듯이 팽창했다.

"다행히 아직 완전한 상태가 아니었습니다."

태영이 이해를 돕기 위해 덧붙였지만, 딱히 달라지지는 않았다.

옆에서 판박이 같은 표정을 짓고 있는 모어와 함께 그대로 얼어붙은 듯이 바라볼 뿐이었다.

그러나 마냥 그러고 있을 때는 아니었고, 다행히 후작도 그런 생각조차 못 할 정도로 얼어 버린 건 아니었다.

"하고 싶은 말도 많지만…… 그만두지. 본론은 이제부터니까. 좀 전에 노월 왕국에서 일어난 것과 같은 일이 제국에서도 벌어질 거라고 말했지? 그건 이미 제국 어딘가에 숨어 있는 놈들이 있다는 말이 아닌가?"

"네, 그것도 한두 곳은 아닐 겁니다."

"믿어지지 않는군. 일단 드러난 것만 봐도 아래로는 노월 왕국과 위로는 발데란, 그럼 결국 중앙 대륙 전역이 놈들의 활동 범위라는 말인데…… 그만한 규모의 조직이 숨어 있는데도 내가 지금까지 이름조차 들어 보지 못했다니, 충격을 넘어 섬뜩하기까지 하군. 하지만 지금 중요한 건 놈들이 어떤 놈들이냐보다 어디에 숨어 있느냐겠지."

"거기까지는 저도 모릅니다."

"어딘지는 모르지만, 놈들이 숨어 있는 건 확실하다……그렇게 단언하는 건 혹시 자네와 함께 온 사내와 관련이 있는 건가?"

"네, 언데드 드래곤을 만들던 놈들의 비밀 기지에서 잡은 자입니다. 말씀하신 것처럼 제국 내에서 활동하는 다른 조직원들이 있다는 것도 그자를 통해서 들었고요. 하지만 그자도 정확한 위치까지는 모르고 있었습니다."

"자네의 말이라면 의심할 수 없지. 하지만 그자의 말은 의심이 드는군. 아무것도 모른다고 떠들어 대던 놈들이 의외로 많은 걸 알고 있던 걸 워낙 많이 봐 와서 말이야."

"저도 그런 놈들을 꽤 압니다."

물론 태영도 안다.

그런 놈들이 꽤 있다는 것도, 또 후작의 옆에서 진지한 얼굴로 끄덕이는 모어는 그런 놈들이 모르던 것도 알게 만드는 일에 꽤 재능이 있다는 것도.

그러나 모어가 그런 재능을 발휘하면 곤란해지는 건 태영이다.

모어가 마음껏 재능을 발휘하면 놈은 태영이 챙겨 온 서류를 번역할 수 있는 상태가 아니게 될 테니 말이다.

몸은 물론 마음도.

그리고 굳이 그럴 필요도 없었다.

놈이 허옇게 질린 얼굴로 하덴에게 잡혀 태영의 앞으로 끌려왔을 때.

–[하오룽]이 [하덴]의 뱀파이어 종자가 되었습니다.

놈은 이미 이런 몸이었으니까.

"그자는 이미 아는 걸 모두 말했습니다. 그건 제가 보증할 수 있습니다."

놈은 이미 하덴에게 거스를 수 없는 몸이 되어 있었고, 하덴은 태영에게 거스를 수 없는 몸.

즉, 태영은 슈퍼 갑이라는 말이다.

그, 하오룽이 반항 한번 없이 태영을 따라오고, 지금도 다른 방에서 넘나 행복한 얼굴로 서류의 번역본을 만들고 있는 이유다.

당연히 이미 태영이 알고 싶어 하는 것도 모두 같은 얼굴로 줄줄이 털어놓았다.

그리고 그때.

–끼어들 생각은 없지만, 저놈이 제국 안에 다른 놈들이 숨어서 수상한 작당질을 하고 있다는 말을 하는 건 들은 기억이 없는데? 그냥 모른다고 하지 않았어?

태영이 들은 말은 이거였다.

그럼에도 태영이 확신하는 이유는 직접 경험해 본 일이기 때문이다.

일전에도 말했듯이 과거 마인과 본 드래곤이 발데란을 습격했을 때, 제국이 출정시킨 병력에는 태영도 포함되어 있었다.

그러나 마인은커녕 본 드래곤조차 막아 내지 못했다.

당시 태영을 돕기 위해 헌터를 규합해 달려온 디오 일행과 함께 만신창이가 된 병력을 수습한 뒤에도 주민이 대비할 시간을 버는 게 고작이었다.

제국은 다급해질 수밖에 없었다.

그리하여 곧바로 총력을 동원해 1차 토벌군의 몇 배에 달하는 병력을 모아 출정시켰고, 결과적으로 그게 제국이 몰락하는 계기가 되었다.

그때, 마치 기다렸다는 듯이 제국 곳곳에서 마인이 동시다발적으로 나타났기 때문이다.

이에 북부로 이동하는 토벌군은 뿔뿔이 흩어진 채 각개격파!

그 탓에 병력 공백이 생겨 버린 여러 영지도 변변한 저항도 못 해 보고 짓밟혔다.

놈들이 나타나고 채 열흘도 되지 않아 제국의 3분의 1이 폐허로 변해 버릴 정도로.

'일단 이번에는 발데란 쪽은 막았다. 그러니 이번에는 그때처럼 진행되지는 않겠지만, 그게 다른 놈들이 나타나지 않는다는 말은 아니다. 그때 마인을 불러낸 놈들도, 분명 지금도 제국 곳곳에 숨어 있겠지.'

처음부터 알고 있던 일이라는 말이다.

그럼에도 태영이 지금까지 입 밖에 꺼내지 않은 데는 그만한 이유가 있었다.

그것도 한둘이 아니지만, 결국 핵심은 하나다.

방금 말한 것처럼 태영도 놈들이 어디에 숨어 있는지까지는 모른다는 것이다.

물론 전혀 짐작도 못 한다는 말은 아니다.

발탄 대수해에서 나타난 마인과 달리 다른 놈들은 직접 보지는 못했지만, 적어도 어느 지역에서 처음 나타났는지 정도는 알고 있었다.

그러나 그 정도라면 모르는 것과 크게 차이가 없었다.

"난감하군. 그나마 노월 왕국이 그 정도의 피해로 놈들이 불러낸 괴수를 막을 수 있던 건 자네 덕이 크지만, 왕성이었다는 점도 적지 않아. 만약 일개 영주성이었다면 자네가 나설 틈도 없이 사라졌겠지. 만약 그런 놈들이 제국 곳곳에서 나타난다면…….."

"당장 놈들을 찾아서 박살 내야 합니다!"

"물론 나도 그러고 싶네. 하지만 어디에 숨어 있는지도 모르는 놈들을 무슨 수로 찾아서 박살을 내라는 말인가?"

"그렇다고 이대로 넋 놓고 있을 수는 없지 않습니까? 놈들도 인간인 이상 제국의 병력을 총동원해 이 잡듯이 뒤지다 보면 틀림없이 단서를 찾을 수 있을 겁니다!"

"놈들은? 그때까지 얌전히 앉아만 있겠나?"

"그건……."

"뭐가 있는지도 모르는 굴을 쑤셔 대면 굴 속에 숨어 있는 놈이 할 일은 둘 중 하나다. 더 꽁꽁 숨어 버리거나, 몽땅 뛰쳐나와 물어 대거나. 그때 가서 놈들이 독사라는 걸 알아봤자 도움이 되지는 않겠지."

부족한 정보로 섣불리 움직이면 이런 꼴을 당할 게 뻔하기 때문이다.

그럼에도 후작을 찾아와 이런 말을 하는 이유는…….

"방법이 있을지도 모릅니다."

"방법?"

"네, 실은 제가 데려온 그자는 하쿠인이 아닙니다. 중국인이죠. 그리고 자신의 의지로 이곳에 오게 된 것도 아닙니다. 그가 속한 중국이라는 나라의 권력자에 의해 보내진 겁니다. 즉, 세컨드 보이스와 그 권력자, 아니 중국이 손을 잡고 있다는 말입니다. 중국은…….."

"대강 알고 있네. 하쿠인이 우리 쪽 세계의 언어만 배운 게 아니듯이, 나도 하쿠어만 배운 게 아니니까. 중국이 어디에 있고, 어떤 체제로 돌아가는 나라인지는 알고 있네."

후작이 태영의 말을 끊으며 말했다.

그리고 잠시 턱수염을 긁적이며 생각하다가 고개를 끄덕이며 중얼거렸다.

"이제야 대충 어떤 상황인지 감이 오는군."

그라디오스 후작이 답답한 한숨을 불었다.

"어째 얘기를 할수록 상황이 점점 더 복잡해지는 것 같군."

"네?"

"그런 반응을 보이는 걸 보니 자네도 그쪽 사정은 잘 모르고 있는 모양이군. 하긴, 지금까지 자네가 해 온 그 많은 일을 생각하면 그런 데까지 관심을 둘 여유는 없었겠지. 나도 그랬고 말이야. 그렇다고 우리와 무관하다고 생각했던 건 아니지만…… 뭐랄까, 미뤄 뒀던 채무를 한꺼번에, 그것도 가장 불편한 형태로 청구받게 된 기분이군."

후작이 몸을 일으켰다.

그리고 책장 앞의 바구니에서 두 개의 두루마리를 뽑아 들고 돌아와 탁자 위에 펼쳤다.

하나는 현대의 세계지도.

다른 하나는 이계의 세계지도였다.

그러나 이계 쪽은 엄밀히 말하면 세계지도라고 할 수는 없었다.

아르키네아 제국에서 이계의 중심은 당연히 중앙 대륙, 현대로 치면 북으로는 중국과 러시아의 일부 땅을 포함하고 태평양 중심 지역까지 뻗어 있는 대륙이다.

　당연히 중앙 대륙은 그만큼 상세하게 그려져 있었다.

　그러나 대해원이라고 불리는 우측 바다 너머에는 대륙이 있다는 표시만 되어 있었고, 그보다 가까운 좌측 바다 너머에 자리 잡은 서방 대륙도 대략적인 형태만 그려져 있을 뿐이었다.

　"대격변 이후 내가 가장 큰 충격을 받았을 때가 바로 이 두 세계의 지도를 비교해 봤을 때였지. 지도란, 적어도 내 세계에서는 그 나라의 국력을 대변하는 것이나 다름없는 전략 물자니까. 세계 전체를 아우르는, 그것도 이 정도로 정밀한 지도를 제작할 수 있다는 것만으로도 우리 측 세계와 자네 측 세계의 문명 차이를 실감할 수 있지. 아니, 되레 실감하지 못하게 됐다고 말해야겠군. 하쿠인에게 설명을 들을수록 이해하기 힘들어졌으니까."

　"당연히 그럴 겁니다. 저도 제가 살던 세계보다 300년 이상 문명이 앞서 있는 세계에서 그런 말을 들었다면 이해하지 못했을 테니까요."

　"300년…… 그래, 하쿠인들도 같은 말을 하더군. 우리 세계와 자네들 세계 사이에는 300년 정도의 차이가 있는 것 같다고 말이야. 하지만 솔직히 와닿지는 않네. 적어도 내 세계는 문명도만 보자면 300년 전과 크게 다를 게 없으니까. 앞으로 300년이 더 지난다고 자네나 하쿠인들이 말하는 세상이 될 것 같지는 않지만……."

"더 빨라지겠죠."

"그렇겠지."

후작이 고개를 끄덕였다.

그러나 표정이 밝지는 못했다.

이계에는 이미 그런 지식을 가진 사람들이 섞여 버렸으니 태영의 말처럼 이계의 발전 속도로 빨라지게 되겠지만, 그게 좋은 일이라고 말할 수만은 없다는 걸 이해하고 있기 때문이다.

"솔직히 말하면 난 무섭기까지 하네. 버튼 하나로 수십만, 수백만의 사람을 죽일 수 있는 기술이 존재하는 세상이라니, 정말 그런 게 가능하다면 미쳐 버린 세상이라는 생각밖에 들지 않으니까."

"하지만 그런 세상도 약점이 없는 게 아니죠. 고도로 발전된 세상은 되레 그 탓에 쉽게 무너지기도 합니다."

"그런 모양이더군. 우리 측에는 그나마 다행스러운 일이라고 말할 수 있는 부분이기도 하고 말이야. 하지만…… 지금은 그 탓이라고 해야겠군."

"무슨 말이죠?"

"이계, 그러니까 자네들 세계의 힘을 너무 경계하게 되는 걸 피하려고 한 나머지 되레 너무 과소평가했다는 말이네. 아니, 착각했다는 말이 좀 더 정확하겠군. 자네를 포함해 내가 만나 본 하쿠인들은 모두 평화롭게 우리 세계와 공존할 방법을 고민하는 사람들이었으니까, 자네가 살던 세계의 사람들이 모두 그러리라고 말이야."

후작이 다시 지도를 내려다보았다.

"쓸데없는 말이 너무 길었군. 본론으로 들어가지. 자네는 이쪽, 우리가 서방 대륙이라고 부르는 곳에 대해 얼마나 알고 있나?"

"그냥 여기저기에서 주워들은 정도입니다."

"많지는 않다는 말이군."

"중앙 대륙의 사람들도 서방 대륙에 대해 아는 건 많지 않으니까요. 실제로 중앙 대륙에서 서방 대륙과 직접 교류하는 건 제국 서부의 카잘 왕국과 디스티아 왕국 정도 아닙니까?"

"그렇지."

후작이 고개를 끄덕였다.

"제국의 귀족이 인식하는 서방 대륙도 딱 그 정도 범위였네. 서방 대륙에도 여러 왕국이 있지만, 문명도는 제국에 미치지 못하네. 군사적으로도 그렇고. 대륙 남부의 해안가 일부만 가지고 있는 제국이 일부러 카잘이나 디스티아 왕국과 경쟁하면서까지 교류할 정도로 매력적인 곳도, 또 경계할 대상도 아니었다는 말이지."

"지금은 아니라는 말이군요."

"대격변 이후로 두 가지가 달라졌으니까. 하나는 이 두 지도를 보면 명확해지지."

후작의 말대로였다.

앞서 말했듯이 중앙 대륙의 북부는 중국과 러시아의 일부가 포함된 지역이 끝이다.

그러나 현대의 아시아 대륙은 거기서부터가 시작.

그 위로도 세계에서 가장 큰 영토를 가진 러시아가 있지만, 옆으로도 그에 못지않은 영토를 가진 중국이 현대의 서방 대륙까지 뻗어 있는 것이다.

그리고 그 거대한 대륙이 고스란히 이계로 넘어왔다면⋯⋯.

"이어져 있겠군요."

"그래, 자네 측 세계의 지도를 토대로 확인해 본 바에 의하면 바다에 잠긴 부분도 꽤 되는 것 같지만, 중앙 대륙의 북부가 중국이라는 나라를 통해 서방 대륙과 연결돼 버린 건 분명해 보이네. 이제 제국에서도 중국은 물론 서방 대륙도 더는 남의 얘기가 아니게 된 셈이지."

"하지만 제국 북부에는 발탄 대수해가 있습니다. 또 그 너머에는 꽤 많은 중소 왕국이 산재해 있고 말입니다."

"그것도 사실이지. 육로가 이어졌음에도 제국이 별다른 대응을 하지 않은 이유가 그 때문이었네."

물론 그렇다고 전혀 신경 쓰지 않고 있었다는 말은 아

니다.

제국은 중앙 대륙의 패권국.

카잘 왕국과 디스티아 왕국에 밀려 활발한 무역을 할 수 없었지만, 각 대륙의 동향을 읽기 위한 사절 정도는 왕래하고 있었다.

하물며 지금은 두 대륙이 북부를 통해 연결돼 버린 상황.

태영이 말한 이유 탓에 당장 활용하지는 못하더라도 앞으로의 일을 생각하면 이전보다 활발하게 상대 대륙의 정보를 확보할 필요가 있었다.

그러나 실제로는 되레 그 반대였다.

"대격변이 일어난 이후로 서방 대륙에서 사절이 온 적은 없네. 제국만이 아니라 카잘 왕국과 디스티아 왕국에도."

"그건…….”

"당장 육로를 이용하지 못하는 것과 같은 이유네. 변한 게 대륙만은 아닐 테니까. 대격변 탓에 해류나 선원들이 이정표로 삼는 별자리까지 바뀌었으니 이전처럼 왕래할 수는 없었겠지. 그 탓에 발등에 불이 떨어진 건 카잘과 디스티아 왕국이었고."

그 두 왕국은 서방 대륙과의 무역을 주요 수입원으로 삼고 있었기 때문이다.

따라서 당연히 손 놓고 있을 수만은 없었다.

이에 대선단을 조직해 다시 항로 개척에 나섰고, 마침내 서방 대륙에 도달할 수 있었다고 한다.

그러나…….

"출발한 건 20여 척이었지만, 돌아온 건 불과 1척뿐이었다고 하네."

"항로가 그 정도로 위험해진 겁니까?"

"물론 그런 이유도 있겠지. 예상하지 못했던 기후 변화나 해상 몬스터의 습격으로 잃은 배만 8척이었다고 들었으니까. 하지만 나머지 10여 척은 서방 대륙의 앞바다에서 격침됐지."

"……격침?"

"그래, 격침. 자네도 알다시피 그 정도 거리를 왕래하는 선박은 상선이라기보다는 군함에 가깝지. 하지만 일방적이었다고 하네. 불과 3척을 상대로 말이야. 당연하겠지. 배 전체가 쇠로 되어 있고, 수 킬로미터 너머의 선박을 정확히, 그것도 일격에 침몰시킬 수 있는 화력을 가진 상대였다면 말이야."

"그럼 선단을 습격했다는 배는……."

"자네 쪽 세계의 군함이겠지. 카잘 왕국이 국내의 하쿠인이나 남양주에 대한 태도가 달라진 원인도 그 사건과 관련이 없다고 할 수는 없겠지."

"남양주?"

이어지는 말에 태영이 어리둥절한 표정으로 되물었다.

그러자 후작과 모어도 어리둥절한 표정으로 바라보며 되물었다.

"뭔가, 그 반응은? 설마 모르고 있던 건가?"

"무슨 말인지……."

"하, 이거 참. 박예지에게 급한 상황이라 자네에게는 사후 보고로 처리하겠다는 말을 들었지만, 아직도 모르고 있을 줄은 몰랐군."

"박예지? 혹시 후작님의 영지에 있던 그 예지 씨를 말하는 겁니까?"

"……거기부터인가?"

후작이 어이없는 얼굴로 고개를 절레절레 흔들었다.

"제 왕국을 세우고 그렇게까지 신경 쓰지 않고 돌아다니고 있었다는 사실도 경악스럽지만, 그런데도 왕국이 정상적으로 굴러가고 있다는 게 더 경악스럽군. 하지만 한 걸음 더 들어가면 내정 간섭이 될 테니 넘어가고, 필요한 얘기만 하자면 얼마 전 카잘 왕국은 국내의 하쿠인을 대부분 처형하고 남양주에도 대규모 군대를 보냈었네."

"왜 갑자기……."

"말했지 않은가? 앞서 말한 이유 때문이라고. 나도 일을 처리하는 과정에서 알게 된 사실이지만, 그때 살아 돌아온 배에는 서방 대륙을 탈출한 사람도 몇 명 타고 있었네."

"탈출?"

"그래, 현재 서방 대륙, 특히 동부 지역의 왕국들은 현대의 세력에 의해 모두 괴멸 직전까지 몰려 있는 상황이라고 하더군."

후작이 미간을 찡그리며 혼잣말처럼 중얼거렸다.

"그런 속사정까지 알게 되면 카잘 왕국 측의 조치도 이해 못 할 건 아니지. 카잘 왕국에서도 서방 대륙과 같은 일이 벌어지지 말란 법은 없으니까."

"그럴 일은 없습니다!"

"아네. 나는 물론, 카잘 왕국의 국왕도 실제로 그런 일이 벌어지리라고 생각하고 있지는 않아. 하지만 위협이 될지도 모른다는 것만으로도 이유는 충분하지. 하물며 그 위협을 배제하는 것과 동시에 혹시 모를 서방 대륙의 침공에 대항할 군사력까지 얻을 수 있다면, 선택의 여지가 없다고 해도 과언이 아니지."

"그럼 지금 남양주의 사람들은……."

"다행히 박예지가 늦지 않게 도움을 요청해 내게 망명 신청을 했다는 구실로 빼내 올 수 있었네. 지금은 그들의 의견을 존중해 아무것도 모르는 자네 왕국으로 보내진 상태고, 자네가 그 결과에 불만이 있는 게 아니라면 박예지를 발테아르로 보내 놓은 내 판단이 탁월했다는 말이겠지."

후작이 빙긋 웃으며 대답했다.

그러나 태영은 따라 웃을 수가 없었다.

- 그럼 결국 카잘 왕국에 있던 하쿠인은 모두 그 중국이라는 나라의 녀석들 때문에 처형당했다는 건가? 하, 이건 뭘까, 힘없는 사람들이 나라 단위의 일에 휘말려 죽어 나가는 건 새삼스러운 일도 아니지만, 민폐도 이런 민폐가 없군.

　일단 첫 번째 이유는 이거다.

　태영은 지금까지 같은 한국인이라고 딱히 책임감을 느끼지는 않았다.

　이미 한국은 이계에 덮여 사라졌고, 그 위에서 살아남는 건 각자의 책임이라고 생각해 왔다.

　그러나 그게 한국인임을 부정한다는 말은 아니다.

　그리고 한국인의 90% 이상이 그렇듯이 태영 역시 중국이라는 나라를 좋아하지 않는다.

　한국인의 머릿속에 중국이라는 나라는 방금 그리모어가 말한 것처럼 민폐국이라는 이미지밖에 없으니까.

　물론 세계가 변해 버린 지금에 와서까지 그딴 과거를 들먹을 생각은 없다.

　그래서 더 치밀어 오르는 것이다.

　"영지에 남아 있는 하쿠인에게 중국이라는 나라에 대해 좀 더 자세히 알아보게 된 이유가 그 때문이네. 덕분에 대강 이해하게 됐지. 한국과 중국이 얼마나 다른 나라인지. 그리고 그 나라의 권력자가 세컨드 보이스라는 조직과 손을 잡았다는 자네의 말을 듣고 모두 이해하게 됐네. 그들이 어떻게 대격변을 겪고도 서방 대륙의 왕국을 괴멸 직전까지 몰아붙일 수 있었는지. 그리고…… 그게 서방 대륙에서 끝나지 않으리라는 것도. 아니, 자네의 말에 따르면 이미 시작되고 있다고 봐야겠지."

그게 현재까지 이어지고 있으니까.

"그럼……."

"물론 방관할 수는 없겠지."

고개를 끄덕인 후작이 다시 태영을 바라보며 말을 이었다.

"일단 확인부터 하지. 지금까지 나눈 대화로 미뤄 보면 제국 내에서 음모를 꾸미는 그 세컨드 보이스라는 놈들을 찾아내기는 현실적으로 어렵다. 그러니 놈들과 손을 잡은 중국, 즉 서방 대륙 쪽이라면 단서를 찾을 수도 있다고 생각해 나를 찾아온 건가?"

"생각이 아니라 확신입니다."

"말했듯이 그 중국이라는 나라는 현재 서방 대륙 대부분을 장악하고 있네. 그게 현대의 중국 그 자체인지, 일부인지 모르지만, 어느 쪽이든 위협적인 세력이라는 건 분명한 사실. 나 혼자 결정할 문제가 아니지."

태영의 대답에 후작이 바로 몸을 일으키며 소리쳤다.

"모어, 채비를 서둘러라! 바로 황도로 간다!"

"황도라면…… 황제 폐하를 알현하시려는 겁니까?"

"아직 일어나지도 않은 일로 폐하를 알현할 수는 없다. 그럼 만나 봐야 할 사람은 한 명밖에 없지."

후작이 태영을 돌아보았다.

"같이 가겠나?"

"이미 들어야 할 건 모두 들었고, 말해야 할 것도 모두 말씀드렸습니다. 제가 따라간다고 해도 저나 후작님께 크게 도움이 될 건 없을 겁니다. 후작님이 만나려는 사람이 제가 생각하는 그 사람이라면 더 그럴 거고요."

태영은 그런 일에 시간을 낭비할 생각이 없었다.

그라디오스 후작과 그가 어떤 결론을 내든 태영이 할 일은 이미 정해져 있으니까.

따라서 다음 목적지도 처음부터 정해져 있었다.

왕의 귀환 I

 - 뭔가 쓸데없이 번거롭게 돼 버린 기분이군.

그리모어가 투덜대듯이 말했다.

 - 그 후작이라는 녀석도 그래. 이제 그 녀석도 수상한 작당질을 하는 놈들이 있다는 걸 알게 됐잖아. 어디를 파 봐야 할지도 답이 나온 상태고. 그런데 이것저것 따질 게 뭐가 있어? 그냥 후다닥 가서 해치울 놈 해치우고, 잡을 놈 잡으면 되는 거 아니야?

"그렇게 단순한 문제가 아니야."

 - 단순하다고 생각해서 하는 말이 아니야. 나도 알 만한 건 알아. 그 세컨드 보이스라는 놈들이 어디에 숨어서 무슨 짓을 하는지도 모르니 무턱대고 들쑤실 수는 없겠지. 하지만 그러니까 더 이러쿵저러쿵 떠들어 댈 때가 아닌 거 아니야?

"뭐든 순서가 있는 법이야. 급하다고 순서를 무시하면 탈이 나는 법이고."

─인제 와서?

물론 그동안 태영이 이런 말을 들어도 할 말이 없는 방식으로 일을 처리해 온 건 사실이다.

그러나 그건 순서를 무시해서가 아니다.

되레 그 반대, 순서를 너무 잘 알고 있어서다.

태영은 이미 이 시간대의 이계를 수없이 살아 봤으니까.

그때와 같은 일이라면 말할 것도 없지만, 설사 다른 일이라도 조금만 생각하면 앞뒤 정황을 끼워 맞춰 왜 그런 일이 벌어졌는지 추측해 낼 수 있었다.

이는 곧 어떤 방식으로 해결해야 원하는 결말을 끌어낼 수 있는지도 알고 있다는 의미다.

그러나 이번 일은 다르다.

물론 이 역시 처음 겪어 보는 일은 아니다. 그러나, 아니 그래서 알고 있었다.

세컨드 보이스와 관련된 일은 태영 혼자만의 일도 아니고, 혼자 해결할 수 있는 일도 아니다. 그리고 또, 놈들에게 끌려다니며 해결할 수 있는 일도 아니다.

과거에 반복돼 온 실패가 그 증거다.

당연히 태영은 이를 반복할 생각이 없었고, 그런 방법은 하나뿐이었다.

'이번에는 다르다. 아니, 달라지게 만들겠다. 놈들이 과거보다 빨리 움직인 탓에 이번에도 선수는 놓쳤지만, 이제부터는 아니다. 이제 네놈들 차례다. 내가 끌어들일 테니까. 이계는 물론, 이계와 섞여 버린 현대까지, 몽땅 끌어들여서라도 네놈들도 휩쓸릴 수밖에 없는 폭풍을 만들어 내겠다!'

흐름을 따라가는 게 아닌 흐름을 만드는 쪽이 되는 것.

그리고 할 수 있는 일이다.

괜히 그동안 분주히 돌아다니며 기반을 닦아 온 게 아니니까.

흐름을 만들어 내는 건 그 중심에 서야 가능한 일이고, 이제 태영도 그 중심축이 되는 데 망설일 생각은 없었다.

그러나 그게 이제 마음대로 움직여도 된다는 말은 아니다.

되레 휩쓸릴 때보다 더 신중해질 필요가 있었다.

일단 흐름이 만들어지면 설사 그 흐름을 만들어 낸 사람이라도 도중에 바꾸기는 힘든 법.

스스로 일으킨 흐름이 역풍이 되어 돌아오지 말란 법은 없다.

'그리고 지금 상황에서 가장 일어나기 쉽고, 또 위험한 역풍은……'

"네?"

태영의 눈길에 화들짝 놀라는 하오룽이 현대 쪽 인간이라는 점이다.

물론 그는 중국인.

한국인과는 뿌리는 물론, 줄기나 잎사귀도 다른 인종이지만, 그건 어디까지나 태영이 한국인이라 그런 것이고, 이계인의 눈에는 크게 달라 보이지 않을 것이다.

안타깝게도 실제로 생긴 것도 큰 차이가 없다.

즉, 그 탓에 자칫 제국 내의 한국인까지 중국과 한데 묶여 위험한 인간들로 취급받게 될 수도 있다는 말이다.

그냥 지레짐작하는 게 아니다.

실제로 현대에서도 중국은 다양한 곳에서 다양한 일을 벌여 놓았고, 한국인 역시 같은 아시안이라는 이유만으로 한데 싸잡혀 다양한 곳에서 다양한 일을 당한 전력이 있으니까.

장담할 수 있었다.

만약 지금 태영의 손에 들린, 하오룽이 번역한 서류의 내용이 알려진다면 그보다 더한 일이 벌어질 확률이 높다고 말이다.

"정말 너는 언데드 드래곤이나 마인을 불러내는 일에는 관여하지 않은 건가?"

"네? 아, 네! 정말입니다!"

"방법도 모르고?"

"네, 언데드 드래곤은 제가 그곳에 갔을 때부터 있었습니다. 세븐이라는 사람이 기묘한 의식을 치르는 모습을 종종 보기는 했습니다만, 그게 뭔지, 왜 그런 의식을 치르는지는 설명해 주지 않았습니다. 그리고 마인이라는 건 주인님에게 처음 들었습니다."

일단, 황급히 고개를 숙이며 대답하는 하오룽의 말처럼 그가 번역한 서류에는 태영이 기대하던 내용이 없었다.

"확실해? 그렇게 말해 놓고 나중에 깜빡했다느니 떠들어 대서 주인님의 기분을 상하게 만들면 내 손에 먼저 뒈진다?"

"정신 사납게 하지 말고 넌 빠져 있어."

"네? 아니, 그래도……."

"너부터 뒈질래?"

"넵!"

그리고 그게 거짓말이 아니라는 건 태영의 말에 얼른 다시 그림자 속으로 들어가는 하덴까지 나서서 확인해 줄 필요도 없는 일이었다.

태영이 살짝 인상을 찌푸리는 것만으로도 허옇게 질려 버리는 하오룽은 이미 그럴 수 있는 몸이 아니니까.

'일단 세컨드 보이스도 모든 정보를 중국과 공유하고 있는 건 아니라는 말이겠지. 그 아지트에 이 녀석도 접근하지 못하는 장소가 있었던 게 그 때문이었을 테고. 하지만…….'

그게 하오룽은 아무 짓도 하지 않았다는 말은 아니다.

적극적으로 협조하고 있었다.

-몬스터의 생체 데이터.

몬스터의 진화가 DNA 구조에 미치는 영향.

몬스터가 발휘하는 일반 동물과는 비교도 되지 않는 힘은 근원은?

몬스터의 몸에 마석이 생성되는 원인의 분석.

그 내용이 뭔지는 서류의 목록만 봐도 알 수 있었다.

그리고 충분히 할 만한 연구였다.

하오룽의 전공 분야는 생명공학이고, 그런 그가 이계의 몬스터에 관심을 두는 건 당연한 일이니까.

문제는 그게 하오룽 개인의 관심만이 아닌, 그 뒤에는 세컨드 보이스라는 정상적이지 않은 조직과 손을 잡은 중국이 있다는 점이다.

이계인의 생체 데이터.

이계인의 전직이 DNA 구조에 미치는 영향.

해부학적으로 차이가 없는 현대인과 이계인이 다른 힘을 발휘하는 이유는?

인간의 몸에는 마석이 생성되지 않는 원인의 분석.

그리하여 마치 당연하다는 듯이 내용이 점점 찜찜하게 바뀌기 시작했고.

드래곤의 뼈에서 추출한 DNA의 분석 결과에 따르면 드래곤은 다종의 DNA가 결합된 생명체로 파악됨. 이는 드래곤에 완전히 다른 DNA를 결합하는 특수한 성질의 DNA(이하 vii -DNA로 명명)가 존재하는 것으로 추측.

vii-DNA가 명확히 규명되면 현재 자국에서 진행 중인 여러 실험에 획기적인 전환점을 마련할 수 있을 것으로 기대하며 실험 개시.

주요 실험체는 헌터와 발탄 대수해의 몬스터. 내용은 vii -DNA를 매개체로 삼아 마법과 연계한 외과적 수술로 신체 이식과 DNA의 합성…….

이 대목에 이르러 확실해졌다.

'그럼 그때, 내가 서류를 찾은 방과 몬스터와 인간의 시체가 쌓여 있는 구덩이가 연결되어 있던 건…….'

그 이유는 물론, 누가 그렇게 만들어 놓았는지도.

태영이 하오룽을 허옇게 질려 버리게 할 정도로 인상을 쓰며 바라보는 이유다.

"주, 죽을죄를 지었습니다! 저도 번역을 위해 다시 서류를 읽어 보며 뼈저리게 느꼈습니다! 제가 얼마나 끔찍한 짓을 저질렀는지 말입니다. 왜 그때는 그런 생각조차 못 하고 있었는지…… 그때는 저도 선택할 자유 같은 건 없었지만, 저도…… 죄책감 같은 건 느끼지 못했습니다. 큭! 대체 내가 무슨 짓을…….”

하오룽도 이제 제가 못 할 짓을 했다는 자각은 있는 모양
이다.

뭐 뱀파이어가 되고 나서 그런 자각이 생겼다는 건 좀 뭐
하다 싶기는 하지만 어쨌든.

여기서 중요한 건 그 행위 자체가 아니다.

그런 짓은 이계에서도 머리가 살짝 맛이 간 마법사에 의해
종종 일어나는 일이니까.

“그래서? 이 실험의 목적은 정확히 뭐지?”

“그건…… 목적은 많지만, 결국 핵심은 좀 더 빠르게 강한
병사를 생산하기 위한 겁니다.”

“성과가 있었나?”

“그건 저도 정확히 모릅니다.”

“모른다?”

태영이 살짝 인상을 찌푸리자 하오룽이 다시 황급히 고개
를 조아리며 대답했다.

“저는 아직 실험에 성공한 적이 없습니다. 하지만 그런 연
구를 하는 건 저뿐만이 아닙니다. 저도 모두 아는 건 아니지
만, 대격변이 일어나고 얼마 안 됐을 때 인민군에게 끌려간
시설에는 저처럼 생명공학과 관련된 연구를 하던 사람들이
꽤 모여 있었습니다.”

“그들이 모두 이런 연구를 하고 있다는 말인가?”

"거기까지는 정확히 모릅니다. 그 직후에 저는 이계어를 배우자마자 바로 그, 세븐이라는 자와 함께 발탄 대수해로 보내졌으니까요. 그때부터 외부와 연결이 끊겨 다른 연구원들이 어떻게 됐는지는 모릅니다."

"그런데 그들이 같은 연구를 하고 있다는 건 어떻게 알고 있는 거지?"

"그 서류는 모두 제가 작성한 게 아닙니다. 그중 일부는 본국에서 보내온 겁니다."

"그런 짓이 본국에서도 자행되고 있다는 말이군."

"네."

"그런 자료를 보내온다는 건 아직 성공하지 못했다는 말일 테고."

"그런 것 같았습니다. 다만……."

하오룽이 슬그머니 고개를 들어 올리며 말을 이었다.

"자료만 보내온 건 아닙니다. 얼마 전에 시체, 그것도 여러 구가 보내온 적이 있습니다."

"시체? 굳이 그런 걸 보낼 이유가 있던 건가?"

"실은 제 실험으로 생긴 시체 중에도 다른 곳으로 운반된 게 꽤 있습니다. 어디로 보낸다는 말은 듣지 못했지만……."

"너처럼 다른 곳에서 같은 짓을 하는 놈들에게 보내졌겠지."

"……그러리라고 생각합니다. 제가 시체를 받은 것도 그

때가 처음이 아니었고, 모두 다른 실험을 받은 것처럼 보였으니까요. 하지만 그때 받은 시체는 좀 달랐습니다. 일단 저와 같은 중국인의 시체가 들어온 것도 처음이었지만, 몸 자체가 맹독이나 다름없는 상태였습니다."

"자국민까지 실험 대상으로 삼고 있다는 말인가? 게다가 맹독이라니, 뭐 새삼 놀랍다는 생각도 들지 않지만, 정말 가지가지 하는군."

"……계속 얘기해도 됩니까?"

"아직 뭔가 남았나?"

"그게…… 제가 하려던 말은 그 독이 밖에서 주입된 게 아니라는 겁니다. 내부, 그러니까 그 시체의 단전에서 흘러나온 것이었습니다."

"단전?"

"네, 틀림없습니다. 그 시체와 함께 온 서류에도 그렇게 적혀 있었습니다. 마력을 맹독으로 바꿔 사용하던 자의 시체라고 말입니다."

"마력을 독으로?"

태영도 그런 기술은 본 적이 없었다.

물론 마법 중에는 독을 만들어 내는 기술이 있지만, 그건 어디까지나 마법.

술식을 통해 변질시키는 것이지 술자 본인의 마력이 독성으로 변질하는 것이 아니다.

그렇다면 답은 하나.

"너와는 다른 방식이지만, 성공에 가까운 성과를 낸 자들이 있을지도 모른다는 말이군."

태영이 걱정하던 게 이거다.

"네, 저도 어떤 방법인지는 모르지만⋯⋯."

물론 정상적인 일이 아니니 정상적인 방법은 아닐 것이다.

그러나 하오룽처럼 그게 DNA를 조몰락댄 결과인지, 그냥 무식하게 독에 절여 버린 결과인지는 중요한 게 아니다.

중요한 건 거기에 현대의 과학 기술이 사용됐을 확률이 높다는 것.

즉, 이계인 측에서는 현대 과학을 이해하기도 전에 그 과학이 가장 안 좋은 방향으로 활용되는 예를 보게 될지도 모른다는 말이다.

그게 이계인에게 현대 과학에 대해 어떤 인식을 심어 줄지는 굳이 생각할 필요도 없다.

또 현대인을 어떤 시각으로 보게 될지도.

그리고 말했듯이 이계인의 눈에는 중국인이나 한국인이나 거기서 거기.

그로 인해 제국 내의 한국인이 받게 될 피해는 과거의 미세먼지 수준이 아닐 것이다.

그라디오스 후작에게 서류에 대해서 말하지 못한 이유가 그 때문이다.

물론 이대로 계속 숨길 일은 아니지만, 그 전에 보여 줄 필요가 있어서다.

"정말 현대에서나 이계에서나 잘도 저질러 주는군."

그 잘도 저질러 주는 자들과 한국인, 특히 태영의 왕국 발테아르에 있는 한국인은 전혀 다른 존재라는 사실을 말이다.

갈 곳이 정해져 있다고 말한 이유도 그 때문이다.

'이제 그라디오스 후작도 세컨드 보이스에 관해 알게 됐다. 그러니 제국도 움직일 수밖에 없어. 단, 제국이 그라디오스 후작 혼자만의 생각으로 움직여지는 건 아니니 아직 그게 어떤 방식이 될지는 모르겠지만…….'

태영은 거기에 편승할 생각이 없다.

'하게 될 일이라면 내 의지로! 제국과 동등한 위치에서 한다!'

따라서 가야 할 곳은 하나!

삐이이이-!

바로 청영이 울음을 터뜨리며 날아가는 검은 산 너머, 발테아르다.

⟳

- 어? 잘못 온 건 아니지?

"알면서 뭘 물어?"

─알지. 아는데, 그래도 왠지 주인한테 확실히 들어야 납득이 될 거 같아서.

"그래, 맞다, 인마."

─……그래도 납득이 안 되는군.

웅얼대듯 대답한 그리모어가 갑자기 버럭 소리쳤다.

─그럼 대체 저게 뭐냐고! 일단 저 앞에 보이는 저거! 전에 봤을 때는 저딴 거 없었잖아! 저긴 원래 성벽이 있던 자리잖아! 주인도 그 성벽을 보수하라고 했었고! 근데 왜 산이 있어? 그 위에 삐죽삐죽 튀어나와 있는 건 또 뭐고? 그 앞에는 이렇게 넓은 돌바닥이 왜 당연한 듯이 깔려 있는 건데?

"그걸 내가 어떻게 알아, 인마?"

─주인이 여기 주인이니까 묻지! 아니면? 저 중국인이라는 놈한테 물어?

아무리 그래도 그건 아니다 싶지만 어쨌든.

그리모어가 이런 반응을 보이는 것도 무리는 아니었다.

'작업을 시작할 때 건설 기사들이 성벽은 잘 모르니 댐처럼 만들면 되겠다고 말하는 걸 들었던 적은 있지만…….'

실제로 댐이 되어 있었다.

20여 미터 높이의 벽으로 수백 미터에 달하는 검은 계곡을 막고 있는 웅장한 댐.

게다가 그 앞에는 폭이 10여 미터에 달하는 도로까지 깔려 있었다.

물론 이전에는 없던 게 불쑥 튀어나온 건 아니다.

도로까지는 아니라도 댐처럼 보이는 성벽은 태영의 지시로 만들어진 것이고, 떠나기 전부터 공사가 진행되고 있었다.

그러나 그런 점을 감안하더라도.

'넉 달 만에……'

역시 미친 속도라고밖에는 할 수 없었다.

게다가 태영은 앞서 보낸 청영의 눈을 통해 이미 봐 버렸다.

그 미친 속도의 영향을 받은 게 앞에 보이는 성벽만이 아니라는 걸 말이다.

그 탓에 태영 역시 충격을 받았고, 그 강도도 그리모어보다 더하면 더했지 덜하지는 않았지만, 티를 낼 수는 없었다.

삐이! 삐이!

청영이 파닥대는 성문 앞에 20여 명이 모여 바라보고 있으니까.

그중 가장 먼저 눈에 들어온 사람은 태영의 영주 대리, 뭐지금은 공왕 대리라고 해야겠지만 어쨌든, 곽현경이었다.

"영주…… 아니, 공왕님……."

"다녀왔다."

태영이 만감이 교차하는 얼굴로 떠듬대는 곽현경에게 다

가서며 빙긋 웃었다.

"어쩌다 보니 예정보다 좀 늦어지게 돼서 걱정했는데 괜한 걱정이었던 것 같군. 솔직히 기대 이상이야. 고생 많았다."

"저 혼자 한 일이 아닙니다. 모두 힘을 모아 이룬 성과입니다. 그럴 수 있었던 건 공왕님이라는 구심점이 있어서였고요."

"지난 넉 달 동안 그 역할을 대신해 온 게 너지."

"그렇기는 합니다만…… 솔직히 말하면 저는 옆에서 거들었을 뿐입니다. 실질적으로 대부분의 일을 처리한 건 이분입니다. 이분은……."

"알고 있어."

태영이 곽현경의 옆에 서 있는 여자를 돌아보며 대답했다.

"오랜만입니다."

"기억하고 계시는군요."

"물론입니다. 예지 씨가 이곳에 오게 된 과정은 오는 길에 그라디오스 후작님을 만나 대강 전해 들었습니다. 남양주에 관련된 일도요."

"그건…… 죄송합니다. 제가 멋대로 결정할 일이 아니었다는 건 알지만……."

"아니, 잘하셨습니다. 저도 남양주의 일을 들었다면 같은 선택을 했겠지만, 그렇게까지 원만하게 처리하지는 못했을 겁니다. 덕분에 후작님이 예지 씨를 이곳으로 보낸 걸 왜 그렇게 생색내며 얘기했는지 잘 알게 됐습니다. 저도 행운이라고 생각합니다."

"그런……."

그녀, 박예지도 만감이 교차하는 얼굴로 태영을 바라보았다.

그러나 같은 표정이라도 곽현경과는 그 얼굴에 감도는 온도가 다르게 느껴졌다.

－뭐야? 왜 저렇게 빨개?

그렇게 빨개진 박예지가 다시 입을 열려 할 때였다.

"스톱! 거기까지!"

갑자기 둘 사이로 묘인족 족장 일라가 불쑥 끼어들어왔다.

"하! 내 이럴 줄 알았지."

"뭐, 뭐예요?"

"뭘 시침을 떼고 있어! 내 눈은 속일 수 있어도 코는 못 속여! 어쩐지 저 매가 날아오자마자 암내를 풀풀 풍겨 대며 뛰어오더니, 역시 이런 거였군."

"아, 암내라니……."

"난다고! 네 몸에서! 암내가! 그동안 잘도 속여 왔겠다!"

"속이긴 누가 속였다는 거예요?"

"속인 거지! 그동안 맨날 얼굴 보면서도 주인에게 흑심을 품고 있다는 말을 한 적은 없잖아! 내가 흑심을 품고 있다는 말을 들으면서도! 비겁하게! 하지만 암내라면 나도 안 져! 그동안 꾹꾹 참아 왔으니까! 주인의 처음은 내 거다!"

앙칼진 목소리로 소리친 일라가 태영을 향해 와락 몸을 돌렸다.

박예지도 당황한 얼굴로 태영을 돌아보았다.

그리고 둘 다 그대로 굳어 버렸다.

"레온 오빠!"

엉뚱한 곳에서 뛰어나온 여자가 그 둘보다 먼저 태영을 덮쳤기 때문이다.

심지어 태영도 아무렇지도 않은 얼굴로 안아 주고 있었다.

"노아구나. 미스트는?"

물론 그럴 만한 이유가 있어서 그런 것이지만, 어쨌든.

"절 여기에 데려다주고 바로 떠났어요. 그 뒤로 아직 별다른 연락은 없고요."

"그건 좀 미안하게 됐네."

"아니에요. 여기 오기 전부터 그러기로 한 건데요, 뭐. 그때도 말했듯이 저도 오빠가 레온 오빠를 돕는 일을 하는 데는 완전 찬성이고요."

"지내기에는 어때?"

"너무 좋아요. 온통 신기한 것투성이라 보는 것만으로도 재미있어요."

"몸은? 그 뒤로 이상하거나 한 데는 없고?"

"네, 되레 힘이 펄펄 나요. 지금은 더 그렇고요. 막 치료를 받았을 때처럼요. 아무래도 저한테는 레온 오빠가 특효약인 모양이에요."

"뭐, 뭐라는 거야, 저게?"

벙찐 얼굴로 바라보던 일라가 버럭 소리쳤다.

"떨어져!"

그리고 이어지는 말대로 노아가 떨어져 나왔지만, 놀랍도록 매끈한 동작으로 태영의 옆으로 스며들어 오듯이 이동하며 팔에 매달렸다.

─ 과연 미스트의 동생이군.

그런 말이 절로 나올 정도로 자연스러운 움직임이었다.

일라의 얼굴도 자연스럽게 일그러졌다.

"저, 저게…… 젠장! 예상도 못 하고 있었어! 설마 저런 복병이 숨어 있었을 줄은…… 이게 다 너 때문이야!"

"제가 뭘요?"

"그렇잖아! 네가 그렇게 암내를 풀풀 풍겨 대니까 나도 저 녀석까지 경계할 생각을 못 하게 된 거잖아!"

"자꾸 암내, 암내 하지 마요! 일라 씨는 부끄럽지도 않아요?"

"부끄럽기는 뭐가 부끄러워? 암컷이 마음에 둔 수컷 앞에서 암내를 풍기는 건 당연한 거잖아! 이런저런 상상을 하게 되니까! 그래, 이런저런!"

게다가 발언이 슬슬 위험 수위라 태영이 살짝 미간을 찌푸리며 제지했다.

"어이, 일라, 네가 무슨 생각을 하든 자유지만, 아니, 그것도 웬만하면 그만두라고 하고 싶지만, 그게 안 되더라도 괜히 애먼 예지 씨나 노아까지 끌어들이지는 마."

─글쎄? 저 예지라는 여자의 표정을 보니 꼭 그렇지만도 않은 것 같은데. 그리고 노아는…… 어째 저 둘보다 프로의 냄새가…….

그건 잘 모르겠지만, 일단 일라도 그렇게 생각하는 모양이다.

노아를 째리며 입술을 씹어 대는 걸 보면 말이다.

그러나 그것도 잠시.

"쳇! 남자는 모른다고! 여자는…… 아니, 됐어! 좋은 수컷에 암컷이 따라붙는 건 당연한 거니까! 나도 딱히 독점할 생각은 없으니, 세컨드 정도로 만족해 주지!"

이렇게 떠들어 대며 반대쪽 팔에 달라붙었다.

─오오! 저돌적이군! 게다가 개방적이기까지! 마음에 드는데.

태영은 마음에 안 들었다.

그 탓에 몸도 마음도 불편하기 짝이 없으니까.

게다가 한층 복잡해지는 박예지의 눈빛에 태영의 머릿속도 덩달아 복잡해지기 시작했다.

그때 눈치를 살피던 곽현경이 조심스럽게 끼어들었다.

"저기…… 여기는 보는 눈이 많으니 그 뒤는 일단 거처로

가셔서 하시죠?"

'하긴 뭘 해!'

이런 말이 목구멍까지 치밀어 올랐다.

그러나 그 말처럼 성문 앞에서 곽현경 등과 함께 나온 병사들이 멀뚱멀뚱 바라보고 있었고, 그렇다고 넉 달 만에 돌아와 기다리던 사람들이 달라붙었다고 성질을 내며 뿌리치기도 뭐한지라 태영은 한숨을 불어 내며 고개를 끄덕였다.

"……일단 들어가지."

그리하여 양쪽에 노아와 일라를 매단 채로 곽현경을 따라 입성!

때맞춰 성문 너머에서 전등이 켜지기 시작했다.

그러나 새삼 놀랄 일은 아니었다.

전등은 태영이 떠나기 전에도 설치되어 있었으니까.

─호오! 그야말로 별세계군. 전에 남양주라는 곳에 갔을 때도 그런 느낌이기는 했지만, 이제 여기가 거기보다 더 별세계로 보여.

그럼에도 그리모어가 이런 반응을 보이는 건 그 숫자가 몇 배로 늘어나 있어서다.

방금 한 말대로 그야말로 별세계처럼 보일 정도로.

그러나 그보다 충격적인 건 그 전등과 함께 떠오르는 풍경이었다.

태영이 나갈 때 공사 중이던 건물은 물론, 새로운 건물까지 추가되어 공터를 찾기 힘들 정도로 많은 건물이 완공되어 있었다.

게다가 현대인이 세운 건물이니 당연히 구조 역시 현대식.

일자로 쭉 뻗은 도로를 따라 밝혀지는 전등과 그 불빛에 떠오르는 건물은 현대의 도심지를 그대로 옮겨 놓은 듯한 착각이 들 정도였다.

물론 그런 구조를 계획한 건 태영이고, 꽤 진척돼 있으리라고 생각하고 있었다.

그리고 앞서 청영을 보냈을 때 대강 훑어보기도 했다.

'이렇게까지⋯⋯.'

그러나 직접 들어와 제 눈으로 보니 느낌이 전혀 달랐다.

하물며 처음 보는 사람, 아니 뱀파이어라면 말할 필요도 없었다.

"오오! 이, 이건⋯⋯ 어떻게 이렇게 밝은 빛이⋯⋯ 게다가 이렇게 밝은 데도 아무렇지도 않아! 내가⋯⋯ 내가 이렇게 밝은 빛 속에서 아무런 고통도 없이 주위를 둘러볼 수 있는 날이 올 줄은⋯⋯."

감동 포인트는 좀 다른 것 같지만 어쨌든.

태영의 그림자 속에서 하덴이 불쑥 얼굴을 내밀었는데도 놀라는 사람은 없었다.

아니, 정확히 말하면 놀라는 건 뒤따라오는 병사들뿐이었다.

노아는 이미 하덴을 만나 본 적이 있으니 당연히 놀랄 이유도 없지만, 반대쪽의 일라나 곽현경, 박예지도 놀라는 기색은 없었다.

"이분이 하덴이군요."

"음? 나를 아는가?"

"네, 얼마 전에 도착한 워트 님 일행에게 들었어요."

"아, 그렇군. 얼굴을 내밀 타이밍을 놓쳐 소개가 늦었군. 그래, 내가 하덴이다. 뱀파이어의 기원이자 어둠과 피의 주인 올드 블러드. 아아, 그렇다고 그 예쁜 얼굴을 두려움으로 물들일 필요는 없다. 나는……."

하덴이 옅은 미소를 지으며 그림자 위로 떠오르듯 올라왔다.

"정신 사나우니까 들어가 있어."

"넵!"

그리고 다시 가라앉았다.

"……나는 주인님의 충실한 종이니까."

"듣던 대로 충성스러운 분이네요."

"그렇긴 하죠, 뭐 좋아서 저러는 건 아니겠지만."

"아닙니다! 저는……."

"정신 사납다고 했지? 그게 뭔 말인지 몰라?"

"넵! 압니다!"

태영은 대답이 흘러나오는 그림자를 한번 꾹 밟아 주고 다시 박예지를 돌아보았다.

"그러고 보니 워트 녀석들과 같이 보낸 사람들이 안 보이는군요."

"그들은 다른 지역에 있어요. 이곳은 이미 꽤 인구가 늘어서 당장 그만한 인원을 수용할 시설이 구하기도 힘들었지만, 그들도 불편해하더라고요."

"불편하다는 건……."

태영이 살짝 미간을 찌푸리자 박예지가 빙긋 웃으며 고개를 저었다.

"걱정하시는 쪽이 아니라 전등 때문이에요. 방금 그 하덴이라는 분은 아무렇지도 않은 것 같지만, 워트 님과 함께 온 뱀파이어들은 전등 빛에도 꽤 힘들어하더라고요. 그래서 지금은 5킬로미터 정도 떨어진 숲에서 지내기로 했어요. 워트 님 일행과 워 울프도 그들과 함께 그곳에서 지내고 있고요."

하긴, 워 울프와 뱀파이어라면 콘크리트 숲으로 변해 버린 이곳보다는 숲이 나을 것이다.

물론 그렇다고 그냥 알아서 지내라고 방치해 뒀다는 말은 아니다.

이곳의 건물이 완공된 만큼 할 일이 줄어든 건축가의 일부를 보내 그 숲에도 워 울프나 뱀파이어 지낼 만한 오두막 따위를 건설 중이라고 한다.

워 울프와 뱀파이어는 부지런히 몬스터를 사냥하는 것으로 감사를 표하고 말이다.

그리고 그건······.

"며칠 전에 도착한 남양주의 사람도 마찬가지예요."

이쪽하고도 이어진다.

박예지의 말에 따르면 남양주에서 이주해 온 사람은 군인과 민간인을 합해 약 6만 명, 그 엄청난 인원수 탓에 그들이 도착하자 두 가지 문제가 발생했다.

첫 번째는 주거 문제다.

이곳의 한계 수용 인구를 몇 배나 넘어서는 인원이니까.

이에 박예지는 발테아르의 생산 거점, 뭐 지금은 이곳으로 주요 기계를 옮겨 와 제2의 생산 거점이 됐지만 어쨌든, 공단 근처의 주택단지를 주거지로 지정.

이곳에서 할 일이 없어진 건축가 중 숲으로 보낸 사람을 제외한 나머지를 몰빵해 주택단지를 개보수하며 해결하는 중이다.

다음은 식량 문제였다.

발테아르에 6만이나 되는 인구를 먹일 만한 식량 비축분이 있을 리가 없었다.

남양주 측도 마찬가지.

일단 급한 대로 군대를 동원해 식용 가능한 몬스터를 사냥했지만, 전체 인구의 5%도 안 되는 병력으로 안정적인 식량 공급을 하기는 힘들었다.

그러나 그 문제도 금세 해결되었다.

워 울프와 뱀파이어는 그들보다 조금 먼저 발테아르에 도착해 있었고, 그들이 먹고도 남을 몬스터를 잡을 능력이 있었기 때문이다.

당연히 그쪽에서 넘쳐 나는 고기는 저쪽으로 이동!

"그 덕분에 일단 급한 불은 끌 수 있었어요. 하지만 그것도 임시방편이니까, 지금은 후작님의 연줄로 제국 남부의 영지와 식량 수입을 의논하고 있어요."

"저보다 낫네요."

"그런 말을 들을 정도의 일은 아니에요. 제가 그런 일을 할 수 있는 것도 다 레온 님이 있어서니까요. 워 울프와 뱀파이어도 레온 님에게 도움이 될 수 있어서 다행이라며 되레 고마워하더라고요. 물론 남양주 사람들도요."

"그렇게 말하니 좀 멋쩍어지네요. 아, 박 사단장님은 만나 봤습니까?"

"네, 박 중사라는 분도 만나 봤어요. 모두 레온 님이 돌아오기를 기다리고 있었죠. 물론 그분들보다 더 오랫동안 기다리던 분들도 있고요. 그게 누구인지는 아시죠?"

"알죠. 그러고 보니 알바인과 라르고, 하울, 다란이 보이지 않는군요. 아직 사냥이라도 하는 겁니까?"

"아, 아직 모르시겠군요. 그들은……."

"여깁니다!"

그때 앞서가던 곽현경이 걸음 멈췄다.

그리고 씨익 웃는 얼굴로 태영을 돌아보며 말을 이었다.

"여기가 발테아르의 왕궁, 공왕님의 집입니다."

"어떻습니까?"

곽현경이 히죽 웃으며 물었다.

노골적으로 태영이 어떤 반응을 보일지 기대된다는 티를 팍팍 내는 얼굴이었다.

그러나 태영은 명확하게 대답해 주기가 힘들었다.

─ 뭐랄까…… 애매하군.

딱 그런 느낌이었기 때문이다.

─ 큰 거야, 작은 거야?

그러나 질문을 이렇게 바꾸면 답은 명확해진다.

이곳으로 오는 사이에 박예지에게 들은 얘기가 있었고, 그 탓에 이곳을 발테아르의 중심지로 삼은 건 실수였을지도 모른다는 생각이 들기 시작해서다.

물론 생각 없이 결정한 일은 아니었다.

당시 태영이 가장 중요하게 생각하던 건 안정.

대격변 이후 내내 몬스터와 타라칸 일당의 위협에 시달리던 한국인과 수인족을 안심시킬 수 있는 환경이었다.

그게 이곳은 중심지로 삼은 가장 큰 이유다.

이 계곡은 삼면이 절벽으로 막혀 있을 뿐만 아니라, 타르칸 일당이 사용하던 시설을 개조해 빠르게 방어력을 갖출 수 있었으니까.

그러나 한 가지 결정적인 단점을 안고 있었다.

바로 그만큼 공간이 제한될 수밖에 없다는 점이다.

'그때도 모르고 있던 건 아니지만…….'

고민할 문제는 아니었다.

그래도 당시 태영이 데리고 있던 3천여 명이 살기에는 충분하고도 넘치는 넓이였으니까.

좀 더 늘어나도 충분히 대처할 수 있다고 생각했다.

문제는 그 늘어나는 속도와 숫자가 태영의 예상보다 빠르고, 많았다는 점이다.

그렇게 된 이유는…….

"발테아르가 정식 왕국으로 선포된 이후에 각지에서 엄청난 사람들이 몰려들고 있어요. 노월 왕국의 사건으로 이제 이계인 사이에서도 레온이라는 이름을 모르는 사람이 없을 정도니까, 아직 자리를 잡지 못하고 있던 한국인이나 숨어 살던 수인족도 알게 됐죠. 레온 님의 이름은 물론, 레온 님이 만든 발테아르에서는 한국인과 수인족도 차별 없이 받아 준다는 것도 말이에요."

태영 탓이다.

아니, 뭐 그걸 탓이라고 말하기는 뭐하지만 어쨌든, 그로 인해 발테아르의 인구도 폭증!

이곳의 인구도 이미 1만 명을 돌파한 상황이었다.

그리고 그게 끝도 아니었다.

"그건 지금도 계속되고 있죠. 자리를 잡지 못하던 한국인이나 수인족은 물론, 그 외에도. 여러 방법으로 발테아르의 상황이나 이주를 받아 줄 수 있는지 확인하는 연락을 보내오고 있어요. 하지만 인구가 너무 빨리 늘어나면 여러 문제가 생길 테니 일단 나름의 기준을 정해 선별하는 방식으로 대처하고 있지만……."

대기자까지 포함하면 그 숫자는 몇 배로 늘어난다.

물론 그게 나쁜 일이라고 할 수는 없다.

대체로 인구와 국력은 비례하는 법이니까. 그러나 뭐든 지나치면 탈이 나는 법. 갑작스러운 인구 증가는 박예지의 말처럼 여러 문제를 발생시키는 요인이 된다.

그러나 그 문제에 관해 얘기하자면 밤을 새워도 부족할 테니 일단 넘어가고.

지금 중요한 건 이거다.

계곡의 인구 밀도는 이미 포화 상태에 이르러 있다는 것.

이곳의 건물이 모두 빌딩 같은 구조로 되어 있는 이유가 그 때문이다. 늘어나는 인구만큼 넓힐 수 없으면 위로 올리는 수밖에 없으니까.

"너무 넓군."

태영이 이렇게 말하는 이유도 같은 이유다.

물론 왕성이라는 점을 생각하면 넓다고 할 만한 크기는 아니었다. 아니, 왕성은커녕 별궁에도 미치지 못하는 크기였다.

그러나 이곳은 계곡이고, 급속도로 높아지는 인구 밀도를 생각하면 좀 과할 정도로 넓었다.

"그래도 왕성 아닙니까? 일반 건물처럼 지을 수는 없죠."

"꼭 달라야 할 이유도 없지."

"그건 아니에요."

태영의 대답에 박예지가 고개를 저으며 끼어들었다.

"물론 실용적인 면에서는 레온 님의 말이 맞죠. 하지만 왕성이 꼭 실용적인 면만 생각해서 짓는 건 아니잖아요. 타국의 사절도 많이 드나드는 곳이니까. 보이는 것도 생각해야 한다는 말이죠. 게다가 사절이 혼자 오는 것도 아니니 나름의 크기도 갖춰야 하고요. 다른 나라가 발테아르를 얕보지 않도록 하기 위해서라도 말이에요."

"그런 이유라면 더 그렇죠."

"네?"

"혹시 예지 씨도 다른 왕국의 왕성에 가 본 적이 있습니까?"

"네, 통역관으로 몇 번 가 봤어요."

"그럼 아시지 않습니까? 다른 왕국의 왕성이 얼마나 크고 화려한지. 지금 발테아르는 그만한 왕성을 지을 여유도 없지만, 설사 여유가 있어도 이 계곡에서 그런 왕성을 지을 수는 없습니다. 어차피 왕성만으로 타국의 사절이 발테아르를 높이 평가하게 만들 수는 없다는 말이죠."

"그렇겠죠."

박예지가 순순히 고개를 끄덕였다.

그리고 다시 태영을 바라보며 씨익 웃었다.

"저게 평범한 왕성이라면요."

박예지만이 아니었다.

곽현경도 뭔가 의기양양한 얼굴로 히죽대고 있었고, 양팔에 달라붙은 노아와 일라도 같은 얼굴로 태영을 바라보았다.

"키키키, 맞아. 그러고 보니 주인은 아직 모르지."

"어? 레온 오빠는 아직 모르는 거였어요? 그럼 직접 보면 깜짝 놀랄걸요. 미스트 오빠도 절 데리고 왔을 때 저기 들어가 보고 눈에 휘둥그레졌었으니까. 저도 그랬어요."

─뭔 소리야? 왜들 저래?

당연히 태영이라고 알 리가 없었다.

"뭐 레온 님이라면 그 정도는 아니겠지만…… 그래도 좀 놀라기는 할 겁니다. 저 왕성은 보이는 것보다 숨겨진 게 더 많으니까."

"숨겨진 거?"

"네, 사실 저거, 왕성을 가장한 벙커거든요."

곽현경이 히죽 웃으며 대답했다.

"왕성이 다른 건물보다 되레 낮은 이유가 그래서입니다. 3층 높이의 지상 건물은 접객실이나 숙소뿐입니다. 주요 시설은 모두 그 아래, 10층 깊이의 지하에 있죠."

"지하 10층? 언제 그런 걸······."

당황한 얼굴로 중얼대던 태영이 움찔하며 입을 다물었다.

성벽에서부터 일직선으로 쭉 뻗은 도로 끝에 자리 잡은 왕성의 위치로 바로 이해했기 때문이다.

불과 넉 달 만에 어떻게 지하 10층의 왕성, 아니 벙커를 만들 수 있었는지 말이다.

"······광산이군."

"네, 처음 이곳의 도시 계획을 세울 때 레온 님도 말씀하시지 않았습니까? 이계의 도시에서 가장 중요한 건 외부의 적을 막을 수 있는 방어력을 갖추는 거라고 말입니다. 그래서 광산 아래의 갱도를 이용해 왕성을 벙커처럼 만들자는 아이디어가 나온 거죠."

"나쁘지 않은 방법이군."

"결과물도 그렇습니다. 아니, 솔직히 말하면 기대 이상이죠."

"맞아요! 엄청 좋아요!"

곽현경의 말에 노아도 적극적으로 고개를 끄덕였다.

"저 왕성 아래에는 없는 게 없다고요! 환기 시설이 잘되어 있어서 답답하다는 느낌도 전혀 없고, 숙소와 식당까지 있어서 밖에 나오지 않고도 몇 달은 지낼 수 있을 정도예요!"

원래 벙커는 그러라고 만드는 것이다.

"게다가 뜨거운 물이 나오는 커다란 목욕탕에 수영장까지 있어요!"

뭐 거기까지 가 버리면 벙커인지 뭔지도 모르게 돼 버리지만, 편의 시설까지 완비되어 있다는 게 불평할 일은 아니었다.

―이제 주인은 커다란 목욕탕에 수영장까지 딸린 집이 생겼다는 말이군.

그 주인이 다름 아닌 태영이니까.

"사실 아직 모두 완성된 건 아닙니다. 하지만 방금 노아 씨가 말씀하신 것처럼 주거 공간의 편의 시설은 모두 갖춰져 있습니다."

"그것 말고도 다른 게 꽤 있다는 말이군."

"네, 말씀드린 것처럼 저 아래에 있는 건 벙커니까요. 처음 설계할 때도 다른 게 잔뜩 있었지만, 왠지 작업에 참여한 건축가들이 의욕이 넘쳐 그 뒤로도 계속 추가되고 있습니다. 뭘 이런 거까지……라는 저절로 나올 만한 것까지 말입니다."

그런 말은 의외로 빨리 나왔다.

"일단 들어가시죠."

이렇게 말하는 곽현경을 따라 들어간 왕성의 정원, 정확히는 정원이 될 예정인 광장 한복판에 떡하니 세워져 있었기 때문이다.

태영과 미스트, 멜리나, 워트, 젬, 리디아가 각자의 무기를 손에 쥐고 결연한 표정으로 어딘지 모를 곳을 바라보는 동상이 말이다.

"아, 이건 아시죠? 여기가 발테아르의 왕성이라고 했더니 워트 님이 이곳에 세워 뒀습니다. 레온 님이 자주 볼 수 있는 곳에 세워 두라고 부탁했다면서요."

그런 말 한 적 없다.

─그 자식들, 여기다 버리고 갔구먼.

진실은 십중팔구 이거다.

─뭐 보통 왕성 앞에는 이런 게 하나씩은 있기 마련이지. '초대 국왕과 그를 도운 동료 일행'이라는 이름이 붙어 있는 동상 같은 거 말이야. 벙커든 뭐든 여기도 왕성이고, 이딴 거 외에는 달리 변변한 장식품도 없어 보이니 좋게 생각하고 넘어가라. 인제 와서 워울프와 뱀파이어를 불러서 다시 가져가라고 하기도 뭐하잖아. 저런 게 나중에 전설이 되는 법이라고.

전설이 될지 어떨지는 모르겠지만, 그리모어의 말처럼 치워 버리기에는 좀 늦은 감이 있었다.

이에 태영이 찜찜한 눈으로 동상을 바라볼 때였다.

"어? 레온 오빠?"

옆에서 귀에 익은 목소리가 들려왔다.

시선을 돌리자 동상 너머에서 한 여자가 멀뚱멀뚱 바라보고 있었다.

"아, 맞다. 그러고 보니 너도 있었지."

"뭐예요? '그러고 보니'라니? 꼭 잊어버리고 온 물건이 기억난 것처럼."

"미안. 이거 때문에 좀 짜증이 나서."

"아, 그 동상요. 그럼 일단 워트 오빠의 생각대로 된 셈이네요. 워트 오빠가 동상을 여기에 둔 이유가 그거거든요."

뭐 그럴 거라 생각했지만 어쨌든, 태영의 말에 피식 웃으며 대답하는 여자는 그 동상의 인물 중 한 명, 멜리나였다.

"그런데 생각했던 것보다 빨리 왔네요."

"그렇게 됐어. 그보다 와 보니 어때? 지내기에는 괜찮아?"

"네, 뭐……."

멜리나가 살짝 고개를 끄덕였다.

그러나 그것도 잠시, 곧 개구리처럼 입술을 찢어 대며 말을 이었다.

"사실 엄청 좋아요. 엄청 신기한 것뿐이니까! 그냥 보는 것만으로도 머릿속이 빠직빠직한다고요! 그게 뭔지 알죠? 빠직빠직!"

"모르겠다만."

"모르면 됐고요. 그나저나 이렇게 빨리 올 줄 알았으면 저도 오빠를 따라갈 걸 그랬네요. 뭐 그때는 나도 잊어먹고 있기는 했지만."

"잊어먹고 있었다니? 뭘?"

"마법학회에 있는 제 짐 말이에요. 저도 앞으로 여기서 지낼 생각이니 짐은 챙겨 와야 할 거 아니에요. 다른 건 몰라도 연구 자료는 저한테 굉장히 중요한 거니까요. 그런데 그게 다른 사람한테 부탁해서 가져올 수 있는 게 아니거든요."

"아!"

순간 태영은 정신이 번쩍 드는 기분이었다.

하나는 태영도 멜리나의 말을 들을 때까지 잊어먹고 있어서였고, 다른 하나는 그게 남의 일이라고 생각하고 넘어갈 일이 아니기 때문이다.

애초에 태영이 멜리나를 알고 있던 이유는 과거에 그 연구 자료를 보고 자신에게 도움이 된다고 생각해서니까.

그리고 그 생각과 동시에 떠올랐다.

마법사에게 연구 자료는 그야말로 자신의 모든 것이라고 해도 과언이 아니다.

당연히 그만큼 보안도 철저.

마법학회의 개인 연구실은 모두 본인이 아니면 열 수 없는 잠금장치가 붙어 있다.

그럼에도 과거 멜리나의 연구실이 개방된 이유는 그 잠금장치에는 반년 이상 갱신이 되지 않으면 자동으로 해제되는 기능이 붙어 있어서다.

"너, 마법학회를 나온 지 얼마나 됐어?"

"글쎄요? 잘은 모르겠지만, 아마 다섯 달 이상은 됐을 거예요."

"뭘 그렇게 아무렇지도 않게 말하고 있어? 그럼 이러고 있을 때가 아니잖아!"

"그러니까 이러고 있는 거라고요."

"……뭐?"

"말했잖아요, 그건 다른 사람에게 부탁해서 가져올 수 있는 게 아니라고. 그럼 제가 직접 가는 수밖에 없다는 말이고, 그럼 저쪽이 더 빠를 테니까."

멜리나가 제 얼굴이 박혀 있는 동상 너머, 줄지어 늘어서 있는 기둥을 가리키며 대답했다.

그리고 순간 태영은 그대로 굳어 버렸다.

좀 전까지는 공사에 사용되는 기둥이라고 생각했지만, 멜리나가 그런 말을 하며 가리키는 순간 그게 뭔지 알게 됐기 때문이다.

"설마…… 포탈?"

─웅? 포탈? 전에 노월 왕성에서 본 그거 말이야? 그게 아무나 만들 수 있는 거였어?

물론 아니다.

"맞아요. 마법학회에도 포탈이 있거든요. 그러니 제가 직

접 마법학회까지 갔다 오는 것보다 포탈을 만드는 편이 **빠**를
거 아니에요."

그것도 아니다.

"뭐 한번 작동할 때마다 마석을 엄청나게 잡아먹어서 이용
하는 사람도 별로 없고, 그래서 잘 만들지는 않지만……."

그래도 이건 일부 사실이지만.

"오빠가 그랬잖아요. 제 연구에 필요하면 얼마든지 지원
해 주겠다고. 마법학회에서 연구 자료를 찾아오는 것도 결국
내 연구에 필요해서니까…… 괜찮죠?"

"물론이지."

태영은 그 말을 반복할 생각은 없었다.

물론 방금 태영이 일부 사실로 인정한 것처럼 포탈을 이용
하려면 엄청난 비용이 필요하다.

그러나 그게 가성비가 나쁘다는 말은 아니다.

그래도 이용한다는 건, 적어도 그만한 비용을 들여서라도
이용할 이유가 있다는 말이니까.

그리고…….

'없어서 못 쓰지 있으면 쓸데는 얼마든지 있지!'

어디에 쓸지도 바로 떠올랐다.

이에 빠르게 생각을 정리하던 태영이 박예지를 돌아보며
물었다.

"잠시 잊고 있었는데, 아까 알바인과 라르고, 하울, 다란

이 사냥을 나간 게 아니라고 했죠? 그럼 지금 그들은 어디에 있습니까?"

"모두 던전에 있어요."

"던전?"

"실은 레온 님이 떠나고 얼마 안 돼서 라르고와 호인족이 상당한 규모의 던전을 발견했거든요. 자세히 설명하자면 좀 얘기가 길어지는데……."

"잘됐군요."

태영이 씨익 웃으며 고개를 끄덕였다.

그리고 노아와 일라를 떼어 놓고 다시 흑영의 등에 올라 박예지를 돌아보았다.

"타십시오. 자세한 얘기는 가면서 듣죠."

"지, 지금 간다고요?"

"네, 그편이 여러모로 시간을 절약할 수 있을 것 같으니까. 곽현경, 거기 하오룽이라는 중국인을 데리고 왕성에서 기다려라! 흑영, 가자!"

왕의 귀환 Ⅱ

두두두두!

흑영이 거친 울림을 일으키며 질주했다.

"방금 왔는데, 피곤하지 않으세요?"

"전 괜찮습니다. 저한테는 이런 게 일상이니까요."

"일상……."

태영의 대답에 혼잣말처럼 중얼거리던 박예지가 고개를 저었다.

"그 말을 듣고 잠깐 생각해 봤지만, 저는 상상도 되지 않네요. 레온 님의 일상이라는 게 어떤 건지 말이에요."

"자세히 듣고 싶지는 않을 겁니다. 남자 혼자 하는 여행은 대체로 남에게 보여 줄 만한 몰골조차 아닐 때가 많으니까요."

"여자라고 다를 거 없어요. 아니, 지금 같은 세상이라면 더하겠죠. 제가 그런 곳에서 그런 몰골로 돌아다니지 않게 된 건 레온 님 덕분이고요."

박예지가 빙긋 웃으며 말했다.

―그래, 주인의 양팔에 달라붙은 그 조숙한 계집애와 암고양이를 못마땅한 눈으로 바라보던 건 그럴 만한 이유가 있었다는 말이 겠지.

"그런 건 잊어도 됩니다."

"잊을 수 없죠. 뒤통수를 그렇게 세게 맞아 본 적은 처음이니까. 판에 박힌 대사를 할 생각은 없지만, 전 부모님에게도 맞아 본 적이 없다고요."

―……어쩌면 지금 주인의 뒤통수도 같은 눈으로 바라보고 있을지도 모르고.

다행히 그런 기미는 없었다.

"그건……."

"됐어요. 이제 저도 레온 님이 왜 그래야 했는지 정도는 이해하고 있으니까요."

―뭐 귀찮아서지.

"실은 그때까지 저는 세상이 달라졌다는 걸 실감하지 못하고 있었어요. 저와 함께 놀러 갔던 사람들이 눈앞에서 죽는 장면까지 보고 나서도요. 그냥 몽롱한 느낌이었죠. 그런데

기절했다가 눈을 뜨자 정신이 번쩍 들더라고요. 마치 머릿속이 리셋된 것처럼. 그제야 이해하게 됐죠, 레온 님이 왜 그래야 했는지, 그리고 레온 님처럼 강한 사람도 그렇게까지 해야 할 정도로 다른 세상이 됐다는 걸 말이에요."

－주인의 손에 그런 효과가 붙어 있는지는 처음 알았군.

태영도 금시초문이다.

그러나 굳이 따지고 싶은 생각은 들지 않았다.

중요한 건 그게 박예지에게 긍정적인 효과를 가져왔다는 것이고, 지금은 그 긍정적인 효과가 고스란히 태영에게 돌아오고 있다는 것이다.

넉 달밖에 지나지 않았다고는 믿어지지 않을 정도로 변한 발테아르처럼 말이다.

그리고 그건 비단 예전의 구덩이에만 해당하는 말이 아니었다.

곧 보게 됐기 때문이다.

계곡을 나와 검은 산 일대에 깔린 자갈밭을 지나왔을 때, 길게 뻗은 냇가 주위로 잘 정돈된 밭이 넓게 펼쳐져 있었다.

"언제 이런 걸……."

"언제까지나 몬스터 고기만 먹을 수는 없잖아요. 그렇다고 다른 식량을 모두 공국 밖에서 사들여 올 수도 없고 말이에요."

박예지가 빙긋 웃으며 설명했다.

"그래서 식량을 수입할 때 종자도 좀 구했어요. 감자나 콩, 쌀도요."

"쌀까지……."

"네, 제국에서는 보기 힘들지만, 발트하츠에서 공부할 때 대륙 동부의 지방 중에 쌀을 생산하는 지역에 관한 책을 본 적이 있었거든요. 그래서 동부 지방을 왕래하는 행상인에게 알아보니 내년 봄까지는 구해 올 수 있다고 하더라고요. 잘 만 되면 내년부터는 쌀밥에 고깃국을 먹을 수 있을지도 모른다는 말이죠."

"그건 듣던 중 반가운 말이군요."

"네, 저도 그렇게 생각해요. 뭐, 아마 국은 몬스터 고깃국이 되겠지만."

"그 부분이 좀 걸리는군요."

"몬스터 고깃국요?"

태영이 피식 웃으며 고개를 저었다.

"아니, 고기가 되기 전의 몬스터 말입니다. 다행이라고 해야 할지, 불행이라고 해야 할지 모르겠지만, 발테아르는 몬스터가 넘쳐 나는 곳 아닙니까? 그런 곳에서 이만한 넓이의 경작지를 일구는 게 쉽지는 않았을 텐데요."

"아, 그건 헌터를 고용해 해결하고 있어요."

박예지가 말한 헌터는 정식 길드의 헌터가 아니었다.

얼마 전부터 생겼다고 한다.

"정확히 말하면 헌터라기보다는 발테아르가 자체적으로 운용하는, 일종의 공무원 같은 거예요."

발테아르에, 이런 게 말이다.

그리고 방금 말했듯이 그들의 주 업무는 경작지 주변의 몬스터 사냥이지만, 처음부터 그런 목적으로 생긴 건 아니었다.

"노월 왕국에서 사절로 온 레이븐과 랄프라는 분이 만든 거예요."

"그 둘이 여기 왔었습니까?"

"네, 저와 같은 날 도착했어요. 그리고 공교롭게도 그 직후에 던전에서 상처를 입은 수인족들이 꽤 많이 운반돼 왔고요."

그런 시스템이 생기게 된 계기가 이때의 일 때문이다.

당시 레이븐과 랄프는 라르고와 그런 사태가 발생하게 된 과정에 관해 심도 있는 대화를 나눠 보았고…….

"던전에서 그냥 감으로 길을 찾아 왔다는 말입니까?"

"우린 감이 좋으니까."

"그리고 몬스터가 나타나면 우르르 몰려가서 치고받고?"

"우린 용감하니까."

"감과 용기만 있으면 된다고 생각하는 겁니까?"

"그럼? 싸우는 데 또 뭐가 필요하지?"

이대로 두면 큰일 나겠다고 생각한 모양이다.

그래서 생각한 방법이 일단 실력에 따라 등급을 나누는 일이었다.

그리고 그 등급에 따라 들어갈 수 있는 층을 제한했다.

"핵심을 잘 짚었군요. 야외라면 모를까, 던전처럼 시야나 지형이 제한적인 장소에서 실력 차이가 나는 동료는 방해가 될 뿐이죠. 인원이 많아질수록 더."

"레이븐 님도 똑같은 말을 하더라고요."

"하지만 일라나 다란, 알바인은 그렇다 쳐도, 하울이나 라르고가 순순히 레이븐의 말을 듣지는 않았을 텐데……."

"그 탓에 중간에서 현경 씨가 꽤 고생했죠."

박예지는 그 방식을 그대로 가져와 발테아르에 적용했다.

즉, 새로 들어온 사람 중 병사 지원자를 뽑아 등급을 나눈 뒤, 헌터 길드처럼 그 등급에 맞는 일을 의뢰하는 방식이다.

그리고 그 덕분에 두 가지 문제를 해결할 수 있었다.

첫째는 앞서 말한 것처럼 경작지 주변의 몬스터를 처리하는 것.

다른 하나는 늘어나는 인구수에 공장이 포화 상태가 돼 버린 탓에 발맞춰 늘어나던 실업자 감소 효과다.

"정말 꼼꼼하게도 챙기셨네요."

"꼼꼼하게 챙겼다기보다는 현경 씨에게 귀가 따갑게 들어서죠. 사지 멀쩡한 사람에게 공짜 밥을 먹여 주지 않는다는 게 레온 님의 원칙이라면서요?"

"비슷하죠."

태영이 피식 웃으며 끄덕였다.

"그럼 던전 쪽은 지금까지 그 규칙이 잘 지켜지고 있는 겁니까?"

"물론이죠. 레이븐 님이 계속 관리하고 있으니까요."

"레이븐이 아직 여기 있다는 말입니까?"

"네, 저도 던전 안에까지 직접 들어가 본 적은 없어서 잘 모르지만, 레이븐 님도 라르고나 하울, 다란 님처럼 최고 등급을 받은 전사들과 함께 던전을 공략하고 있다고 들었어요."

"그럼……."

눈매를 좁히며 중얼거리는 태영의 입 끝이 슬쩍 추켜져 올라갔다.

태영이 발테아르로 돌아온 건 시간이 남아서가 아니다.

되레 그 반대.

'지금까지는 항상 세컨드 보이스에 끌려다녔을 뿐이다. 하지만 이번에는 달라! 드디어 놈들을 먼저 공격할 기회가 생겼다! 그 많은 실패를 겪고서야 처음으로! 내가 가진 모든 것을 쏟아부어서라도 이 기회를 놓쳐서는 안 돼!'

그라디오스 후작을 찾아갔던 이유도 그래서고, 바로 발테아르로 돌아온 이유도 그래서다.

이번 기회를 놓치지 않을 준비를 하기 위해서.

그리고 그 준비에는 당연히 노월 왕국도 포함되어 있었다.

태영이 제국이 어떤 결정을 내리든 대등한 위치에 서겠다고 말할 수 있던 이유가 그 때문이다.

적어도 이 문제에서만큼은 태영과 질리언 국왕은 한 몸이나 다름없으니까.

그런데 레이븐이 아직 발테아르에 있다면…….

"여러모로 시간을 절약할 수 있겠군."

"네?"

"아닙니다. 어쨌든…… 그런 말까지 들으니 더 기대되는군요. 그 던전이 대체 어떤 곳이기에 수인족 족장에 레이븐까지 나섰는데도 아직 공략을 끝내지 못했는지 말입니다."

"이제 얼마 안 남았어요."

"그런 것 같군요."

굳이 박예지가 가리키는 방향으로 시선을 돌릴 필요도 없었다.

삐이이이-!

멀리서 울음을 터뜨리는 청영과 함께 태영의 눈은 이미 그곳에 도착해 있었다.

마치 산사태를 일으킨 것처럼 한쪽 면이 허물어져 있는 산중턱. 겹겹이 쌓여 있는 바위 안쪽으로 길게 갈라진 벽이 드러나 있었다.

'묻혀 있던 유적 일부가 산사태로 인해 드러난 건가?'

덕분에 기대감도 한층 상승!

"흑영, 가라!"

태영은 단숨에 언덕을 넘어 던전 입구에 도착했다.

그리고 오자마자 아는 얼굴을 보게 되었다.

"야! 니들 언제까지 그러고 있을 거야? 너, 너, 그리고 너! 일 안 해?"

"아, 몰라. 귀찮아. 이제 밤이잖아."

"던전에 밤낮이 어디 있어? 게다가 니들, 좀 전까지는 야행성이라서 낮에는 힘들어서 일 못 하겠다며?"

"낮에 힘들다는 게 밤에는 안 힘들다는 말은 아니잖아."

"그걸 지금 말이라고……."

"어? 주인님이다! 야, 주인님이 왔어!"

"뭐라는 거야? 주인이라니…… 어? 혀, 형님? 아니, 공왕 전하!"

입구 주변에서 뒹굴대다가 귀를 쫑긋 세우며 일어나는 묘인족과 그 사이에서 놀란 얼굴로 돌아보는 랄프였다.

"한 가지만 해, 인마."

"예지 씨까지 데리고…… 언제 발테아르로 돌아오신 겁니까?"

"조금 전에."

"그런데 바로 여기로 온 겁니까? 설마 절 보러 오신 건 아닐 테고……."

"겸사겸사지."

피식 웃어 준 태영이 주위를 둘러보며 물었다.

"그런데 넌 여기서 뭐 하는 거야? 레이븐하고 던전에 들어가 있는 거 아니었어?"

"랄프 님이 심사관이에요."

"네, 그게 접니다."

박예지의 말에 랄프가 우쭐한 얼굴로 말했다.

"이미 예지 씨에게 들었는지 모르겠지만, 이 던전은 아무나 들어갈 수 있는 게 아닙니다. 더 아래층으로 내려갈 때도 그렇지만, 처음 이 던전에 들어가는 사람은 누구든 일단 제 심사부터 통과해야 합니다. 그럴 만한 실력도 안 되는 녀석이 의욕만 넘쳐서 들어갔다가 피 떡이 되는 걸 막는 중요한 역할이죠."

"그래, 오면서 듣기는 했지. 그래서? 심사 기준이 뭔데?"

"후후후!"

랄프가 히죽 웃었다.

"통과입니다. 저는 아직 죽고 싶지 않거든요."

"뭐?"

"심사 기준은 랄프 님을 이기는 거예요. 랄프 님은 처음 이 던전에 들어갔을 때 2층에서 죽을 뻔하다가 겨우 살아 나왔거든요."

박예지의 설명이었다.

- 뭐야? 너무 위험해서 등급까지 만들었다더니 입장 심사라는 게 고작 그런 거였어? 저런 녀석만 패 주면 된다니, 허들이 너무 낮은 거 아니야?

그렇게 말할 일은 아니다.

랄프는…… 뭐 제대로 본 적이 없어서 잘 모르겠지만, 일단 D급 헌터!

적어도 그만한 경력은 있다는 말이고, 또 적어도 그만한 경력을 쌓을 때까지 죽지 않고 버틸 만한 실력은 갖추고 있다는 말이다.

레이븐이 그런 랄프를 이기는 게 던전, 그것도 1층에 들어갈 자격으로 정해 뒀다면 그만큼 이 던전의 난도가 높다는 의미기도 하지만…….

'수인족 전사들이 대부분 던전에서 지내고 있다는 건, 대부분 D급 헌터 이상의 실력이 됐다는 말이군. 아래층에 있는 전사들은 그 이상이라는 말일 테고. 구분하기 쉬워서 좋군.'

"랄프, 지금 던전에 몇 명이나 들어가 있지?"

"글쎄요? 정확한 숫자는 모르지만, 하쿠인과 수인족을 합하면 한 200명 정도는 될 겁니다."

"하쿠인도 들어가 있다고?"

"네, 원래 발테아르에 있던 하쿠인은 열댓 명 정도밖에 안 되지만, 얼마 전에 남양주라는 곳에서 온 하쿠인은 스무 명

이상 들어갔습니다."

"남양주의 하쿠인이라……."

─그렇게 말하면 떠오르는 녀석들이 없는 것도 아니군.

태영도 떠오르는 얼굴이 몇 있었다.

물론 그게 정답일지는 모르지만, 굳이 더 생각할 필요는 없었다.

어차피 들어가 보면 알 테니까.

"지금 몇 층까지 공략된 상태지?"

"얼마 전에 레이븐 님과 수인족 족장들이 6층으로 진입했습니다. 하지만 지금은 6층에서 꽤 고전하고 있는 모양이더라고요."

"6층이라……."

─몇 층까지 있는지는 모르겠지만, 일단 아직 할 일은 남아 있다는 말이군. 어쨌든 이제 알아볼 건 다 알아본 거 아니야? 난 지난 며칠 동안 주인이 이리저리 뛰어다니기만 한 탓에 슬슬 몸이 근질근질해지기 시작한다만, 대체 언제 들어갈 거야?

"지금."

태영이 갈라진 벽을 향해 돌아서며 대답했다.

"그럼 예지 씨는……."

"네, 전 여기서 기다리고 있을게요."

"아니, 흑영을 타고 먼저 돌아가 계십시오. 이번에는 일단 확인만 할 생각이지만, 그래도 얼마나 걸릴지는 모르니까요.

밤이라도 흑영을 타고 가면 위험한 일은…….”

“기다릴게요.”

박예지가 태영의 말을 끊으며 또박또박한 목소리로 대답했다. 그리고 빙긋 웃으며 말을 이었다.

“조금 늦어져도 상관없어요. 그런 건 이제 익숙하니까요. 레온 님은 누군가 기다리는 사람이 있다는 것만 잊지 않으시면 돼요.”

─호오, 빨리 돌아오라는 말을 이렇게 부담스럽게 하는 사람은 또 처음이군. 저렇게 나오면 주인이라도 무시하기 힘들겠어.

뭐랄까, 확실히 좀 압박이 느껴지기는 한다.

그러나 던전에서 오래 헤매고 돌아다닐 생각이 없기는 태영도 마찬가지.

“그러죠. 랄프, 부탁한다.”

“넵!”

태영은 랄프의 대답을 뒤로하고 갈라진 벽 사이로 들어갔다.

─자, 그럼 이제 실력 발휘를…….

할 기회는 없었다.

처음 봤을 때 생각한 것처럼 안쪽은 유적.

무너진 벽돌이 곳곳에 쌓여 있는 통로를 지나 들어가자 야광석이 박힌 거대한 기둥이 줄지어 늘어선 넓은 홀 같은 공간이 나타났다.

그리고 몬스터도 있었지만.

"어이, 그쪽! 네 뒤의 기둥에서 두 마리 더 내려온다!"

"아, 나도 봤어!"

몬스터만 있는 게 아니었다.

호인족과 야랑족, 견인족, 묘인족, 무잠족, 그리고 때때로 보이는 한국인이 서너 명씩 뭉쳐 이리저리 뛰어다니고 있었다.

"크르르르, 여전히 기분 나쁜 놈들이군. 기척이 없는 건 그렇다고 쳐도, 냄새까지 옅어서 숨어 있는 놈들을 찾기가 힘들어."

"그래서 족장들이 얘기했잖아. 냄새만 쫓는 버릇은 버리라고! 그보다는 감이다!"

"그런 족장들도 감만 찾다가 된통 당했잖아."

"그건 4층이었잖아. 그건 4층까지는 통했다는 말이고. 애초에 아직 1층에서 헤매고 있는 우리가 4층 일까지 걱정할 처지냐?"

"아니지."

"나도 그럴 생각 없어! 호인족에서 아직 2층도 못 들어간 건 네 명밖에 없다고! 그중 하나가 나고! 젠장, 오늘 안에는 기필코 2층으로 들어갈 테다!"

"어? 야, 인마! 그건 내가 찍어 둔 거야!"

"그딴 게 어디 있어? 먼저 잡는 놈이 임자지!"

게다가 그와 비교하면 좀 적다 싶은 몬스터를 두고 경쟁하는 그림까지 펼쳐지고 있었다.

그러나 그게 약한 몬스터라는 말은 아니다.

때때로 기둥을 타고 내려오거나, 갈라진 벽 틈으로 기어 나오는 몬스터는 소드 스파이더.

1미터 전후의 크기로 몬스터치고는 작지만, 상당히 빠르고 웬만한 검기로는 상처조차 만들기 힘든 단단한 몸을 가지고 있는 놈이다.

─랄프 녀석이 들어오지 않는 이유가 있었군.

"은퇴했잖아."

─뭐 그러시겠지.

경력이 많은 헌터, 구체적으로 예를 들자면 랄프 같은 D급 헌터도 혼자 상대하기 힘들다는 말이다.

그러나 수인족들은 대부분 1대1로 싸우고 있었다.

덕분에 태영도 바로 이해할 수 있었다.

'타라칸과 싸울 때만 해도 수인족 중 상위에 속한 전사가 저것보다 좀 나은 수준이었는데, 가장 하위의 전사가 소드 스파이더와 1대1로 싸울 수 있는 수준이라면…….'

결과는 과정을 대변해 주는 법.

태영이 없는 동안에도 꽤 부지런히 훈련에 매진해 왔다는 의미다.

그러나 예외가 없다고는 할 수 없었다.

─아니, 뭐 됐어. 어차피 저딴 놈들은 때로 잡아도 그동안 쌓인 스트레스가 풀리기는커녕 되레 더 쌓일 것 같으니까.

그런 소드 스파이더라도 태영이나 그리모어에는 어차피 이런 놈이고, 굳이 부지런히 뛰어다니는 녀석들의 사냥감을 뺏을 생각도 없는지라 그냥 설렁설렁 던전을 가로질러 갈 때였다.

맞은편에서도 태영처럼 설렁설렁 걸어오는 무잠족 한 명이 있었다.

그리고 그를 통해 들을 수 있었다.

"어? 주, 주인님?"

"그런 반응은 이미 충분히 겪어 봤으니까 됐고. 오면서 보니 넌 몬스터를 잡으려고 하지 않던데, 왜 그런 거지?"

"아, 저는 관리자입니다."

"관리자?"

"입구에 랄프가 있었을 텐데, 못 들으신 겁니까? 지금 최상위 전사들은 6층을 공략 중입니다. 그리고 1층부터 5층까지는 따라오지 못하는 녀석들이 훈련장으로 사용되고 있죠. 하지만 그게 안전하다는 말은 아니니까, 일단 4층까지는 더 아래로 내려갈 자격을 얻은 사람이 서너 명씩 교대로 한두 층 위로 올라와 둘러보고 있습니다. 혹시 모를 상황의 대비와 아래층으로 내려갈 자격 심사를 위해서 말입니다. 그걸 관리하는 분이 묘인족 족장 일라 님이고요."

"일라? 일라라면……."

"죄송합니다. 저도 지금은 일라 님이 어디 계신지는 모릅니다. 뭐 1층부터 4층까지 모두 관리하시니 어쩔 수 없다고 생각합니다만, 저도 며칠에 한 번밖에 못 봅니다."

죄송할 거 없다.

일라가 어디 있는지는 태영이 알고 있으니까.

"그보다 이상하네요. 분명 오늘 1층 관리를 맡은 사람은 저 말고도 묘인족 세 명이 더 있는 거로 알고 있는데…… 보이지 않네요. 1층 녀석들 말을 들어 보니 올라오기는 한 모양인데……."

그 녀석들도 어디 있는지 알 것 같았다.

– **고양이구먼.**

그런 말로 퉁치고 넘어가도 안 될 것 같았다.

"일라는…… 뭐 됐다 싶고, 아마도 네가 찾는 묘인족과 밖에서 뒹굴거리는 묘인족이 같은 녀석들인 모양이군."

"네? 그럼 1층에 올 때마다 보이지 않던 게……."

"가서 전해. 이미 내가 다 들었고, 꽤 불쾌해하더라고 말이야."

태영이 빙긋 웃으며 말해 주었다.

"아, 그리고…… 2층으로 내려가는 자격을 얻는 방법은 뭐지?"

"매일 아침에 그동안 잡은 몬스터를 확인합니다. 혼자든

파티든 하루 동안 1인당 소드 스파이더를 10마리 이상 잡으면 통과죠."

"나도 할까?"

"주인님이 하루 동안 소드 스파이더를 잡겠다고요? 그럼 소드 스파이더가 남아나겠습니까? 제발 참아 주십시오. 그보다…….'

얼른 고개를 저으며 대답한 무잠족이 뒤쪽을 힐끔대며 어깨를 들썩였다.

"그럼 가 봐도 돼."

"네! 감사합니다! 그럼 다음에 뵙겠습니다! 이 망할 고양이 자식들! 다 뒈졌어!"

그리고 태영이 말을 듣자마자 팔을 걷어붙이며 입구로 돌진!

─이런저런 놈이 모이니 꽤 다사다난하군.

뭐 대충 그런 느낌이다.

어쨌든 이로써 태영은 들어오자마자 2층 진입 자격 획득!

1층은 처음 들어와 본 것과 같은 커다란 홀 몇 개로 나누어져 있는 단순한 구조라 내려가는 길도 금세 찾을 수 있었다.

홀 끝부분에 아래쪽으로 이어진 거대한 나선형 계단이 자리 잡고 있었다.

그리하여 바로 2층에 진입!

－……2층이군.

그러나 달라진 건 그 말대로 층수뿐이었다.

커다란 홀 몇 개로 나뉘어 있는 구조도 같았고, 소드 스파이더가 나오는 것도 같았고, 수인족이나 무잠족, 그리고 가물에 콩 나듯 끼어 있는 한국인들이 뛰어다니는 것도 같았다.

다른 점은 하나.

치치치치!

거기에 때때로 갈라진 바닥 틈에서 튀어 올라오는 뱀 같은 몬스터, 루인 웜이 추가된다는 것뿐이다.

"나왔다!"

"이쪽에서도 한 마리 나왔어! 빌어먹을, 하필이면 거미 놈들이 두 마리나 더 붙었을 때……."

덕분에 90%는 같은 환경이라도 난이도는 급상승!

"불평한다고 달라지는 것도 아니잖아!"

"정신 똑바로 차려! 루인 웜은 독이 있어! 스치기만 해도 중독될 위험이 큰 만큼 일단 루인 웜부터 처리한다!"

그래도 일단 자격을 증명하고 들어온 병사들이라 능숙하게 대처하고 있었다.

게다가 발테아르의 발전과 더불어 발테아르의 고유 무기 '총창-II'의 보급 속도도 급속 증가!

이제 한국인은 물론, 수인족도 둘에 하나는 보조 무기로

'총창-Ⅱ'를 장비하고 있었다.

아니, 이제 '총창-Ⅱ'가 아닐지도 모른다.

펑-! 펑-! 펑-!

-호오, 뭐야, 저거? 이제 한 번 장전으로 세 발이나 쏠 수 있게 된 건가?

한 단계 더 개량된 모양이니까.

던전 얘기를 듣고 둘러볼 새도 없이 나왔지만, 군수품 공 장도 노력을 게을리하지 않았다는 말이다.

덕분에 루인 웜은 대가리를 내미는 족족 총창에서 뿜어지 는 산탄에 박살!

태영으로서는 꽤 보람이 느껴지는 장면이었다.

넉 달 만에 돌아왔지만.

'여기저기 바쁘게 돌아다니며 버는 족족 발테아르로 보내 온 보람이 있군.'

그게 공왕의 책무를 다하지 않았다는 말은 아니니까.

물론 그래도 전투에 100%는 없는 법.

"큭, 젠장! 무, 물렸어!"

태영이 설렁설렁 던전을 가로지를 때 이런 목소리가 들려 오기도 했다.

그러나 굳이 태영이 뭔가 할 필요는 없었다.

"멍청한 자식! 어이, 저쪽이다! 루인 웜에 물린 놈은 내가 처리할 테니, 너는 소드 스파이더나 좀 잡아 줘."

더 아래층에 있던 전사가 일부러 위층에 올라와 있는 이유가 그래서니까.

"아, 아니, 잠깐! 나, 난 괜찮아!"

그러나 정작 루인 웜에 물린 전사는 화들짝 놀라며 고개를 저었다.

이유가 있었다.

"할 수 있어! 아직, 내가 아라서…… 이따고……."

"할 수 있기는 뭐가 할 수 있어? 벌써 입이 **뻣뻣하게** 굳어서 말도 제대로 못 하는 주제에! 나머지 놈들을 네 파티원이 처리해도 넌 여기까지야! 알지? 관리자의 도움을 받으면 위층으로 돌아가야 하는 거? 치료 끝나면 다시 1층으로 올라가서 제대로 훈련하고 내려와!"

"비, 비러머글……."

－흠, 그런 시스템이었군. 은근 빡센데.

빡센지 어떤지는 모르겠지만, 일단 합리적인 방식으로 보이기는 했다.

그러나 어느 쪽이든 태영과는 상관없는 일인지라 가던 대로 설렁설렁 던전을 가로질러 다시 나선형 계단을 따라 아래층으로.

－빡센 이유가 있었군.

3층은 1, 2층과는 확연히 달랐다.

일단 야광석이 없어 칠흑처럼 어두웠고, 복도 구조로 되어 있어 길도 복잡했다.

그리고 출현 몬스터도 한 단계 업!

–스킬 [나이트 비전]을 발동했습니다.

쿠오오오–!

'나이트 비전'을 켜자마자 복도 저편에 포효를 터뜨리며 기어 나오는 몬스터가 보였다.

여러 개의 머리가 달린 말미잘처럼 생긴 놈은 히드라, B급 헌터도 상대하기 힘들어하는 상위 몬스터였다.

"딱히 병사가 따라붙는 것 같지는 않군."

서걱–!

뭐 그냥 그렇다는 말이다.

–뭐 이런 건 아무래도 상관없지만, 길이 좀 복잡한 게 문제로군.

삐이?

"아니, 굳이 네가 길을 찾을 필요는 없어. 일단 5층까지는 지도를 만들어 뒀다더군. 아까 랄프에게 받아 뒀어."

–그 녀석이 통과라고 하면서 주던 두루마리가 이 지도였군. 들어오자마자 여러 개의 복도가 있어서 되게 복잡하게 되어 있는 줄 알았는데 그렇지도 않군.

"지도로 보면 그렇지. 통로의 생김새가 다 비슷하니 막상 처음부터 길을 찾으려고 들면 꽤 복잡할 거야. 어디 보자…… 이 길이 가장 빠르겠군."

–빠르다기보다는 그 길밖에 없지 않아? 반대쪽에 계단 그림이 다음 층으로 내려가는 곳일 테니까. 그런데 거기, 중간쯤에 있는 동그라미는 무슨 표시지?

"글쎄? 가 보면 알겠지."

태영의 대답대로 가보니 바로 알 수 있었다.

"어? 주, 주인님?"

태영을 알아보고 황급히 뛰어오는 호인족과 견인족의 뒤.

–[치유 포션], [해독제], [식량과 물], [총창-III 탄환], [수리도구]…….

이런 팻말과 함께 쌓여 있는 각종 보급품을 보고 말이다.

"너희가 3층 관리자인가?"

"네, 저희와 순찰 중인 세 명을 포함해 다섯 명이 맡고 있습니다."

"수고하는군."

"아닙니다. 그런데 주인님은…… 혹시 족장님들이 계시는 6층으로 가시는 중입니까?"

"뭐 그렇지. 수고해라."

물론 태영은 보급 따위는 필요 없으므로 패스.

바로 4층으로 내려갔다.

그리고 4층은, 3층의 서너 배는 되는 규모에 통로로 미로
처럼 복잡하게 얽혀 있었다.

그러나 특별히 난감할 일은 없었다.

일단 지도가 있으니 길을 잃고 헤맬 일도 없지만.

─[←][←][→][!]

그것만으로는 부족할지도 모른다고 생각했는지 복도 곳곳
에 이런 팻말이 붙어 있었다.

참고로 '!'는 함정 표시였고, 대부분 해제되어 있었다.

그리고 3층보다 넓어서겠지만, 4층에는 동그라미, 즉 보급
소가 세 군데나 있었다.

─뭐랄까…… 슬슬 던전이라기보다는 놀이동산처럼 느껴진달
까. 어째 더 깊이 들어갈수록 되레 긴장감이 떨어지는 기분이
든다만?

태영도 살짝 그런 기분이 들었다.

크와아아─!

서걱─!

그러나 그건 어디까지나 이런, 괴성을 터뜨리며 돌진해
오다가, 그대로 대가리가 쪼개진 채 바닥에 처박히는 미노타
우로스가 아무런 위협이 되지 않아서다.

즉, 그런 재주가 없는 병사들은 충분히 스릴 넘치는 모험

을 즐기고 있다는 말이다.

그러니 방해하지 않고 바로 5층으로.

그리고 5층 역시 같은 이유로 빠르게 패스하고 바로 6층으로 내려가려 할 때였다.

삐이? 삐이! 삐이!

그리모어처럼 무료한 얼굴로 태영의 어깨에 앉아 있던 청영이 갑자기 퍼뜩 고개를 돌리며 날개를 퍼덕였다.

"조금만 더 버텨! 이제 다 왔어! 여기만 올라가면 보급소는 금방이다!"

동시에 계단 아래에서 고함이 들려왔다.

그리고 거친 발소리와 함께 10여 명이 피에 젖은 사람들을 부축하며 올라왔다.

놀랍게도 그들 대부분이 한국인이었고, 또 모두 태영이 아는 얼굴이었다.

바로…….

🌀

"앞에 누가…… 어? 레, 레온 님?"

휘둥그레진 눈으로 태영을 바라보는 사람은 박일우.

태영이 마경의 숲을 나와 가장 먼저 만난 박 중사였고, 그 뒤로는 당시부터 박 중사와 함께하던 소대원들도 몇 명 보였다.

─흠, 이건 예상대로라고 해야 할지, 예상외라고 해야 할지 모르
겠군. 남양주에서 온 하쿠인도 있다는 말을 들었을 때 저 녀석들이
생각나기는 했지만, 6층이라…… 아니, 뭐 됐다. 그동안 나도 보고
들은 바가 있어서 하쿠인이 성격 느긋한 이들이 아니라는 것쯤은
알고 있으니까. 더구나 주인도 하쿠인이라는 점을 생각하면 새삼
따질 일도 아니지.

태영도 새삼 따지고 싶지는 않았다.

분명 의외이기는 하지만, 이해하려고 들면 못 할 것도 없
으니까.

"레온 님이라고?"

남양주에서 수백 킬로미터 떨어진 아스탈로드 영지에서
만났던 이 중위가 박 중사 일행 뒤에서 따라 올라오고 있는
것도 마찬가지다.

"스, 스승님, 이제야 만났군요!"

제자로 받아들이자마자 그곳에 떨궈 놨던 베릴이 함께 있
는 것도 한데 묶어 생각하면 어떻게든 이해할 수 있는 일
이다.

물론 그렇다고 그게 '어? 니들도 있었냐?'라는 반응만으로
넘어갈 일도 아니겠지만 어쨌든.

당장 태영의 관심사는 그들이 아니었다.

박 중사와 이 중위 일행이 든 들것에 실린 수인족이다.

"베릴, 상황을 설명해라!"

"네? 아, 네! 이들은 선발대 소속 대원들입니다."

태영의 시선을 따라 들것에 실린 수인족을 돌아본 베릴이 얼른 대답했다.

"레이븐 경이 이끄는 선발대가 6층으로 진입한 건 나흘 전입니다. 그리고 탐사와 지도 제작을 끝내고 다음 층으로 이동하던 도중에 미노타우로스와 히드라 무리의 습격을 받았습니다."

"미노타우로스와 히드라? 놈들은……."

"4, 5층에서 나타나는 놈들과는 다릅니다. 그보다 몇 배는 강할 뿐만 아니라, 마치 군대처럼 조직적이었습니다."

레이븐도 무리해서 뚫을 필요는 없다고 판단했다.

발테아르의 주력 부대가 던전에 들어와 있는 건 던전 공략보다 훈련의 목적이 더 크니까.

6층에 병참 기지를 세우고 꾸준히 놈들과 싸워 나갔다.

놈들과 싸우는 방법에 익숙해지는 한편, 놈들의 숫자를 줄여 놓기 위해서였다.

그리고 몇 시간 전, 이제 충분하다고 판단.

레이븐은 그동안의 전투를 토대로 부대를 재편해 본격적인 몬스터 토벌을 개시했다.

"본래 5층에 머물러 있던 저희도 그때 레이븐 경의 요청을 받아 백업 부대로 참전한 겁니다. 그런데……."

"생각대로 진행되지 않은 건가?"

"네, 이미 확인이 끝난 지역에서는 별문제가 없었는데, 미확인 지역으로 들어서자 상황이 완전히 바뀌었습니다. 놈들은 예상보다 훨씬 많고 강해졌습니다. 또 훨씬 조직적이기도 했고요. 선발대가 진군해 들어오기를 기다리고 있었다고밖에는 생각할 수 없습니다."

─ 소 대가리와 말미잘이?

그리모어가 의문을 표했지만, 지금 중요한 건 그런 게 아니었다.

"그래서? 현재 상황은?"

"어렵습니다. 레이븐 경이 열심히 대처하고 있지만, 초기에 입은 피해가 너무 컸습니다. 그래도 저희는 어찌어찌 부상자를 데리고 놈들을 뚫고 나올 수 있었지만, 그 탓에 본대는……."

"그 정도면 충분하다."

태영이 베릴의 말을 끊으며 계단으로 내려갔다.

"베릴, 6층의 구조는 숙지하고 있겠지?"

"네, 물론입니다!"

"안내해라!"

그리고 아래층으로 내려왔을 때.

"이쪽입니다!"

투퉁─!

두 줄기 섬광이 복잡하게 얽힌 통로를 가로질렀다.

ↄ

콰쾅-!

어둠 속에서 울리는 폭음!

거대한 도끼가 긁고 지나가자 마치 껍질이 벗겨지듯 바닥에서 무수한 돌덩이가 터져 올라왔다.

그리고 그 돌덩이에 섞여 날아오르는 사람들!

구겨진 방패를 든 수인족 전사들이었다.

"큭, 빌어먹을! 한곳에 모여 있지 말라고 했잖아!"

퍼뜩 고개를 돌린 레이븐이 소리쳤다.

그러나 그도 알고 있었다.

아니, 그만이 아니라 구겨진 방패와 함께 날아가는 수인족도 알고 있었다.

그딴 방패만으로는 무식하게 커다란 도끼를 무시한 힘으로 휘둘러 대는 미노타우로스의 공격을 막아 낼 수는 없다는 것 정도는 말이다.

콰쾅! 콰쾅-!

놈들의 공격을 받아 보는 게 처음도 아니니까.

미노타우로스는 4층부터 나오기 시작한 몬스터, 적어도 6층까지 내려온 전사들은 어떤 방식으로 싸워야 할지 정도는 알고 있었다.

아니, 알고 있다고 생각했다.

"그러고 싶어서 그런 게 아니잖아!"

그러나 뒤에서 소리치는 라르고의 말처럼 아는 걸 그대로 적용해서 싸울 수 있었다면 이런 사태가 벌어질 일도 없었을 것이다.

"넓게 퍼져서 싸우기에는 놈들의 숫자가 너무 많아! 조금만 틈을 보여도 파고들어 온다고! 알잖아! 진영 안으로 저런 놈이 두어 마리만 들어와도 어떻게 될지 말이야!"

역시 가장 큰 문제는 이거였다.

지금까지 그들이 경험한 미노타우로스는 대부분 한두 마리였고, 동료라는 개념조차 없었다.

따로따로 흩어져 그저 마구잡이로 도끼를 휘둘러 댈 뿐이었다. 그러나 6층, 특히 다음 층으로 내려가는 계단이 있는 지역의 놈들은 달랐다.

미노타우로스는 물론, 놈들이 마치 사냥개처럼 몰고 나온 히드라까지, 마치 훈련을 받은 군대처럼 조직적으로 움직였다.

물론 그렇다고 레이븐도 마냥 당하고만 있던 건 아니다.

'몬스터에 불과한 놈들이 어떻게 이렇게까지 조직적으로 움직일 수 있는지는 모르겠지만, 조직력이라면······.'

레이븐도 그동안 그저 시간만 축내고 있던 건 아니다.

선발대에 합류한 몇몇 한국인은 물론, 호인족과 야랑족, 견인족, 묘인족의 전투력과 종족 특성은 이미 모두 파악.

'묘인족은 공격력과 방어력이 떨어지지만, 임기응변이 뛰어나다. 견인족은 반대로 임기응변에는 약하지만, 주어진 일은 어떤 상황에서든 포기하지 않는 결실한 성향이 있어. 반면 야랑족은 다른 종족과는 비교하기도 힘들 정도로 속도가 빠르고, 호인족은 압도적인 힘을 가지고 있다.'

레이븐의 전술도 거기에 초점이 맞춰져 있었다.

임기응변이 뛰어난 묘인족으로 적을 흔들어 놓은 사이에 견인족으로 방어 태세를 구축!

야랑족을 투입해 그 특유의 속도로 대미지를 입히며 힘을 빼 놓은 뒤에 호인족으로 결정타를 날리는 전술이었다.

레이븐이 팔을 걷어붙이고 나선 지 10여 일 만에 4층에서 헤매던 수인족이 6층까지 내려올 수 있던 이유가 그 덕분이었다.

그리고 6층도 마찬가지.

비록 이전보다 더 많고, 더 조직적으로 변했지만, 그 전술은 여전히 유효했다.

'쉽진 않겠지만, 할 수 있다!'

레이븐이 그렇게 생각하고 있던 이유다.

그러나…….

"그래, 알아! 놈들이 진영 안으로 들어오는 걸 더는 막아

내기 힘들어졌다는 것도, 또 그게 너희들 탓이 아니라는 것도. 모두…….”

견인족을 쳐 날리며 들어오는 미노타우로스의 면상으로 화살을 날리며 중얼대던 레이븐이 입술을 꽉 깨물었다.

“내 탓이다.”

그러자 몸을 돌리던 라르고가 움찔하며 미간을 찌푸렸다.

“그렇게 말한 적은 없다.”

“아니, 네가 뭐라고 말하든 그게 사실이다. 너희들은 지금까지 이상으로 잘해 주고 있어. 그럼에도 이렇게 상황이 어려워진 건 내가 제대로 파악하지 못해서야.”

“인제 와서 무슨 말이야? 저놈들이 4층이나 5층에서 나오던 놈들보다 강한 걸 몰랐던 건 아니잖아. 그걸 알아보고 익숙해지기 위해서 며칠이나 여기서 보낸 거고 말이야.”

“그랬지. 그래서 눈치채는 게 늦은 거고.”

“뭐?”

“이미 전투를 시작한 지 1시간이 넘었다. 그 탓에 우리 진영의 병사들은 모두 지치고, 반 이상이 위태로워 보이는 수준의 상처까지 입었지. 하지만 그사이에 해치운 건 히드라 다섯 마리, 미노타우로스는 두 마리뿐이야. 이상하다는 생각이 들지 않나?”

“그야 놈들은 한 방에 해치울 수 있는 놈들이 아니잖아. 더구나 놈들의 숫자가 많아서 한 놈을 집중공격 할 기회를 잡기 힘드니 당연한 거 아니야?"

"나도 좀 전까지는 그렇게 생각했어. 미노타우로스나 히드라는 둘 다 회복력이 높은 몬스터니까. 하지만……."

레이븐이 눈매를 좁히며 중얼거렸다.

"방금 화살에 맞은 놈을 보고 확신했다. 벌써 화살에 맞은 흔적조차 보이지 않아. 아무리 회복력이 높은 놈들이라도 정상이 아니지."

"그러고 보니…… 그럼 저 녀석들은 4, 5층에 있는 놈들보다 회복력이 더 높다는 말인가?"

"단순히 그런 문제가 아닐지도 몰라. 라르고 너, 그 상처를 입은 지 얼마나 됐지?"

"글쎄? 한 10분 정도는 됐지."

"치료는?"

"물론 포션 정도는 발라 뒀지. 하지만 어째 이번에는 회복이 좀 더디군. 평소라면 이 정도는 금세…… 아니, 잠깐? 그럼 혹시……."

대수롭지 않은 얼굴로 피가 번져 있는 옆구리를 툭툭 치며 대답하던 라르고가 움찔하더니 당황한 얼굴로 레이븐을 바라보았다.

"그래, 너만이 아니다. 나나 다른 대원들도 마찬가지다. 저놈들의 회복 속도는 빨라졌지만, 우리는 되레 늦어진 거야. 그리고 더 큰 문제는, 아직 우리는 그 이유조차 모른다는 거다."

"그럼…….."

"물러나야 할 때라는 말이지. 그것도 쉬운 일이 아니지만."

그만큼 어려운 상황이라는 말이다.

그러나 그만큼 어려운 상황이기에 물러나는 것도 마음만 먹는다고 되는 게 아니다.

더구나 놈들은 조직력까지 갖춘 몬스터.

그 이해하기 힘든 회복력 탓에 좀처럼 줄어들지 않는 머릿수로 퇴로까지 막고 있었다.

무리하게 퇴각하면 피해는 눈덩이처럼 불어날 게 불 보듯 뻔한 일.

그러나, 아니 그래서 더 망설일 일이 아니었다.

"빌어먹을! 이 라르고가 저런 놈들에게 등을 보이고 도망가야 한다는 말인가?"

"그런 말을 할 때가…….."

"아니지! 알아! 내가 호인족의 족장이지만, 호인족 전사들은 내 부하가 아니다! 호인족은 물론 야랑족과 견인족, 묘인족, 아니, 종족을 나누기 이전에 발테아르의 모든 것은 오직 우리의 주인이신 레온 님의 것! 내 자존심 따위로 주인님의 것을 하나라도 잃게 할 수는 없지! 하지만…… 퇴로를 뚫는 역할만큼은 넘겨줄 수 없다!"

"……부탁하지."

"물론!"

레이븐의 말에 라르고가 와락 고개를 돌리며 소리쳤다.

"좋아! 어이, 하울, 다란, 호인족이 빠져도 버틸 수 있겠나?"

"하! 보고도 모르는 거냐? 느려 터진 너희 호인족 따위, 거치적대서 짜증 날 정도다! 왜 그딴 걸 묻는지는 모르겠지만, 빠져 주는 게 되레 도움이 된다고! 큭, 이 망할 놈이! 말하는 중이잖아!"

하울이 연이어 날아드는 히드라의 아가리를 피해 물러나며 소리쳤다.

"우리도!"

방패를 들고 뛰어가는 다란도.

콰쾅—!

"우악! 끄떡없어요!"

미노타우로스의 도끼에 얻어맞고 날아가며 소리쳤다.

"좋아! 그럼 뺀다! 오래 걸리지는 않을 테니 어금니 꽉 물고 버텨! 호인족 전사, 집합! 이제부터 모두 뒤에서 설치는 놈들을 공격한다! 한껏 무리해 놈들을 찢어라!"

이에 라르고가 고개를 돌리며 소리쳤을 때였다.

콰쾅—!

그 말대로 라르고가 돌아보는 미노타우로스의 목이 폭발

하듯이 찢어져 날아갔다.

물론 호인족 전사들이 한 짓은 아니었다.

그들의 힘으로는 애초에 이처럼 박살은커녕 일격에 목을 날릴 수도 없지만, 아직 발톱이 닿지도 않는 거리였다.

호인족 전사들은 모두 우뚝 멈춰 서서 이따만 해진 눈으로 바라만 볼 뿐이었다.

터져 나가는 미노타우로스의 몸을 뚫고 나오는 섬광을 말이다.

"저, 저 빛은 설마……."

그리고 그중 한 명의 입에서 떠듬대는 목소리가 흘러나왔을 때.

콰쾅-!

그 섬광 끝에서 불길이 치솟으며 또 한 마리의 미노타우로스가 터져 날아갔다.

그러나 섬광의 속도는 조금도 줄지 않았다.

두 마리의 몸을 그대로 폭파하듯이 관통한 섬광은 되레 한층 더 가속!

눈으로 따라잡기도 힘든 속도로 군데군데 흩어져 있는 수인족 전사 사이를 가로질렀다. 그리고 야랑족과 견인족이 모여 있는 전방에 도착하는 순간!

위이이잉! 콰자자작-!

폭음과 함께 동시에 두 마리의 미노타우로스가 갈라졌다.

순간 놈들과 뒤엉켜 있다 튕겨 나온 하울과 다란이 당황한 얼굴로 황급히 고개를 돌렸고, 동시에 비명과 같은 고함을 터뜨렸다.

　"주, 주인님!"

왕의 귀환 Ⅲ

부오오오-!

거친 울음과 함께 도끼가 내리꽂혔다.

미노타우로스는 맨손으로 갑옷을 입은 사람도 휴지처럼 뭉개 버리는 힘을 가진 몬스터.

그 압도적인 힘으로 휘둘러 대는 도끼는 돌로 된 바닥에 거대한 크레이터를 만들어 내고 충격파만으로도 10여 명을 날려 버리는 위력을 발휘했다.

그러나 뭐든 상대적인 법.

콰쾅-!

태영은 그 충격파의 한복판에 있으면서도 미동조차 보이지 않았다.

휘둘리는 건 되레 놈 쪽.

놈이 지면을 부수며 내리꽂히는 도낏자루를 위에서 아래로 밟아 누르자 놈의 몸이 쏠리듯 아래로 끌려 내려왔다.

당연히 그 상황에 가장 당황한 건 태영보다 10배 이상 큰 몸집의 미노타우로스.

태영을 돌아보는 놈의 눈은 혼란에 휩싸여 있었다.

그리고 그때, 태영의 손에 들린 그리모어는 파열음을 울리며 붉게 물들어 가고 있었고, 그게 놈이 본 마지막 장면이 되었다.

퍼퍼퍼펑―!

목에서 터지는 불길 위로 치솟아 올라가는 소 대가리!

"주, 주인님!"

"주인님이다! 주인님이 돌아오셨다!"

분수처럼 치솟는 피와 함께 곳곳에서 고함이 터져 나왔다.

순간 상황은 극적으로 바뀌었다.

"어떻게 이렇게 갑자기……."

"그런 건 아무래도 상관없어! 중요한 건 주인님이 돌아오셨다는 거다! 오랜만에 돌아오신 주인님에게 저따위 소 대가리 괴물 정도에 헤매는 모습을 보여 드릴 수는 없다! 아니, 이제 그럴 필요도 없어! 주인님이 계신다면……."

"모두 주인님을 따라라!"

"우와아아아―!"

수인족 전사들이 곳곳에서 함성을 터뜨리며 돌진했다.

"아, 아니, 잠깐! 기다려! 공왕 전하가 왔다고 갑자기 그렇게 무턱대고 돌진하면…….."

너무 갑작스러운 변화에 레이븐이 당황한 얼굴로 소리쳤다.

"이제 됐다."

그때 라르고가 레이븐의 어깨를 잡으며 고개를 저었다.

"레이븐, 너는 그동안 충분히 잘해 줬다. 아마도, 아니, 분명 네가 없었다면 우리는 여기까지 오지도 못했을 거다. 너만큼 수인족을 잘 이해하는 사람은 없겠지. 그건 나는 물론 하울과 다란, 심지어 그 일라마저도 인정하는 일이다. 하지만 네가 아는 건 딱 절반이다."

"저, 절반?"

"그래. 수인족, 적어도 여기 발테아르의 수인족은 둘로 나눌 수 있다. 지금까지 네가 본 주인님이 안 계실 때의 수인족과 지금부터 네가 볼 주인님이 계실 때의 수인족. 같은 수인족이라도 그 둘은 전혀 다르지."

라르고가 히죽 웃으며 고개를 돌렸다.

레이븐이 그 말의 의미를 이해하기까지는 오래 걸리지 않았다.

바로 증명해 보였기 때문이다.

콰쾅-!

"큭! 밀릴쏘냐!"

가장 먼저 뛰어나가다가, 가장 먼저 도끼에 찍힌 견인족 족장 다란이.

좀 전까지는 그때마다 펑펑 날아갔지만, 지금은 수 미터나 밀려나면서도 버텨 냈고, 바로 다시 달려들어 놈의 다리에 총창을 박아 넣었다.

퍼펑─!

그리고 미노타우로스의 발목 속에서 폭발하는 산탄!

"어, 어떻게……."

"이게 수인족이다. 뭐 다란 녀석은 그중에서도 좀 유별난 감이 있지만, 다른 녀석들도 마찬가지지. 나도 레온 님을 진정한 주인으로 받아들이고 나서야 알게 됐다. 전사가 진정한 힘을 발휘하는 건 제 목숨을 지켜야 할 때가 아니다. 증명하고 싶을 때라는 걸 말이다."

"증명?"

"그래, 목숨이라도 기꺼이 바칠 수 있는 주인에게 그 충성을 증명하는 것! 하물며 바로 눈앞에서 주인의 저런 무용을 보는 중이다. 하던 대로 할 수 있을 리가 없지 않나? 이렇게…… 피가 끓어오르는데 말이다!"

입술을 실룩대며 말하던 라르고도 마찬가지였다.

"크아아아─!"

더는 참지 못하겠다는 듯이 포효를 터뜨리며 돌진!

다란의 연이은 총창 사격에 발목을 움켜쥐며 주저앉는 미노타우로스에 달려들었고, 발버둥 치는 놈이 쓰러질 때까지 목을 찢어 놓았다.

하울 역시 마찬가지.

태영의 등장과 함께 마치 보이지 않는 사슬을 끊고 뛰쳐나온 짐승처럼 그 옆으로 달려들던 히드라를 갈기갈기 찢어 대고 있었다.

"하아⋯⋯."

레이븐으로서는 뭔가 허탈해지는 장면이었다.

그러나 분위기가 변했다고 전황까지 변한 것은 아니다.

아니, 빠르게 변해 가고 있었지만, 그게 레이븐이 할 일이 끝났다는 의미는 아니었다.

이에 레이븐도 라르고를 따라 돌격!

사방으로 화살을 날리며 속속 미노타우로스를 쓰러뜨리며 전진하는 태영에게 따라붙었다.

"레온 님!"

"레이븐이군. 오는 길에 예지 씨와 베릴을 만나 그간의 상황을 대강 전해 들었다. 여러모로 신경 써 줘서 고맙다."

"감사합니다! 하지만 그런 얘기는 나중에 하죠."

"뭔가 내가 알아야 할 게 있나?"

"네, 이곳에 있는 미노타우로스와 히드라는 4, 5층에 있는 놈들과는 비교도 안 될 정도로 회복이 빠릅니다!"

그건 태영도 모르고 있던 정보였다.

원래 재생이 빠른 히드라도 그렇지만, 특히 미노타우로스는 그 두껍고 단단한 몸 탓에 소드 오러를 두른 검으로도 팔목조차 일격에 베어 내기 힘들다.

여러 번, 그것도 정확히 같은 곳을 공격해야 제대로 대미지를 입힐 수 있다는 말이다.

그런 놈이 빠른 회복력까지 가지고 있다면 확실히 문제가될 만한 일이다.

그러나 말했듯이 태영은 눈치채지 못하고 있었다.

쩌쩌쩌쩌쩡!

그런 몸도 어차피 그리모어에 다섯 번이나 중첩된 화염 마법에는 한 방이니까.

그러나 그게 문제가 되지 않는다는 말은 아니다.

태영은 몰라도 다른 병사들에게는, 확실히 문제가 될 만한일이다.

게다가…….

"하지만 그것보다 더 곤란한 문제는 놈들의 조직력입니다! 놈들은 하나같이 마치 지휘를 받는 군대처럼 움직이고 있습니다!"

방금 도착한 태영이라도 이건 알 수 있었다.

확연하게 보이기 때문이다.

태영이 등장과 함께 몇 놈을 순식간에 썰어 버리자 나머지 놈들은 바로 방어로 전환!

거리를 유지하며 견제하는 것과 동시에 넓게 흩어져 태영에게 당한 걸 화풀이하겠다는 듯이 좀 더 만만한, 병사들에 대한 압박 수위를 높여 가고 있었다.

─뭐 당연하다 싶기도 하지만…….

적어도 몬스터가 할 만한 대응이라고 할 수는 없었다.

쿠오오오! 콰쾅─!

"큭! 뭐, 뭐야?"

"좌측이다! 아, 아니, 우측에서도! 다른 미노타우로스와 히드라 들이 몰려오고 있어!"

"서, 설마 지원군이라는 건가?"

"말도 안 돼! 지원군이라니? 인제 와서…….."

이런 것도 마찬가지다.

던전에서 전투가 길어지면 다른 몬스터가 난입하는 일은 흔하지만, 베릴에게 들은 바에 따르면 이곳에서 전투가 시작된 건 두어 시간 전.

누군가의 말처럼 인제 와서, 그것도 놈들이 밀리기 시작할 때 이런 일이 벌어지는 건 우연이라고 보기는 힘들다.

─흠, 잘은 모르겠지만, 생각처럼 간단하게 끝날 전투는 아닌 모양이군. 뭐 나야 나쁘지 않지. 오랜만이니까. 어차피 이렇게 된 거, 이참에 제대로 피 맛 좀 보자고!

그러나 태영은 그럴 생각이 없었다.

그리모어는 어떨지 몰라도 태영은 발데란에서 발트하츠로, 다시 발트하츠에서 발테아르로 오는 여정도 나름의 피로가 쌓이는 일이었으니까.

수인족 전사들도 마찬가지.

온몸이 피투성이가 된 몸으로도 남은 기력을 쥐어짜 분투하는 모습은 대견하지만, 그리모어가 만족할 정도로 피 맛을 볼 때까지 버텨 주지는 못할 것이다.

"레이븐, 아직 네가 해 줘야 할 일이 있는 모양이다."

"네, 뭐든 명령하십시오!"

"다란과 하울, 라르고를 진정시키고 병력을 방어 태세로 전환해라! 의욕이 넘치는 것도 좋지만, 병력이 대부분 상처를 입은 지금은 피해를 줄이는 게 먼저다."

"……그것뿐입니까?"

"그거면 충분해."

레이븐의 말에 태영이 짧게 불어 내며 대답했다.

"이미 답은 나와 있으니까."

그리고 이어지는 말과 함께 다시 숨을 들이켜는 순간!

퉁─!

섬광처럼 뻗어 나갔다.

태영이 갑자기 앞으로 튀어나오자 몬스터답지 않게 거리를 유지하던 미노타우로스가 움찔하며 황급히 도끼를 내리찍었다.

콰쾅-!

폭음과 함께 폭발하듯이 뿜어져 올라오는 돌덩이!

그러나 그때 태영은 이미 바닥에 꽂히는 도낏자루를 타고 올라가고 있었다.

그리고 놈의 손을 밟고, 팔을 밟고, 어깨를 밟을 때마다 붉은 섬광을 일으키며 달아오르던 그리모어가 순식간에 가까워지는 놈의 목에 작렬!

퍼퍼퍼펑! 화르르륵!

불길과 함께 놈의 머리가 튕겨져 날아갔다.

그리고 그 머리와 함께 떨어진 태영의 발이 바닥에 닿는 순간.

번쩍-!

그 발을 중심으로 거미줄 같은 빛이 바닥을 타고 퍼져 나갔다.

그다음에도 마찬가지였다.

부오오오! 크롸롸롸!

그 직후에 히드라와 함께 돌격해 온 미노타우로스의 도끼를 피해 물러났을 때도, 태영의 발이 닿자 바닥을 타고 퍼져 나갔다.

속사포처럼 날아드는 히드라의 머리를 잘라 내며 뚫고 들어갈 때도! 히드라의 몸통을 가르며 나올 때를 노린 미노타우로스가 휘두른 도끼를 피할 때도!

놈의 발목을 날리고, 쓰러지는 놈의 머리가 바닥에 닿기도 전에 폭발시켜 날릴 때도!

번쩍-! 번쩍-!

태영의 발아래에서는 마치 맥박 치듯 일정 간격으로 빛이 바닥을 타고 퍼져 나갔다.

그리고 다시 한 놈을 해치우고 파고들어 갔을 때!

"찾았다!"

- 찾다니? 뭘?

"뭔지는 나도 모르지. 그러니까……."

몸을 돌린 태영이 입 끝을 추켜올리며 중얼거렸다.

"확인해 봐야지. 청영, 와라!"

삐이이이-!

이어지는 고함과 함께 울리는 울음!

방어 태세로 전환한 수인족으로 몰려드는 놈들에게 '깃털 폭풍'을 뿌려 대던 청영이 태영의 부름에 응답하는 소리였다.

그리고 단숨에 광장을 가로질러 태영의 등으로 스미듯 빨려 들어가는 순간!

"나와라!"

태영의 앞으로 뿜어져 나왔다.

쿠오오오-!

태영의 갑옷 '사왕의 권능'과 청영의 스킬 '잠재된 영혼의 힘'이 합해져 만들어진 거대한 뱀 헬 스네이크의 형상으로 변해서!

그리모어에 대답한 것처럼 찾아냈기 때문이다.

태영이 전장을 누비며 연이어 방출한 빛 '라이트 웹'으로, 헬 스네이크가 포효를 터뜨리며 돌진하는 광장 구석의 어둠 속에 뭐가 있는지 말이다.

콰콰콰콰— 콰쾅!

그리고 헬 스네이크가 폭음을 일으키며 그곳을 들이받았을 때, 모두가 볼 수 있었다.

"큭! 이, 이런…… 어떻게……."

폭음에 섞여 흘러나오는 당혹성과 함께 떠오르는 시커먼 형체를 말이다.

그 정체는 흐느적대는 망토를 걸치고 거대한 낫으로 쩍 벌어진 헬 스네이크의 아가리를 막고 있는 미라 같은 형상의 몬스터!

"저, 저놈은……."

"맙소사! 그림 리퍼다! 틀림없어! 예전에 들어 본 적이 있어! 폐허의 죽음이라고 불리는 사신과 같은 존재가 저것과 똑같이 생겼다고!"

"그, 그림 리퍼라니…… 설마 여기에 미노타우로스나 히드라 외에도 저런 고위 몬스터가 숨어 있을 줄은……."

"그럼 이놈들이 순식간에 회복하고 조직적으로 움직이던

건……."

모두 놈의 짓이다.

그리모어가 있던 유적에 돌아다니던 팬텀 리퍼의 상위종 그림 리퍼!

놈이 모습을 드러내는 것과 동시에 여기저기에서 쏟아져 나오는 토막 상식처럼 전설에서나 등장하는 고위 몬스터였다.

그러니 당연히!

"미노타우로스나 히드라와 싸우는 모습을 봤을 때부터 보통 놈은 아니라고 생각했지만, 용케 내 존재를 알아냈군. 하지만 그런다고 달라질 건 없다. 아니, 되레 네놈들의 죽음을 앞당기는 일이 될 것이다. 나야말로 공포! 나야말로 죽음! 이따위 같잖은 재주로 나를 막을 수 있다는 기대 따위는 하지 마라!"

굳이 이렇게 떠들지 않아도 태영 역시 알고 있었다.

놈의 정체를 확인하는 순간, 헬 스네이크만으로는 놈에게 타격을 입히기 힘들다는 걸 말이다.

태영이 헬 스네이크의 뒤를 따라 돌진하는 이유가 그 때문이다.

콰직! 퍼퍼퍼펑-!

그리고 회오리처럼 회전하는 놈의 낫에 헬 스네이크가 갈가리 찢기며 터져 갔을 때는 이미 놈의 향해 활화산처럼 오러를 뿜어내는 그리모어를 휘두르고 있었다.

콰콰콰콰—!

그러나 갈라지는 건 벽뿐이었다.

—뭐…… 주인, 뒤다!

뒷덜미로 섬뜩한 살기가 날아든 건 그 직후였다.

그러나 태영은 고개조차 돌리지 않았다.

"하덴!"

"넵, 주인님!"

파캉—!

"큭! 네놈은 뭐…… 아니, 이 뒤틀린 마력은 설마…… 뱀파이어 로드? 어째서 뱀파이어 로드가 인간의…… 어째서 나를 방해하는 것이냐!"

"방해?"

태영의 뒤에서 솟아 나와 붉은 칼날로 낫을 막아 세운 하덴이 피식 웃으며 고개를 저었다.

"애초에 폐허나 돌아다니는 유령 따위가 감히 내게 그딴 걸 따지는 것 자체가 주제도 모르는 짓이다 싶지만, 네놈은 정말 아무것도 모르는군. 방금 못 들었나? 내가 이분을 주인님이라고 부른 게 뭘 의미하는지?"

"뭐……."

"네놈은 뒈졌다는 말이다."

하덴의 말에 그림 리퍼의 붉은 눈동자가 흔들렸다.

놈도 약한 존재가 아니기에 바로 알게 되었기 때문이다.

하덴의 뒤에서 사라진 태영이 어디에 있는지, 또 그 순간 자신을 향해 날아오는 거대한 힘을 피할 수 없다는 것도.

"와일드 오러!"

콰지지지─!

거대한 뇌전이 놈의 몸을 찢으며 내리꽂힌 건 그때였다.

"끄아아아─!"

어둠 속을 울리는 처절한 비명!

거칠게 잡아 뜯기듯이 갈라진 그림 리퍼는 그대로 가루처럼 흩어지기 시작했다.

─······싱겁군.

그러나 그렇게 말할 일은 아니다.

말했듯이 그림 리퍼는 팬텀 리퍼의 상위종.

물리 공격은 물론, 정신 생명체의 최대 약점인 마법에도 높은 내성을 가진 존재다.

게다가 놈의 몸은 그 자체가 강력한 저주의 응집체.

맞으면 말할 것도 없지만, 설사 막는다고 해도 높은 확률로 저주에 걸리게 된다. 그리고 걸렸다는 걸 알게 됐을 때는 이미 승산 따위는 없다고 봐야 한다.

경험해 봐서 아는 거다.

즉, 싱겁게 이긴 게 아니라, 그게 놈을 해치우는 유일한 방법이었다는 말이다.

물론 그것도 그만한 실력이 될 때의 얘기지만 어쨌든.

−종합 평가 레벨이 상승했습니다!

−종합 평가 레벨이 상승했습니다…….

뭐가 됐든 이것으로 상황은 정리.
"후−!"
한숨을 불어 내며 돌아보는 전장도 마찬가지였다.
그림 리퍼가 먼지로 변해 버리자 놈의 조종을 받던 미노타우로스와 히드라는 일제히 정지!
얼음처럼 굳은 채 멍한 눈으로 태영을 바라보았고, 해동이 되자마자 뿔뿔이 흩어져 도망치기 시작했다.
크와아아아−!
물론 그 와중에도 여전히 분위기 파악 못 하고 도끼를 휘둘러 대는 놈도 없지는 않았다.
그러나 그 말대로 분위기 파악 못 하는 짓에 불과했다.
병사들이 힘들어하던 건 놈들의 조직력.
그림 리퍼의 통제를 잃은 놈들은 평범한 미노타우로스와 히드라에 불과했고, 이곳에 있는 병사들은 이미 4, 5층에서 그런 놈들을 숱하게 때려잡으며 내려온 병사들.
"쓸어버려라!"

라르고의 표현처럼 남은 놈들은 그야말로 쓸리듯이 사라졌다.

병사들이 태영을 돌아본 건 그다음이었다.

하나같이 방금 전투를 끝낸 사람이라고는 믿어지지 않을 정도로 초롱초롱한 눈빛이었다.

그중에서도 견인족 전사들의 눈은 한층 더 초롱초롱하게 빛나고 있었고, 족장인 다란은 눈물까지 글썽이고 있었다.

"주인님!"

그리고 치솟는 감격을 주체 못 하는 얼굴로 소리치며 뛰어올 때.

"나대지 마라!"

라르고가 그럴 줄 알았다는 듯이 뒷덜미를 잡아챘다.

그리고 버둥대는 다란의 뒤통수를 찍어 누르며 무릎을 꿇었다.

"우리의 주인이시여!"

라르고의 목소리와 함께 하울과 나머지 수인족도 일제히 무릎을 꿇었다.

ㅡ흠, 그렇군. 이전과 꽤 달라진 발테아르를 보면서도 왠지 뭔가 부족하다는 느낌이 들었는데, 그게 뭐였는지 알겠어. 뭐랄까, 이제야 돌아왔다는 실감이 드는군.

당연하다.

발테아르는 지금 태영의 앞에 부복한 병사들과 함께 세운 나라니까.

태영 역시 그들을 보고 나서야 돌아왔다는 실감이 들었고, 발테아르만큼이나 몰라보게 달라진 모습은 만족감까지 채워 주었다.

"이제 됐지? 주인님!"

뭐 그 직후에 와락 달려들어 몸을 비벼 대는 다란을 보면 딱히 달라진 게 없어 보이기도 하지만.

"어이, 너 이제 족장이잖아."

"그딴 게 지금 뭔 상관입니까? 아니, 그래서 이러는 거라 고요! 이런 게 족장의 특권이니까! 다른 녀석들과 달리 당당 하게 주인님의 냄새를 맡을 수 있는 거라고요!"

―뭔 소린지는 모르겠다만, 없는 말을 하는 건 아닌 모양이군.

그런 것 같았다.

다른 견인족 전사들이 꼬리를 흔들어 대며 부러운 눈으로 바라보는 걸 보면 말이다.

견인족 사이에서는 그게 암묵적인 룰인 모양이다.

참고로 라르고와 하울도 살짝 부러워하는 기색이 보였지 만 어쨌든.

"이제 완전히 돌아오신 겁니까?"

"그건 아니야."

"아니라니? 그, 그럼 또 떠나신다는 말입니까?"

"아직 구체적인 시기나 방법은 정해지지 않았지만, 아마 그렇게 되겠지."

"음……."

태영의 대답에 다란과 라르고, 하울이 어두운 얼굴이 되었다.

"이번에 돌아온 이유가 그 때문이다. 다음에 할 일이 정해졌고, 그건 나 혼자 할 수 있는 일이 아니니까."

그러나 이어지는 말에 퍼뜩 고개를 들어 올렸다.

"병사가 필요하다는 말입니까?"

"그래, 물론 그만한 실력이 되는 병사에 한정된 얘기겠지만."

"그런 거라면……."

"자신 있습니다! 돌아오시자마자 부끄러운 모습을 보여 드린 건 입이 열 개라도 할 말이 없지만, 여기서 본 게 전부라고 생각하지는 말아 주십시오!"

－그 전에 무슨 일인지 묻는 게 순서 아니야?

라르고나 하울, 다란은 그런 것보다 같이 갈 수 있는지가 더 중요한 모양이다.

그리고 태영도 좀 전의 전투로 판단할 생각은 없었다.

이번에는 상대가 좋지 않았으니까.

게다가 좀 전의 병사들은 100%의 힘을 발휘하지도 못하고 있었다.

절망의 낫(양손 무기)

주요 구성 : 백의 절망, 천의 죽음으로 단련된 저주의 결정.
등급 : 유니크
종합 공격력 : 180 (참격 : A+ 타격 : D 관통 : A+)
특기 사항 : 저주받은 정신체 (힘, 민첩, 지구력 −10%, 마력 +25%)
이펙트 스킬 : 절망 (효과를 발휘하는 동안 적의 체력과 저항력, 회복 속도가 최대 50%까지 꾸준히 감소.)
※폐허의 죽음이라고 불리는 그림 리퍼의 낫입니다. 상시 저주 효과가 발생하고, 사용자보다 약한 적이 직접 베일 경우, 즉사할 확률이 존재합니다.

조금 전 그림 리퍼가 떨군 낫에는 이런 효과가 붙어 있었기 때문이다.

물론 지금은 아니다.

이제 그 낫의 주인은 태영으로 바뀌었고…….

–그리모어의 5단계 능력이 개방되었습니다.

–그리모어에 형태 변환–Ⅴ [절망의 낫]이 등록되었습니다.

–흡수한 무기의 능력에 의해 [절망의 낫]으로 변환되었을 시 무기 스킬 [저주 : 절망]을 사용할 수 있게 되었습니다.

–그리모어의 마법 축적이 최대 6회로 확장되었습니다.

이미 그리모어가 소화까지 끝내 버린 상태니까.

태영의 눈이 지하 광장 끝에 보이는 계단으로 향하는 이유이기도 하다.

새로 생긴 게 있으면 써 보고 싶어지는 법.

그 아래에 또 뭐가 있을지도 궁금하고, 그걸 알아보는 과정에서 라르고가 말한 전사들의 제 실력이라는 것도 확인할 수 있을 것이다.

단, 지금처럼 만신창이가 된 몰골이 아니라면 말이다.

"일단 돌아가자."

태영은 일단 병력을 이끌고 던전을 나왔다.

"생각보다 빨리 나왔네요. 다른 사람도 아닌 레온 님이니까, 저는 까맣게 잊고 던전 탐사에만 빠져 있을 줄 알았는데⋯⋯."

"그야⋯⋯."

─잊고 있었지, 까맣게.

미안하게도 그리모어의 말대로지만, 태영도 눈치는 있는지라 적당히 얼버무리고 박예지와 합류해 발테아르로 돌아왔다.

"그럼 전 이만 돌아가 보겠습니다."

그제야 레이븐과 랄프도 오랜 타지 생활을 끝내고 본국으로 귀환할 수 있었다.

물론 이제 필요 없어져서 보낸 건 아니다.

태영이 발테아르로 돌아온 건 어디까지나 세컨드 보이스에 대한 대응책을 마련하기 위해서였고, 거기에는 신뢰할 수 있는 우방국의 지원이 필수였다.

이에 태영은 관련 내용을 서신으로 작성!

"부탁한다."

"네, 최대한 빨리 전해 드리겠습니다. 랄프, 가자!"

두두두두!

레이븐과 랄프는 곧바로 노월 왕국으로 달려갔다.

물론 그렇다고 우방국의 지원에만 기댈 생각은 없었다.

설사 이번 일이 기대 이상으로 잘 진행된다고 해도 그 한 번으로 끝날 일이 아니기 때문이다.

아니, 되레 그때부터가 시작이라고 할 수 있었다.

이는 곧 장기적인 싸움에 대비해야 한다는 말이고, 거기에 필요한 게 국력!

'뭐 굳이 내가 간섭하지 않아도, 아니 적어도 내부의 일은 나보다 예지 씨와 현경이 더 잘 꾸려 가고 있는 것 같지만⋯⋯.'

그래도 일단 명색이 공왕이니 마냥 떠넘기고 있을 수만은 없었다.

그리하여 다음 날.

노아가 입이 마르도록 칭찬한 왕궁에서 자고 일어난 태영은 일단 남양주에서 온 사람들의 거주지부터 방문했다.

"이제야 뵙게 되는군요."

"네, 박 사단장님. 오랜만에 다시 뵙습니다. 지내시기에 불편한 점은 없습니까?"

"제집에서 쫓겨나 이주해 온 형편에 그런 게 어디 있겠습니까?"

사단장이 쓴웃음을 떠올리며 고개를 저었다.

"오해는 마십시오. 불만이 있다는 말은 아니니까. 아니, 솔직히 말하면 쫓아내 줘서 고맙다는 생각이 들 정도입니다."

"그렇게 생각해 주시면 고맙고요."

"저만 그렇게 생각하는 게 아닙니다. 생활환경이 차차 나아지고 있어서 그런 것도 있지만, 그보다 더 시민들을 안심시켜 주는 건 이곳 사람들이 우리를 위해 발 벗고 나서 주고 있다는 겁니다. 같은 한국인은 물론, 수인족과 얼마 전에 저희처럼 이주해 온 사람들까지 말입니다. 적어도 여기서는 주변 영지의 눈치를 살피며 불안해하지 않아도 된다는 말이죠."

그 말처럼 남양주 사람들의 거주지, 박예지가 편의상 B 지구로 분류해 놓은 지역은 이주해 온 지 얼마 안 됐는데도 꽤 안정적인 모습이었다.

그러나 걱정되는 부분이 없지는 않았다.

"비슷한 시기에 이주해 온 사람들을 직접 만나 보신 적이 있습니까?"

바로 이거다.

그들은 뱀파이어와 워 울프고, 그 두 종족은 이계는 물론 현대인에게도 그리 좋은 이미지로 알려진 종족이 아니니까.

그러나 사단장은 가벼운 얼굴로 끄덕였다.

"네, 하루에 한 번은 식량을 가지고 오니까요. 그들이 뱀파이어와 워 울프란 종족이라는 것도 알고 있습니다. 하지만 불안해하는 사람은 없습니다. 그들이 우호적인 태도를 보여줘서 그런 것도 있지만, 역시 가장 큰 이유는 레온 님이죠."

"저요?"

"일단 이곳의 주인인 레온 님이 한국인이니까. 레온 님이 받아들이기로 했다면 적어도 우리가 뱀파이어나 워 울프라는 말을 듣고 상상하는 것 같은 일은 벌어지지 않으리라고 믿는 거죠."

"제가 그렇게까지 신용이 있는 줄은 몰랐네요."

사단장의 설명에 태영이 피식 웃으며 대꾸했지만, 뒤이은 설명으로 알게 되었다.

실제 남양주에서 태영의 평판은 그 이상이었다.

과거 태영이 남양주를 습격한 오크 군단과의 전투에 참전했을 때 동행했던 박 중사와 특활대 리더, 그 외의 병사들을 통해 당시 태영의 활약상이 전해졌기 때문이다.

그것도 날이 갈수록 부풀려지며 말이다.

그리고 몇 달 뒤 남양주를 찾아온 이 중위를 통해 태영이 아스탈로드 영지에서 한 일까지 전해지자 폭발!

"이런 세상에서도 각지를 돌아다니며 어려움에 빠진 한국인을 돕는다니, 그분이야말로 한 줄기 빛! 구국, 아니 구민(救民)의 영웅이다!"

"그런데 왜 이름이 레온이지?"

"알 게 뭐냐!"

태영도 모르는 사이에 우상화가 진행돼 버린 것이다.

"뭐 좀 과한 감도 있지만, 일단 기본적인 맥락에서는 저도 동의합니다. 이번에 저희가 무사히 카잘 왕국을 나와 이곳에 올 수 있던 것도 레온 님 덕분이니까요. 그래서 저도 결심할 수 있었습니다."

"결심요?"

"네, 잠시만 기다리십시오. 연락을 보내 놨으니 곧 부대장들이 도착할 겁니다."

"굳이 그럴 필요는 없습니다. 저는 그냥 잠시 둘러보려고……."

"이제 저희도 발테아르의 국민입니다. 그건 저희 역시 레온 님을 공왕으로 받아들인다는 의미고 말입니다. 아니, 아마 받아들이지 않는다고 하면 시민들이 폭동을 일으킬 겁니다. 그런데 공왕께서 잠시 둘러보려고 들렀다고 말한다고 그냥 그러시라고 할 수는 없지 않습니까? 마땅히 필요한 절차를 밟아야죠. 부대장들을 소집한 것도 같은 맥락입니다."

– 같은 맥락? 뭔 소리야?

태영도 모른다.

그러나 알게 되기까지 오래 걸리지는 않았다.

"전원 차렷! 공왕 전하께 경례!"

잠시 후 사단장이 회의실에 모인 부대장들과 함께 경례했을 때.

　"금일 현 시간부로 남양주에 주둔하고 있던 부대는 공식적으로 발테아르에 편입! 이에 따라 저, 소장 박진평은 최고 지휘관의 자격으로 휘하 부대의 지휘권을 발테아르의 공왕 레온 님에게 위임하는 바입니다!"

　"그건……."

　"마땅히 밟아야 하는 절차죠."

　사단장이 당황하는 태영을 향해 빙긋 웃으며 덧붙였다.

　그리고 그 말대로, 비록 태영은 좀 전까지도 예상하지 못하고 있었지만, 마땅히 밟아야 하는 절차인 건 사실이었다.

　남양주 사람들이 손님으로 와 있는 게 아닌 이상 군사력 통합은 필요한 일이고, 그 모든 지휘권은 공왕인 태영이 갖는 게 당연하니까.

　남양주의 군사력이 무시할 수 없는 수준이라면 더.

　"받아들이죠."

　이로써 1천 명에 달하는 부대원과 20여 대의 자주포가 발테아르에 흡수!

　그것만이 아니었다.

　"이건 통신기입니다. 발테아르에서도 휴대폰을 개조해 만든 통신기가 있다는 말은 들었지만, 이건 실제 우리가 사용하던 휴대폰과 같은 크기로도 100여 킬로미터까지 통신이 가능합니다. 물론 중계기를 연결해 놓으면 그 이상도 가능하고요. 한 박사님의 역작이죠."

덤으로 이런 것까지 손에 들어왔다.

"굉장하군요."

"그런 말은 저희가 해야겠죠. 우리도 여기 오기 전까지는 이 세계에서 제대로 돌아가는 공업 단지가 있으리라고는 상상도 못 했으니까요. 한 박사님이 이곳에 와서 가장 기뻐한 게 그 부분입니다. 아, 혹시 공장에는 들러 보셨습니까?"

"아직입니다."

태영이 고개를 젓자 사단장이 씨익 웃으며 말했다.

"그럼 지금이라도 가 보시죠. 아마 한 박사님이 거기에서 뭘 하고 있는지 알게 되면 깜짝 놀랄 겁니다."

태영이 남양주의 군 지휘권을 받았다고 이전과 달라지는 건 없었다.

이는 어디까지나 형식적인 절차.

지금까지 군대는 물론, 남양주의 전반적인 운영을 맡아 온 사단장의 자리를 태영이 대신할 수는 없었다.

"저도 이제 나이가 나이인지라 이 기회에 은퇴할 수 있으리라는 기대를 하고 있습니다만……."

"그럴 수는 없죠."

아니, 놔줄 생각이 없었다.

"저도 현역 출신이지만, 일개 사병이었습니다. 뛰고 구르고 방아쇠를 당기는 건 알지만, 군대가 어떻게 돌아가는지는 모르죠. 인제 와서 새삼 알고 싶다는 생각도 들지 않고요. 뭣보다 저는 저보다 지휘관으로서 훨씬 나은 사람을 은퇴시키고 하지 않아도 될 일을 하는 멍청한 왕이 되고 싶은 생각은 없습니다."

그리하여 지휘권은 위임이라는 형태로 다시 사단장에게 반환.

추가로 받은 게 있으면 뭐라도 하나 얹어서 돌려주는 게 한국의 전통적인 미덕이라 덤으로 하나 더 얹어 주었다.

"이제 사단장님이 여기, 정식 명칭은 따로 의논해서 정하겠지만, B 지구의 영주를 맡아 주셔야겠습니다."

태영이 빙긋 웃으며 말해 주었다.

"참고로 말하면 영주는 종신직입니다. 물론 거부권도 없고요."

"축하드립니다, 사단장, 아니 영주님! 이제 평생 레온 님에게 부려 먹히겠군요."

부대장들도 기뻐했다.

"그럼 이제 저희는 영주 직속 기사가 되는 겁니까?"

그건 좀 생각해 봐야겠지만.

"흠, 이건 뭐랄까…… 잔머리 굴려서 혹을 떼려다가 하나 더 붙여 버린 기분이군요."

말은 이렇게 해도 사단장 역시 싫은 표정은 아니었다.

아마도.

그리고 그건 사단장의 조언을 받아들여 찾아간 공장에서 만난 이덕수도 마찬가지였다.

"공왕님이군요. 어제 돌아왔다는 말은 들었습니다."

"그래, 어제 돌아와서 대강 둘러봤지. 잠시 자리를 비운 사이에 꽤 많이 달라졌더군. 하지만 이 반장까지 달라졌을 줄은 몰랐군. 그 존댓말, 뭔가 되게 어색한데."

"어쩔 수 없지 않습니까? 이제 왕이라는데. 게다가 나도 감투 비슷한 걸 써 버렸고 말입니다."

"얘기는 들었다, 기술국장이라지?"

"임시직입니다."

"그럼 정식으로 임명하지, 산업부 장관으로."

"아니, 뭘 그렇게 갑자기……."

"왕의 특권이지."

이덕수는 다소 황당한 얼굴로 태영을 바라봤지만, 싫은 눈치는 아니었다.

─근데 그런다고 뭔가 달라지는 게 있어?

물론 없다.

사단장에게 사단장이 하던 일을 맡긴 것처럼, 그에게는 그가 하던 일을 맡긴 것뿐이다.

그러나 본시 사람이란 같은 일이라도 더 있어 보이는 직함을 주면 임하는 자세가 달라지는 법!

그런 걸 잘 이용해 사람을 부려 먹는, 아니 능력을 발휘할 수 있도록 해 주는 게 왕의 올바른 국정 운영법이라고 할 수 있었다.

"그런데 어째 그렉이 보이지 않는군. 항상 같이 붙어 다니지 않았나?"

"그 녀석이 따라다닌 거죠."

"뭐든."

"더는 따라다닐 필요가 없어졌다는 말이죠. 젊은 녀석들에게 드워프가 어떤 건지 대강 듣기는 했습니다만, 정말 기가 막히더군요. 저도 공장에서 수십 년 굴러먹으며 이놈저놈 수도 없이 가르쳐 봤지만, 그놈처럼 부지런히 배우고, 또 빨리 배우는 놈은 본 적이 없습니다. 그래서 이제 알아서 하라고 떼어 냈습니다. 더 가르칠 것도 없고, 이제 그럴 정신도 없어서 말입니다."

이덕수가 한숨을 불어 내며 고개를 돌렸다.

태영도 마침 궁금하던 참이었다.

그렉이 떨어져 나갔음에도 왜 여전히 드워프가, 그것도 10여 명이나 되는 드워프가 초롱초롱한 눈으로 이덕수의 뒤통수를 바라보고 있는지 말이다.

"저 드워프들은 누구지?"

"그건 그렉에게 물어보시는 편이 빠를 겁니다. 제가 할 일이 줄어들지 않는 이유가 다 그 녀석 탓이니까. 저쪽에 있습니다."

이덕수가 뚱한 얼굴로 공장 뒤쪽을 가리키며 대답했다.

비밀 연구소.

그 앞에는 이런 팻말이 붙어 있었다.

뭐 개인적인 소감으로는 그런 팻말을 붙여 놓은 시점에서 이미 비밀도 뭣도 아니다 싶었지만, 그래도 나름대로 보안은 신경 쓴 모양이다.

"멈춰!"

태영이 다가가자 문 앞에 서 있던 병사가 소리쳤다.

– 뭐야, 이 자식은?

태영도 모르겠다.

넉 달 만에 돌아와, 넉 달 사이에 불어난 병사를 모두 알 수는 없으니까.

문제는 그 탓에 병사도 태영을 모르는 것 같다는 점이지만, 굳이 설명할 필요는 없었다.

"응? 뭐야? 왜…… 어? 레온이잖아?"

"레, 레온?"

"그래, 너 몰랐냐? 이 녀석이 레온이야. 아니, 이제 레온 공왕님이라고 불러야 하나?"

"고, 공왕!"

빼꼼 고개를 내민 그렉의 말에 시시각각 표정이 변하던 병사가 황급히 경례하며 소리쳤다.

"죄송합니다! 몰라뵈었습니다!"

"죄송하기는 뭐가 죄송해? 몇 달 동안 코빼기도 보이지 않던 녀석이 어떻게 생겨 먹었는지 모르는 건 당연하지. 하여간…… 아니, 뭐 됐고. 괜히 힘들게 근무 서는 녀석 군기 잡듯이 그러고 있지 말고 볼일 있어서 온 거면 얼른 들어와."

태영도 그럴 생각은 없는지라 다시 쏙 들어가는 그렉의 머리를 따라 안으로 들어갔다.

"이건……."

무슨 말을 해야 할지 알 수 없었다.

봐도 알 수 없었기 때문이다. 마치 고물상처럼 문 안쪽에 수북이 쌓여 있는 기계 뭉치들이 대체 어디에 쓰는 건지, 아니 어딘가에 쓸 수나 있는 건지 말이다.

그러나 알아볼 수 있는 것도 있었다.

"남양주 사람들이 왔을 때 사단장이라는 사람이 그러더라고. 남양주에 있을 때도 자주 고장 났는데, 혹시 여기서 수리해 줄 수 있겠냐고 말이야. 물론 나는 그러겠다고 했고. 나도 이제 자동차 같은 건 질리도록 봤지만, 이런 걸 뜯어 본 적은 없으니까."

넓은 실내의 중심에 자주포가 떡하니 자리 잡고 있었고,

그 주위에 무수한 공구와 부품 따위가 널려 있었다.

　태영도 그 정도는 보자마자 이해할 수 있었다.

　그럼에도 놀란 눈으로 바라보는 이유는 거기서 끝나지 않았기 때문이다.

　"이 검은 장갑판은…… 혹시 아다만티움?"

　"오! 바로 알아보네."

　"진짜 아다만티움이라고? 이 장갑판이 몽땅?"

　"전부는 아니야. 부분적으로는 미스릴도 섞여 있지. 확실히 경도 면에서는 아다만티움이 미스릴보다 뛰어나지만, 자주포의 용도를 생각하면 항마력이나 유연성도 무시할 수 없으니까. 실제로 아다만티움에 미스릴을 섞어 사용하는 게 방어력이 몇 배나 높아지더라고. 하지만 바뀐 건 그게 전부가 아니야."

　"또 뭔가를 바꿨다는 말이야?"

　"당연히 바꿔야죠."

　대답은 뒤에서 들려왔다.

　고개를 돌리자 사단장이 말했던 한 박사, 한지영이 빙긋 웃으며 살짝 고개를 까딱였다.

　"공왕이 됐다면서요?"

　그걸 알면서 하는 인사인 모양이다.

　뭐 공왕이라고 딱히 대접받고 싶다는 생각을 하지는 않지만 뭐랄까…… 아니, 어쨌든!

"모처럼 이렇게 몽땅 뜯어 놨는데 포장지만 바꾸고 다시 조립하는 건 너무 아깝잖아요. 그래서 이참에 내부도 좀 뜯어고치고 있어요. 장갑에 항마력까지 고려하게 된 것처럼 이 세계에 최적화된 기능을 갖출 수 있도록 말이에요. 지금 보고 있는 게 그 프로토타입이죠."

"그런 게 되는 겁니까?"

"물론 되죠. 이만한 설비에, 이만한 재료에, 뭣보다 제가 생각한 대로 뭐든 뚝딱뚝딱 만들어 주는 뛰어난 드워프까지 있는데, 못 할 이유가 없잖아요."

"아니, 뭘 또 그렇게까지……."

"사실이잖아요."

"뭐 사실이기는 하지. 그래, 뭐든 말하라고! 아다만티움이든 미스릴이든, 이 그렉 님이 뭐든 뚝딱 만들어 줄 테니까!"

─저 둘이 지금 어떤 관계인지는 딱 봐도 알겠군.

태영도 바로 알 수 있었다.

그리고 그건 이전에 봤을 때보다 한결 말끔해 보이는 한지영과 반대로, 그새 폭삭 늙어 버린 듯한 그렉의 얼굴을 비교해 보면 좀 더 명확해졌다.

─저런 몰골로도 말 몇 마디에 히죽대는 모습이 안쓰러워 보이지만, 뭐 어쩌겠어? 머리가 나쁘면 몸으로 때우는 수밖에 없는 거지.

그리고 그렇게 돼 버린 이유도 명확하지만 어쨌든.

사단장이 공장에 가 보면 깜짝 놀랄 거라고 말한 게 바로 이걸 두고 한 말인 모양이다.

그리고…….

"뭐 장갑이 바뀐 건 이미 알고 있으니 됐고, 내부적으로 바뀐 것 중에서 가장 먼저 얘기할 만한 건 다시 통신을 할 수 있게 됐다는 거예요. 통신기는 이미 몇 달 전에 만들었지만, 자주포의 통신기는 다른 설비와 연결되어 있어서 손을 대지 못하고 있었거든요. 하지만 저도 그사이에 구조를 대강 파악했고, 이제 분해는 물론 개조까지 가능한 드워프도 있으니까."

"음! 음! 맡겨만 달라고!"

"그래서 통신 설비를 손보는 김에 중계기도 설치해 놨죠. 제가 만든 통신기의 유효거리는 100여 킬로미터지만, 그건 최대 거리고 기후나 환경에 따른 제약이 심하니까……. 하지만 중계기가 설치된 자주포가 인근 지역에 있으면 그런 제약도 없어져요. 게다가 그 중계기는 레이더로도 사용할 수 있죠."

"레이더?"

"제가 만든 통신기는 기본적으로 전파와 마력을 변환하는 장치예요. 그래서 생각해 봤죠. 이 세계는 사람은 물론, 몬스터도 모두 마력을 사용하니까, 중계기로 그 마력을 감지할 수 없는지 말이에요. 그래서 몇 가지 실험을 해 봤더니 되더라고요."

"가만, 그럼…… 그 레이더라는 게 전차나 비행기가 아닌, 사람이나 몬스터를 탐지하는 레이더라는 말입니까?"

"물론 그런 말이죠. 그리고 다음은 여기, 캐터필러예요. 이건 저도 꽤 만족하는 부분인데……."

–뭐라는 건지 하나도 못 알아듣겠군.

일찌감치 포기한 그리모어와 달리 태영은 대부분 뭔 말인지 알아들었고, 사단장의 말처럼 들을 때마다 놀람의 연속이었다.

"물론 이것도 어떤 금속이든 자유자재로 다루는 그렉 님이 없었다면 손도 대지 못했을 부분이죠."

"나 참, 뭘 번번이……."

적당할 때 적당한 방법으로 그렉에게 당근을 물려 주는 한지영의 조련 솜씨도 포함해서.

그러나 그 말에 태영은 되레 의문이 떠올랐다.

한지영이 누누이 강조하듯 그런 개조가 가능한 건 그렉이 있어서였다.

그러나 한지영이 발테아르에 와서 마치 폭발하듯이 발명품을 쏟아 내는 이유는 그보다 방금 그녀가 말한 '어떤 금속' 덕분이라고 할 수 있었다.

아다만티움이나 미스릴처럼 현대에는 없는, 현대의 금속과는 다른 특성을 가진 금속.

한지영의 말에 따르면 그중에는 마치 반도체와 같은 성질을 가진 것도 있다고 한다.

　그녀는 발테아르에 와서 그런 금속의 특성을 빠르게 파악!

　남양주에서는 구상만 하던 각종 발명품을 만들어 낼 수 있게 된 것이다.

　여기서 드는 의문은 그 금속의 출처였다.

　태영이 아는 한 그렇게 여러 종류의 희귀 금속을, 그것도 그렇게 많은 양은 그저 돈이 있다고 구할 수 있는 게 아니기 때문이다.

　"내가 가져왔다."

　"뭐 네가? 어디서……."

　"어디서는 어디서야? 내가 그런 걸 구할 데가 한 군데밖에 더 있어? 당연히 노블핸드지."

　"훔쳐 왔다는 거야?"

　"아니, 얘기가 왜 그렇게 되는데?"

　그야 물론, 울컥한 표정으로 대꾸하는 그렉의 나쁜 손버릇 탓에 고생한 경험이 있어서다.

　그러나 다행히 그런 건 아닌 모양이다.

　사실 태영은 그 말을 듣기 직전까지도 까맣게 잊고 있었지만, 퍼스트 해머가 태영에게 그렉을 맡긴 이유는 노블핸드에서 열리는 드워프 연합회 때문이었다.

　그때 연합회가 열리는 도시의 수장은 후계자를 선보이는

관례가 있었지만, 퍼스트 해머는 당시 그렉이 그럴 만한 싹수도 보이지 않는다고 판단.

태영이 데리고 다니며 패서라도 사람, 아니 드워프로 만들어 달라고 말이다.

그리고 태영이 까맣게 잊고 있는 사이에도 시간은 흘러 얼마 전에 그날이 되었다고 한다.

이에 발등에 불이 떨어진 퍼스트 해머는 그렉을 호출!

불안한 심정으로 각 수장 앞에 세우게 되었다.

그리고 그때, 그렉은 여전히 싹수가 없었다.

"나 참, 바빠 죽겠는데 왜 자꾸 사람을 보내서 귀찮게 해요? 드워프 연합회라고 해 봤자 어차피 모여서 술판이나 벌이는 아저씨들의 모임 아닙니까? 대체 그딴 걸 왜 질리지도 않고 하는지도 모르겠지만, 그런 자리에 불려 다니고 싶지도 않다고요!"

각 도시의 수장이 모인 자리에서 짜증이 치솟는 얼굴로 이렇게 떠들었다고 한다.

뭐 그게 사실이지만 어쨌든.

"각 도시의 수장이라는 사람들이 그러고 있으니 드워프가 발전이 없는 거라고요! 맨날 전통이니 뭐니 하는 말만 떠들어 대면서 개선하려고 하지 않으니까! 이제 드워프도 바뀌어야 한다고요! 무식하게 망치만 휘둘러 대는 세상은 끝났으니까! 이제부터는 프레스, 선반, 유압장치 같은 걸 모르면 대장장이 짓도 못 해 먹는 세상이 올 거란 말입니다!"

반전이 일어난 건 이때부터였다.

그렉이 떠들어 대는 말에 흥미를 느낀 수장들은 질문하기 시작했고, 그렉은 이덕수에게 배운 지식으로 그야말로 막힘없이 대답!

"오오—!"

퍼스트 해머를 우쭐하게 만들어 주었다.

"이제 됐죠! 전 이만 갑니다!"

"가, 간다고? 지금 바로?"

"당연히 가야죠! 아빠가 계속 귀찮게 하는 바람에 하던 일을 미뤄 두고 왔다고요! 절 가르쳐 주는 반장님이 얼마나 무지막지한 사람인지 압니까? 제때 일을 끝내 놓지 않으면 머리가 남아나질 않는다고요! 뭐, 그래도 묻는 건 뭐든 가르쳐 주고, 가끔 따로 불러서 오징어 땅콩에 맥주를 찔러 주기도 하지만."

그리고 이어지는 말은 각 도시의 수장들까지 감동시켰다.

"그렇게 훌륭한 분이 계시다니!"

"이, 이보게, 이참에 내 자식 놈도 그 발테아르라는 곳에 보내면 안 되겠나?"

"그래, 자네는 그 발테아르의 공왕인 레온이라는 사람과 친하다고 하지 않았나? 부탁하네! 사실 말이 나왔으니 말이지만, 내 자식 놈도……."

"나도! 나도 부탁하네!"

이덕수를 졸졸 따라다니던 드워프들이 바로 그들의 자식들이다.

'비밀 연구소'의 희귀 금속은 그 감사 표시+수업료+체류비 등의 명목으로 딸려 온 것이다.

그 덕에 우쭐해진 퍼스트 해머도 기꺼이 노블핸드의 보고를 열어 동참했고 말이다.

- 아들을 데려다 부려 먹으며 아버지의 주머니까지 털어 먹은 셈이군. 심지어 딱히 한 일도 없이 말이야. 너무 날로 먹는 거 아니야?

이런 것만 따지지 않으면 모두가 행복한 결말이라고 할 수 있었다.

당연히 태영도, 그 행복한 결말 덕분에 착착 개조가 진행되는 자주포의 성능은 물론, 시기까지 더할 나위 없이 만족스러웠다.

그러나 어떤 병기가 있든 전투의 핵심은 어디까지나 병사!

"자, 그럼 이제 둘러볼 건 대강 둘러봤고, 멜리나 덕분에 급하게 움직일 필요도 없을 것 같으니……."

남는 시간에 할 일은 하나밖에 없다.

태영의 던전 공략

다음 날 새벽.

"자, 모두 준비는 됐나?"

"네, 주인님!"

－흠, 이건 내가 보기에도 좀 놀랍군.

우렁차게 들려오는 대답에 그리모어가 흥미로운 목소리로 중얼거렸다.

태영이 발테아르를 돌아보며 가장 만족스러웠던 부분이다.

그 앞에 모여 있는 건 라르고, 하울, 다란을 포함해 6층에 있던 병사들이고, 그때 그들은 장시간의 어려운 전투로 멀쩡한 사람이 없었다.

그러나 불과 이틀 만에 그런 흔적조차 찾아보기 힘들 정도로 쌩쌩한 모습으로 돌아와 있었다.

남양주 사람들의 합류로 생긴 이득 중 하나가 이것이다.

기본적으로 본래 발테아르에 있는 한국인은 공단에 모여 있던 생존자, 당연히 공단에서 일하던 근로자의 비율이 압도적으로 높았다.

발테아르가 빠르게 현대의 공업을 재건할 수 있었던 이유다.

그러나 산업이란 다양한 직종이 직간접적으로 연결되어 발전하는 법.

한쪽으로 치우친 발테아르는 빠른 공업화를 이룩했지만, 발전 속도는 점차 둔화하고 있었다.

그러나 남양주 사람들이 합류하자 상황이 바뀌었다.

남양주는 대격변의 영향도 크게 받지 않았고, 초기부터 군부대의 보호를 받아서 이전과 거의 같은 상태로 유지되던 도시.

당연히 다양한 직종의, 다양한 전문 지식을 가진 사람들이 온전히 남아 있었다.

그리고 박예지와 곽현경은 이를 빠르게 파악!

적재적소에 배치해 둔화하던 발테아르의 발전 속도를 다시 끌어 올릴 수 있었다.

그중 하나가 포션 공장이다.

남양주에서 이주해 온 의사들의 합류로 포션의 성능 향상 연구가 활발히 진행되었다.

　그리고 태영이 하던 것처럼 현대 의약품과 결합하는 연구도 진행되었지만, 태영과는 방향성이 달랐다.

　태영과 달리 의사들은 연금술에 관한 지식은 없었기 때문이다.

　그들이 아는 이계의 약은 태영이 만든 포션 하나.

　당연히 의사들의 현대 의약품을 결합하는 연구도 포션에 집중될 수밖에 없었고…….

　-[타박상 치료제], [상처 치료제], [골절 치료제], [응급 소독약]…….

　그 성과가 이것이다.

　만병통치약처럼 모든 증상에 퉁 치듯 사용해 오던 포션의 전문화!

　당연히 그만큼 효과도 상승할 수밖에 없었다.

　하급 포션을 베이스로 만들어진 포션임에도 상급 포션 이상의 효과를 발휘하게 된 것이다.

　'치료 포션 하나만으로 이렇게 다양한 약을 만들어 낼 수 있는 건, 나와 달리 의사들은 현대 의약품에 대한 전문 지식이 있기 때문이다. 그건 다른 물약에도 적용할 수 있다는 말이고. 즉, 거기에 내가 의사들에게 연금술 지식까지 얹어

주면…….'

이미 진행되고 있었다.

어제 포션 공장에 들렀을 때, 태영은 이미 의사들에게 연금술의 기초를 가르쳐 주었다.

물론 가르치기만 한 건 아니다.

두 세계의 약물 합성은 태영도 이전부터 연구해 오던 분야. 당연히 태영 역시 이참에 그동안 모아 온 현대 의약품에 대한 지식을 배웠고, 그 효과는 바로 나타났다.

–특성 [이계의 연금술사]가 Lv.2로 상승했습니다.

–특성 [이계의 연금술사]로 인해 제작하는 포션 효과가 추가로 25% 상승합니다.

–특성 [이계의 연금술사]로 인해 독에 대한 내성이 35% 상승합니다.

–특성 [이계의 연금술사]로 인해 [이종 혼합] 스킬을 습득. 두 세계의 약물을 조합해 만들어지는 약물의 효과가 추가로 25% 상승합니다.

이런 형태로 말이다.

'이 특성의 효과를 생각하면 내가 직접 포션 조제에 참여하는 게 가장 효율적이겠지만…….'

일에는 순서가 있는 법.

지금 가장 우선해야 할 일은 당연히 세컨드 보이스에 관한 대응이다.

발테아르를 얼마나 발전시켜 놓든 놈들을 막지 못하면 어차피 머지않아 모든 게 다시 잿더미로 변해 버릴 테니까.

이른 새벽부터 병사들을 소집한 이유가 그 때문이다.

'제국 측이 어떤 식으로 대응하게 될지는 아직 모르지만, 전투를 피할 수 없다는 건 분명하다. 그리고 선택의 폭도 좁아. 정황상 전면전을 할 수는 없으니까. 그러니 지금 내가 할 일은 명확하다.'

첫째는 그 전투에 참전할 정예 부대 편성.

둘째는 남은 시간 동안 그 병력의 수준을 조금이라도 더 올려놓는 것이다.

그중 첫째는 이미 어느 정도 진행된 상태였다.

"라르고, 어제 한 얘기는 전달했나?"

"네."

"반응은?"

"보시는 그대로입니다."

라르고가 히죽 웃으며 고개를 돌렸다.

"이 녀석들이 그동안 던전에 처박혀 살다시피 한 이유는 하나입니다. 주인님이 필요할 때 필요한 존재가 되기 위해서죠. 그리고 이제야 그 기회가 온 겁니다. 그것만으로도 그동안 고생한 보람이 느끼기에는 충분하죠."

그 앞에 모여 있는 40여 명은 이틀 전 태영과 함께 발테아르로 귀환한 병사들이다.

즉, 6층에 있던 병사들이라는 말이고, 그 자체가 현재 발테아르에서 가장 실력이 뛰어난 병사들이라는 의미다.

"아직 그런 말을 하기는 좀 이른 것 같군. 어제도 말했듯이 이번 일은 어떤 위험이 있을지 나도 예측하기 힘들다. 네말대로 여기에 있는 병사들이 발테아르의 최정예인 건 분명하겠지만, 그게 충분하다는 의미는 아니야. 내 눈에 아직 부족하다고 판단된다면 그게 누구든, 몇 명이든, 제외하겠다."

"물론 그것도 알고 있습니다. 믿고 지켜봐 주십시오. 실망하시게 만들지 않겠습니다."

라르고가 가슴을 탕탕 치며 대답했다.

"그럼 기대해 보지."

태영은 병사를 이끌고 다시 던전으로 향했다.

그리고 당연히 6층까지는 빠르게 패스.

7층으로 내려가자 자연적인 동굴과 같은 지형으로 바뀌었고, 좀 더 들어가자 시커먼 몸에 이마에는 뿔이 달린 악마 같은 형상의 몬스터가 보이기 시작했다.

─저놈은…….

"레서데몬이야."

─저놈이 레서데몬이라고? 흠, 이상하군. 중앙 대륙에 레서데몬이 있다는 말은 들은 적이 없는데? 어째서 이런 곳에 저런 희귀 몬스터가 아무렇지도 않게 돌아다니고 있는 거지?

"요 위층에는 그림 리퍼도 있었잖아. 보기 힘든 거로 따지면 그놈이 더하지. 그런 데도 있다면 그럴 만한 이유가 있다는 말일 테고 말이야."

– 그야 그렇겠지만…… 그런 말이나 하고 있을 때는 아니지 않나? 나도 직접 본 적은 처음이지만, 저놈들은 미노타우로스보다 강하다고 알고 있는데.

태영도 그렇게 알고 있다.

놈들은 미노타우로스보다 몸집도 작고 힘도 더 약하다.

그러나 그런 단점을 보충하고도 남을 정도로 움직임이 빠를 뿐만 아니라 영리하다. 게다가 마치 사냥개처럼 각자 두 마리의 헬 하운드까지 끌고 다니고 있었다.

그런 레서데몬이 다섯 마리.

헬 하운드까지 합하면 열다섯 마리가 모여 있었다.

그리고 태영 일행이 발견하는 것과 동시에 놈들 역시 태영 일행을 발견!

카락! 크와아아–!

일제히 괴성을 터뜨리며 돌진해왔다.

"도움이 필요하면 말해라."

"그럴 일은 없습니다."

그러나 이를 드러내며 대답하는 라르고의 말대로, 태영이 나설 필요는 없었다.

말했듯이 놈들은 빠르지만.

"시작은 당연히 우리지! 주인님 앞이다! 어설픈 짓으로 주인님의 심기를 불편하게 만드는 놈은 저놈들보다 내가 먼저 찢어 주겠다! 가라!"

"아오오오─!"

하울을 따라 포효를 울리며 뛰어나가는 야랑족보다 빠르지는 않았다.

또 놈들은 영리하지만.

"젠장, 저 망할 늑대 자식! 뭐 해? 우리도 가자! 그렇다고 저 녀석들처럼 무식하게 들이댈 필요는 없어! 그딴 건 다른 재주가 없는 멍멍이나 비만 고양이들이 할 테니, 우리는 적당히 눈치껏 싸우다가 알맹이만 빼먹으면 돼! 지금까지 그래 온 것처럼! 꺄하하하!"

"냐아아옹─!"

일라와 함께 뛰어나가는 묘인족만큼 영리하게 대응하지는 못했다.

"쳇! 틈만 나면 주인님의 왕성에 숨어 들어가 퍼질러 자던 주제에 저걸 말이라고…… 아니, 뭐 됐어! 주인님은 누구보다 정확한 눈을 가지고 계신 분! 굳이 저 녀석들처럼 눈에 띄려고 안달하지 않아도 누가 얼마나 노력하는지 알아봐 주실 거다! 가자! 주인님께 그동안 충실히 단련된 견인족의 단결력을 보여 드리자!"

"컹컹컹컹─!"

다란을 따라 방패와 총창을 들고 뛰어나가는 견인족처럼 일사불란하게 움직이지도 못했다.

"적당하군. 자, 이제 우리 차례다! 놈들의 숨통을 끊어라!"

"크아아아―!"

또 빈틈을 노리고 달려드는 순발력에서는 라르고와 호인족을 위였다.

─일단 기본은 되는군.

"그래, 라르고의 말대로 실망할 일은 없겠어."

그러나 태영이 이런 말을 하는 건 단순히 야랑족이 놈들보다 빠르고, 묘인족이 더 영리하고, 견인족이 더 일사불란하고, 호인족이 압도하는 공격력을 발휘해서만은 아니었다.

"이제 우리만 있어도 된다. 너희들은 멀찍이 떨어져 관람만 하고 있어도 돼. 늦게 시작한 만큼 나머지는 우리가 알아서 처리해 주마!"

"하! 웃기시네. 우리가 너 먹으라고 상 차려 놓은 줄 알아?"

"상을 차리긴 누가 상을 차려? 본래 사냥감의 숨통을 끊을 권리는 처음 상처를 낸 자가 갖는 게 상식이다!"

"그건 니들 늑대의 상식이지! 고양이는 그딴 거 몰라! 먼저 먹는 놈이 임자야!"

"그러니까 물러나라는 거다. 어차피 우리가 될 테니까."

입으로는 이렇게 떠들어도 라르고와 일라, 하울, 다란은 물론 그 휘하의 수인족 역시 서로의 장점은 살리고, 단점은 보완해 주고 있었다.

너무나 자연스럽게 말이다.

– 레이븐 녀석이 잘 가르쳐 놓아서 그런 건가?

"물론 그 영향도 무시할 수 없겠지. 하지만 가르친다고 다 저렇게 할 수 있는 건 아니야. 저 녀석들 스스로 고민하고, 수많은 시행착오를 거치며 보완해 오지 않았다면 저 정도 수준의 움직임을 보여 줄 수는 없어."

– 호오, 의외군. 주인이 그렇게까지 말하다니, 꽤 후한 평가인데?

"그럴 만하니까."

그건 수인족에만 해당하는 말이 아니었다.

이번에 태영과 함께 들어온 병사 중에는 10여 명의 한국인도 있었고, 그중 반 이상을 차지하고 있는 베릴과 이 중위, 박 중사 일행에게도 해당하는 말이다.

일단 베릴이 이곳에 오게 된 이유는 남양주 사이에 벌어진 사건과 관련이 있었다.

과거 남양주에서 받아 간 통신기를 통해 이 중위는 이 사실을 전해 듣게 되었고, 그 즉시 베릴에게 전달!

"비록 작은 왕국이라고는 하지만, 한 나라가 그런 도적 떼 같은 짓을 하다니, 기사도를 운운하기조차 부끄러운 일이다!

더구나 남양주라면 레온 스승님과도 무관하지 않은 곳! 몰랐으면 모르되 알고도 모른 척할 수는 없다!"

베릴은 분노를 터뜨렸다.

"남양주를 도우러 가실 생각이라면 저희도 가겠습니다!"

그리고 이 중위와 함께 바로 남양주로 달려갔다.

그러나 신속한 박예지의 조치 탓에 그들이 도착했을 때는 상황 종료.

남양주 사람들은 이미 짐을 바리바리 싸 들고 발테아르로 이주를 준비하고 있었다.

그리고 그때 베릴은…….

"……어쩌죠?"

"뭐, 잘됐지. 발테아르는 스승님이 세운 나라. 마음은 굴뚝같았지만, 스승님이 내리신 명령 때문에 가 보지 못하고 있었는데, 이 사람들을 도우러 왔다가 따라가는 거라면 스승님도 뭐라고 하시지는 않을 거야."

좋은 핑계가 생겼다고 생각했다.

그러나 설사 그런 핑계가 없었어도 태영은 뭐라고 할 생각이 없었다.

보면 알 수 있기 때문이다.

방금 수인족에 했던 말처럼, 베릴 역시 그동안 얼마나 많이 고민하고, 또 얼마나 많은 시행착오를 거치며 노력해 왔는지 말이다.

위잉! 파팍-!

홀로 레서데몬을 몰아붙이는 베릴의 검은 과거처럼 형식에 얽매인 검이 아니었다.

수수하지만, 정확하고, 단조롭지만, 예측하기 힘든 변화를 일으키는 검!

이 중위도 마찬가지였다.

아니, 정확히 말하면 그쪽이 원류라고 할 수 있었다.

베릴이 검술은 예전에 태영이 말한 대로 UDT 대원이 익히는 '나이프 파이팅'에 이계의 검술에 사용하는 마력을 더해 만들어진 검술이니까.

이 중위 일행이 수인족, 그중에서도 상위 레벨의 수인족과 같은 수준까지 성장할 수 있던 이유도 그 덕분이다.

이미 익숙한 기술인 만큼 배우기도 쉬웠을 테니까.

그리고 베릴이 발테아르로 오는 것으로 그 검술은 남양주의 군인들에게도 전파!

베릴과 이 중위 사이에서 얼추 비슷한 동작으로 검을 휘두르는 박 중사가 끼어 있는 이유도 그것.

모두 태영이 한 말이 일으킨 나비효과라고 할 수 있었다.

"모두 스승님의 가르침 덕분입니다!"

그래도 이런 말을 들을 정도로 뭔가 했다는 생각은 들지 않지만 어쨌든, 그게 수인족이나 베릴의 검술에 보완할 부분이 없다는 의미는 아니다.

그러나 태영은 서두르지 않았다.

'수인족도 베릴도, 못 본 사이에 몰라보게 달라졌으니까, 일단 지금은 어디가 얼마나 변했는지 정확히 파악하는 게 먼저다. 고칠 부분을 지적하는 건 그다음에 해도 늦지 않아. 아니, 내 예상대로라면 굳이 말로 할 필요도 없겠지.'

대충 짐작이 가기 때문이다.

그럼 리퍼나 레서데몬처럼 평범하지 않은 몬스터가 나오기 시작했을 때부터, 이 던전의 끝에 뭐가 있을지 말이다.

이에 태영은 적당히 보조하는 정도로만 전투에 참여하며 하루 만에 7층을 돌파!

다시 이틀에 걸쳐 8층과 9층을 지나 10층까지 내려왔을 때였다.

– 주인, 저놈은…….

"그래, 있겠지. 당연히 저런 놈이 말이야."

태영이 히죽 웃으며 고개를 끄덕였다.

🌀

길게 이어진 통로의 끝.

작은 운동장 크기의 광장이 자리 잡고 있었다.

기본적으로는 천연 동굴이었지만, 군데군데 상층부처럼 인공적인 부분도 보였다. 그리고 그 안쪽, 돌로 된 의자에 로

브를 입은 사람이 앉아 있었다.

움직임은 없었다.

당장이라도 바스러질 듯이 낡은 로브 위에는 뽀얀 먼지가 두껍게 쌓여 있었고, 소매 사이로 나와 있는 손이나 눌러쓴 후드 아래로 보이는 얼굴은 미라처럼 말라붙어 있었다.

"일단 몬스터는 보이지 않는군요."

경계 어린 눈으로 주위를 둘러보던 베릴이 태영을 돌아보며 말했다.

"저 미라의 복장을 보면 마법사였던 모양입니다. 그럼 이제 답은 나온 셈이군요. 우연히 들어온 사람이 이런 곳에서 저렇게 죽어 있을 리는 없으니 이 던전은 저자, 마법사의 레어였던 것 같습니다."

"마법사라……."

눈매를 좁히며 바라보던 태영이 피식 웃으며 고개를 끄덕였다.

"뭐 일단 그건 확실하지."

"네?"

"역시 주인님이십니다. 이미 눈치채신 모양이군요."

"헉! 이, 이게 뭐……."

이어지는 말에 의아한 얼굴로 되묻던 베릴이 화들짝 놀라며 한 걸음 물러났다.

그 옆의 이 중위나 박 중사도 같은 반응이었다.

태영의 뒤에 모여 있는 라르고와 하울, 일라, 다란 이하 수인족과 달리 그들은 아직 본 적이 없었기 때문이다.

태영의 그림자 속에서 불쑥 얼굴을 내미는 하덴을 말이다.

태영도 그동안 한가하게 지낸 건 아닌지라 누군가 만날 때마다 일일이 불러내 소개해 주지 않아서다.

그러니 이해는 되지만, 사실 지금 베릴 일행이 놀랄 부분은 그쪽이 아니었다.

움직이기 시작했기 때문이다.

하덴 탓에 잠시 일행의 관심에서 멀어졌던 미라가, 경련을 일으키듯 꿈틀대더니 천천히 고개를 돌리기 시작했다.

"네놈들은 뭐냐?"

우수수 쏟아지는 먼지 속에서 흘러나오는 목소리.

후드 아래로 드러난 움푹 파인 눈두덩이 위로 붉은 안광이 떠올라 있었다.

"마, 말을…… 저런 상태로 살아 있었다는…… 아니, 잠깐. 미라처럼 변한 마법사라면 설마 저자는……."

"그래, 리치다."

태영이 고개를 끄덕였다.

순간 와락 고개를 돌리는 베릴의 얼굴에는 경악이, 그 베릴이 바라보는 리치의 얼굴에 떠오른 붉은 안광은 흥미롭다는 듯이 흔들렸다.

"너는 나를 아는가?"

"너는 모르지. 하지만 리치라면, 뭐 일단 처음 보는 건 아니지. 그래도 내가 본 리치 중에서는 꽤 정상적인 모습으로 보이는군."

"정상적인 모습이라는 게 뭘 말하는지 모르겠군. 뭐 그런 건 아무래도 상관없지만. 흠, 리치라…… 그래, 리치. 나는 리치였군."

리치가 고개를 끄덕였다.

그러나 그것도 잠시, 그 머리가 옆으로 기울어졌다.

"아니, 리치인가? 모르겠군. 여기는 어디지? 나는 누구지? 왜 이런 곳에 있는 거지?"

"그렇지도 않은 모양이군."

"무슨 말이지? 그렇지도 않다니? 뭐가 말인가? 아니, 네 놈들은 뭐지? 여기는 어떻게 들어온 거냐? 아니, 여기가 어디지? 아아, 젠장, 혼란스럽군. 대체 내가 왜……."

- 저 녀석 뭐라는 거야?

"모르지."

그때 말라비틀어진 손으로 머리를 감싸 쥐고 중얼대던 놈이 움찔하며 멈췄다.

"아니, 알겠군. 그래, 다른 건 몰라도 내가 이렇게 혼란스러운 이유는 알겠어. 문제는 대화다. 대화가 없으면 생각할 필요가 없고, 생각할 필요가 없으면 혼란스러워질 이유도 없겠지. 아하! 그래, 그런 거였어!"

그리고 마치 오래 고민하던 답을 찾은 사람처럼 퍼뜩 고개를 들어 올리며 소리쳤다.

"네놈들이다! 네놈들을 없애면 되는 거였어!"

순간 붉은 안광이 마치 불길처럼 격렬하게 타오르고, 놈의 주위에서 마력이 격렬한 소용돌이를 일으키기 시작했다.

"헉! 스, 스승님!"

"주인님!"

"큭! 뭐 이런…… 모두 주인님을 보호하라!"

황망한 얼굴로 바라보던 베릴과 족장들이 일제히 태영을 돌아보며 비명처럼 소리쳤다.

그러나 태영은 태연한 얼굴로 그 사이로 걸음을 옮기며 중얼거렸다.

"마침 나도 같은 생각을 하던 참이다."

사실 태영은 처음 이 던전에 들어왔을 때부터 어느 정도 예상했었다.

그때 태영이 해치운 그림 리퍼나 7층부터 나오기 시작한 레서데몬은 자연적으로 발생할 확률이 극히 낮은 몬스터이기 때문이다.

놈들은 악마종, 아예 사는 세계가 다르니까.

놈들이 이 세계에 나타나는 경우는 두 가지뿐이다.

차원의 왜곡과 소환 마법.

뭐 소환 마법도 결과적으로 차원을 왜곡하는 것이니 따지고 보면 한 가지라고 해야겠지만 어쨌든, 태영은 후자 쪽에 무게를 두고 있었다.

우연히 이 세계로 굴러 나온 놈들이 그림 리퍼처럼 7층으로 내려가는 계단을 지키고 있을 리도 없었고, 레서데몬처럼 같은 층을 순찰하듯이 맴돌고 있을 리는 없으니까.

불러낸 자의 명령을 따르는 것이다.

그러나 일반적으로 소환자가 죽으면 당연히 그 명령도 해제. 즉, 놈들이 여전히 그러고 있다는 건 소환자가 아직 살아 있다는 의미다.

적어도 수백 년은 되어 보이는, 그것도 얼마 전까지는 돌산에 묻혀 있는 유적에서 말이다.

'만약 놈들을 불러낸 게 인간 마법사라면…….'

그런 경우는 하나뿐이다.

인간성을 버리는 대신 불멸의 몸을 얻은 리치.

태영이 다시 던전을 찾아온 가장 큰 이유가 바로 그 때문이라고 할 수 있었다.

좀 전에도 말했듯이 태영은 이전에도 몇 번 리치를 본 적이 있었다. 그리고 그 경험에 따르면 놈들은 하나같이 정상이 아니었다.

'뭐 좀 전까지의 반응을 보면 이놈은 아예 생각하기를 그만두고 있었던 모양이지만, 언제 지금처럼 발작할지는 모르지.'

그런 위험한 놈을 발테아르에 놔둘 수는 없으니까.

"모두 물러나 있어라."

"네? 아니, 하지만…… 알겠습니다. 모두 물러나라!"

"그럼 저는……."

"너도 일단 들어가 있어."

태영이 병사들과 하덴을 물리고 홀로 놈에게 다가가는 것도 같은 이유다.

리치는 마법의 극에 이른 존재.

카자드를 보면 알겠지만, 그런 놈을 상대로 쪽수로 밀어붙이는 건 멍청한 짓이다.

"꺼져라!"

위잉! 콰콰콰콰─!

그런 놈은 이렇게, 그저 팔을 휘두르는 사이에도 일대를 불지옥처럼 바꿔 버리는 고위 마법 술식을 구축할 수 있으니까.

그 탓에 과거 태영도 리치와 싸울 때 꽤 고생한 경험이 있지만, 그 덕분에 알고 있었다.

그런 놈을 상대할 때 필요한 게 뭔지.

바로 속전속결!

불길 따위에 주춤하며 할 수 있는 일도 아니고, 그럴 이유도 없었다.

괜히 그동안 힘들게 모은 소재를 쏟아부어 '흑백의 진리'처럼 마법 저항력이 높은 망토를 만드는 게 아니다.

태영은 '흑백의 진리'를 몸에 휘감으며 그대로 돌진!

화염을 뚫고 나오며 검을 내리꽂았다.

콰쾅─!

그 위로 돌 책상의 파편이 뿜어져 올라왔다.

아니, 정확히는 돌 책상의 파편뿐이라고 해야겠지만, 당황할 이유는 없었다.

'블링크! 이쪽이다!'

그런 건 태영도 할 수 있으니까.

파편이 날아오를 때 이미 태영은 그 마력의 흔적을 따라 이동한 뒤였다.

"호오, 네놈…… 뭐지? 마법과 검을 동시에 사용하는 놈을 부르는 말이 있었는데…… 아니, 뭐든 상관없지. 좀 의외이기는 하지만, 어차피 그런 놈들은 이도 저도 아니니까. 네놈처럼 말이다. 마법 발동 속도는 제법이다만, 부족하구나."

그러나 놈의 말대로 부족했다.

놈이 떠들듯이 태영이 이도 저도 아닌 마검사라고 할 수는 없었지만, 마법에 한정한다면 당연히 리치에 비빌 수준이라고 할 수는 없었다.

그리고 '블링크'는 마법 레벨이 높을수록 이동 거리가 늘어나는 마법.

여전히 놈과의 거리가 10여 미터나 벌어져 있는 이유다.

그러나 놈도 마냥 웃고 있을 수만은 없었다.

아니, 여전히 웃고 있기는 했다.

쾅—!

태영이 '블링크'로 이동해 온 지면을 폭파하듯이 내리찍으며 섬광처럼 뻗어 나갈 때도, 또 그 뒤를 따르던 검광이 대기를 갈랐을 때도.

"굉장하군. 종종 보이지도 않을 정도로 빠른 속도라는 말을 쓰기는 하지만, 네놈처럼 정말 보이지도 않는 수준으로 움직이는 인간은 나도…… 아마 본 적이 없을 거다. 하지만 보이지도 않는 수준으로 움직이는 것과 정말 보이지 않는 건 다르지."

놈은 여전히 10여 미터 떨어진 곳에서 히죽대고 있었다.

그 뒤에도 마찬가지였다.

태영은 연이어 '블링크'로 놈을 쫓고, 부족한 거리를 '타키온'으로 따라잡으며 광속의 발도술을 날렸지만, 거리를 좁아지지 않았다.

그렇다고 놈이 도망만 치는 건 아니었다.

"큭큭큭, 아무리 날뛰어 봤자 무리다. 네놈도 보통 인간은 아닌 것 같다만, 나는 이미 오래전에 인간을 초월한 몸이니까."

"글쎄? 머릿속까지 썩어 문드러져 제 이름조차 기억 못 해도 그렇게 떠들어 대는 건 확실히 인간을 초월했다고 할 만하군. 그렇게 되고 싶다는 생각은 들지 않지만."

"이런 상황에서 용케도 그딴 말을 하는군. 뭐 이해는 하지만, 애쓰지 않아도 된다. 내가 곧 편하게 해 줄 테니까. 네놈은 오랜만에 내가 어떤 존재인지 떠올리게 해 준 특별한 놈이니, 특별한 방법으로 말이야."

"싫은데?"

"그건 네놈이 선택할 일이 아니지. 내가 인간을 버리면서 손에 넣은 게 바로 그것, 다른 놈들의 의견 따위는 묵살해 버릴 수 있는 힘이니까."

히죽 웃으며 중얼거리는 놈의 양팔에는 복잡한 빛의 문양이 떠오르고 있었다.

마법 술식이었다.

순식간에 일대를 불바다로 만들어 버리는 마법을 발동시키는 놈이 여러 번 '블링크'를 사용하면서까지 공들여 짜 넣는 마법 술식!

"그게 무슨 의미인지 보여 주마!"

그리고 한 번 더 '블링크'로 사라졌다 나타나는 것과 동시에 완성!

그러나 태영은 물론, 그리모어도 알고 있었다.

ㅡ……걸렸군.

놈이 뭘 보여 주고 싶었는지는 모르겠지만, 볼 기회는 없을 거라고 말이다.

태영이 안 될 걸 알면서도 놈을 쫓아다니던 이유도, 또 놈이 딱 봐도 무지막지한 마법 술식을 준비하는 걸 알면서도 파이어볼트 한 방 날리지 않고 그저 보고만 있던 이유도 바로 지금!

　그래야 확실하게 부술 수 있기 때문이다.

　삐이이이―!

　천장에서 섬광처럼 내리꽂히는 청영이!

　마법이 발동되는 술식을 관통하는 것과 동시에 '스펠 브레이크' 발동!

　퍼펑―!

　"크흑! 이, 이게 무슨……."

　유리처럼 깨져 흩어지는 술식과 함께 놈이 비명을 터뜨리며 휘청거렸다.

　'스펠 브레이크'로 발동 직전의 마법 술식을 파괴하면 마력의 역류로 내상을 입은 마법사는 한동안 마법을 쓸 수 없는 몸이 돼 버리고, 그건 리치라도 마찬가지!

　퉁―!

　이에 태영이 놈을 향해 뻗어 나갔을 때였다.

　당황한 얼굴로 고개를 돌리던 놈이 갑자기 와락 자신의 팔을 잡아 뜯었다.

　"으악―!"

　그러나 비명이 터져 나온 건 놈의 입이 아니었다.

되레 놈의 입에서는 웃음이 번지고 있었다.

비명을 터뜨린 건 피를 콸콸 쏟아지는 어깨를 부여잡은 사람, 놈이 팔을 잡아 뜯는 것과 동시에 팔이 뽑혀 나간 태영이었다.

아니, 놈은 그렇게 알고 있었지만.

푸확─!

"아슬아슬하게 기억이 떠올라서 천만다행이군."

오러를 뿜어 올리는 검이 놈의 몸을 관통하는 것과 동시에 뒤에서 목소리가 들려왔다.

"큭! 뭐…….."

"돌아보지 마라."

움찔하는 놈의 머리를 찍어 누르듯 움켜쥐며 말하는 사람은 태영이었다.

"어, 어떻게…….."

"예전에 너처럼 제정신이 아닌 리치를 본 적이 있거든. 그놈도 궁지에 몰리니 비슷한 짓을 하더군. 뭐 그놈은 너보다 화끈하게 머리를 잡아 뽑았지만."

그때 태영의 회귀 횟수가 +1이 되었다.

그러나 당시는 회귀를 밥 먹듯 하던 때라 새삼스럽지도 않았고, 그런 이유로 다시 놈을 찾아가고 나서야 알게 되었다.

리치 중에는 자신의 몸을 자해하는 것만으로도 상대에게

같은 대미지를 입히는 저주 술식을 몸을 새기고 있는 놈들이 있다는 걸 말이다.

태영은 놈이 팔을 잡아 뜯는 행동을 할 때 그때의 기억을 떠올렸고, 잽싸게 바꿔 치기 한 것이다.

그림자 속에서 끄집어 올린 하덴과 말이다.

리치는 그런 몸이지만.

"빌어먹을! 뭔지 알겠어! 알겠다고! 하지만 그런 짓을 할 거면 칼로 하든가! 잡아 뽑는 건 너무하잖아! 팔이야 원래 침이나 좀 발라 둬도 붙지만, 그런 나라도 아픈 건 아픈 거라고!"

하덴은 이런 몸이니까.

"마, 말도 안 돼. 저놈은 대체 어디에서…… 어떻게 그 짧은 시간에……."

"그건 네가 알 바 아니고."

태영이 놈의 몸을 관통한 그리모어를 천천히 위로 올리며 말을 이었다.

"내가 아는 건 그것 말고도 하나 더 있지. 리치는 이런 짓을 해도 고통도 못 느낄 뿐 아니라, 죽지도 않는다는 걸 말이야. 이 몸은 껍데기, 본체는 작은 항아리 같은 데 넣어 둔다고 하니까."

즉, 애초에 놈을 따라잡았어도 해치울 수 없었다는 말이다.

그럼에도 쫓아다닌 건 놈이 눈치채지 못하게 만들기 위해서였다.

놈의 마법 술식을 박살 낼 기회를 노리는 청영과 '영혼의 단지'라고 불리는 놈의 본체가 담긴 항아리를 찾기 위해 꾸준히 방출하고 있는 '라이트 웹'의 마력을 말이다.

그럼에도 아직 찾지 못했지만.

"그런데 네놈이 팔을 잡아 뜯는 걸 보니 문득 그런 생각이 들더군. 예전에 내가 본 것처럼 그냥 머리를 잡아 뜯으면 더 간단할 텐데 넌 왜 그러지 않는지 말이야."

"그, 그건……."

"따로 보관할 수 있는 거라고 꼭 따로 보관해야 한다는 법은 없다는 말이겠지."

"아, 아니야! 멈춰! 안 돼!"

"싫다."

그리모어가 버둥대는 놈의 몸을 수직으로 가르며 올라갔다.

"네놈과 달리 난 바쁘니까."

"그, 그만둬!"

리치가 필사적으로 소리쳤다.

그러나 그런 고함으로는 태영의 손을 한순간도 멈추게 하지 못했다. 그리고 그 손을 따라 올라가던 그리모어가 놈의 머리까지 갈라 버리며 빠져나오는 순간.

푸확—!

그 머릿속에서 회색 가루가 터져 나왔다.

－빙고! 주인의 말대로야. 이유 없는 결과는 없는 법이지. 대가리 속에 저딴 게 꽉 채워져 있으니 맛이 가는 게 당연하지.

놈이 맛이 간 이유가 꼭 그래서만은 아니겠지만 어쨌든, 그 회색 가루가 영혼의 재.

영혼의 단지에 봉인되어 있던 놈의 생명력 그 자체라고 할 수 있었다.

"끄아아아아—!"

놈이 비명을 터뜨리며 휘저어 대는 팔은 그저 최후의 몸부림에 불과했다.

놈의 앙상한 손가락은 쏟아져 나오는 잿가루 사이를 허우적댈 뿐이었고, 곧 손도 점차 가루처럼 부서지며 흩어지기 시작했다.

그리고 완전히 가루로 변해 쏟아져 내렸을 때.

－종합 평가 레벨이 상승했습니다!

－종합 평가 레벨이 상승했습니다…….

그 위로 자막처럼 메시지가 떠올랐다.

－상당한 양의 마소군. 뭐 리치라면 마법 생명체 중에서도 최상

위 존재 중 하나이니 당연하다고 해야겠지만, 이만한 마력을 가지고도 마법 한번 변변히 써 보지 못한 채 저렇게 돼 버렸으니 저놈으로서는 꽤 억울하겠어.

"놈이 제대로 마법을 썼다면 억울해하는 건 내 쪽이 됐겠지."

─이미 결과가 나온 일을 두고 그런 생각을 할 이유는 없지. 그래서 주인도 혼자 나선 걸 테고. 이 싸움의 결말은 물론, 그 뒤에 무슨 일이 일어날지도 알고 있어서. 그렇지?

"잘 아네."

태영이 피식 웃으며 고개를 끄덕였다.

그림 리퍼를 해치웠을 때부터 슬슬 느낌이 왔기 때문이다.

그때 흡수한 마소는 태영이 마력에 제대로 융화되지 않고 겉도는 느낌이었다. 그리고 또 그때부터 '광합성'을 통한 '광력'의 상승도 멈췄다.

그러나 당황할 이유는 없었다.

─나도 이제 한두 번 경험해 본 게 아니니까 말이지.

그리모어의 말대로 경험이 있어서다.

그처럼 몸의 성장이 정체기에 들어서는 건 물론, 그게 지금처럼 한 번에 많은 마소가 흡수되는 것과 동시에 폭발적으로 팽창하는 게 뭘 의미하는지.

때가 됐다는 말이다.

그리고 태영과 그리모어가 예상한 그대로.

태영이 자리를 앉아 급격히 팽창하는 마력을 능숙하게 제어, 유도해 기맥으로 흘려보낼 때였다.

태영의 주위로 무수한 빛무리가 떠오르며 회전했다.

마치 과학책이 나오는 원자의 모형처럼 원자핵을 중심으로 회전하는 전자와 같은 모습으로. 그리고 회전하는 빛무리에 몇 개의 빛이 더해지는 순간!

번쩍-!

-직업 [엘더 슬레이어]의 레벨이 상승했습니다.

폭발하는 빛과 함께 태영의 눈앞에 메시지가 떠올랐다.

-[엘더 슬레이어 Lv.3]

-직업 특성 [라이트 세이버 Lv.2]가 [라이트 세이버 Lv.3]으로 상승했습니다.

-[라이트 세이버]로 인한 광도에 따른 신체 보정이 최대 50%로 확장되었습니다.

-[라이트 세이버] 마스터리 스킬 [광합성]의 효율이 상승했습니다.

-[라이트 세이버] 마스터리 스킬 [광화]의 효율이 상승했습니다.

-[라이트 세이버] 상위 마스터리 스킬 [집광]을 습득했습니다.

–[라이트 세이버] 상위 마스터리 스킬 [분광]을 습득했습니다.

–근력 : 601⇒626(+45) 순발력 : 718⇒739(+30) 지구력 :
639⇒662(+45) 마력 : 641⇒672(+165) 카리스마 : 100 광력 : 135
–종합 평가 레벨 : 256⇒266

그 뒤를 이어 연이어 떠오르는 메시지!

"후—!"

–뭐랄까, 떠오르는 말은 많지만, 그만두지. 말했듯이 한두 번 겪
어 본 것도 아니니까.

몸을 일으키는 태영의 귀에 그리모어의 목소리가 들려
왔다.

이해할 수 있는 반응이다.

그러나 멀찍이 떨어져 지켜보는 병사들은 그리모어와는
확연히 다른 반응을 보여 주고 있었다.

당연히, 그들에는 그리모어처럼 익숙한 장면이 아니니까.

특히 태영이 '엘더 슬레이어'로 전직하기 전의 모습만 본
베릴과 이 중위, 박 중사는 어떤 표정으로 봐야 할지도 모르
겠다는 얼굴들이었다.

"스승님은 대체……."

태영이 다가간 뒤에야 정신이 든 얼굴로 떠듬대다가 고개
를 저었다.

"다른 건 몰라도, 한 가지만은 확실하게 알겠군요. 제가 아무리 애써 봤자 스승님을 넘어설 수 있는 날은 오지 않으리라는 거 말입니다."

"그야 모를 일이지."

태영은 피식 웃으며 말해 주었다.

─진심으로 하는 말은 아니지?

베릴도 딱히 와 닿지는 않는 얼굴이었다.

그러나 낙담하는 표정도 아니었다.

"그런 식으로 위로해 주시지 않아도 괜찮습니다. 스승님은 어떨지 모르지만, 적어도 저는 지금까지 세계 최강의 검사가 되겠다는 생각 따위는 한 적이 없습니다. 그 언저리만 돼도 만족합니다. 그리고 방금 확신했습니다. 스승님을 목표로 삼고 따라가는 것만으로도 제 꿈을 충분히 이룰 수 있으리라고 말입니다. 덕분에 저는 지금, 꽤 감격하고 있습니다."

─현실적이군. 확실히 평범한 인간이라면 그렇게 현실적인 목표를 가지는 게 장수의 비결이지. 평범한 인간이 주인을 목표로 삼고 따라가는 건 목숨을 서너 개쯤 가지고 있어도 힘들다는 게 함정이지만.

안타깝게도 그게 사실이다.

베릴이 따라오겠다는 지금의 태영은 실제로 숱한 죽음을 겪으며 만들어 낸 결과물이니까.

그러나 여기서 중요한 건 숱하게 죽었다는 게 아니다.

그럼에도 포기하지 않았다는 것이다.

아니, 정확히 말하면 포기할 수 없었다고 해야겠지만 어쨌든, 결국 어떤 목표든 될 놈은 되고, 안 될 놈은 안 된다는 말이다.

그리고 그런 점에 있어서 베릴은 확실히 되는 놈 쪽에 속한다고 할 수 있었다.

10층까지 오는 길에 본 것만으로도 알 수 있었다.

그동안 베릴이 아스탈로드 영지에서 가볍게 툭 던졌던 태영의 말을 얼마나 충실히 따르기 위해 노력해 왔는지는 말이다.

반면 태영은 여기서 다시 만날 때까지는 그마저도 까맣게 잊고 있었다는 점을 생각하면 살짝 찔리는 구석이 있었던지라.

"네가 그동안 얼마나 애써 왔는지는 검을 휘두르는 자세만 봐도 알 수 있다. 방향도 제대로 잡은 것 같고, 노력도 게을리하지 않은 것 같더군. 물론 기술적으로도 흠잡을 데가 없다."

"감사합니다."

"하지만 기술이란 상대적인 것이다. 아무리 강력한 기술이라도 항상 같은 효과를 발휘하는 게 아니고, 상황에 따라서는 아예 발휘할 기회조차 없을 때도 있다."

"네, 상대가 스승님이라면 더 그렇겠죠."

베릴이 얼른 덧붙였다.

그 역시 과거 태영에게 같은 이유로 검격조차 제대로 날려 보지 못하고 패배한 경험이 있어서다.

방금 리치가 변변한 마법조차 써 보지 못하고 재가 돼 버린 이유도 마찬가지.

세상에 필살기 따위는 없다.

어떤 기술이든 제대로 먹히면 필살기가 되는 거고, 먹히지 않으면 그냥 헛짓거리다.

그리고 이를 결정하는 요소 중 가장 중요한 숙련도!

"그때도 말했듯이 기술을 사용할 줄 안다는 것과 온전히 내 것으로 만든다는 건 다른 의미다. 노력 역시 마찬가지. 할 수 있는 것을 하는 건 노력이라고 할 수 없다. 좀 더 나아지고 싶다면 지금 네가 할 수 없는 걸 찾아서 해라."

- 오랜만에 만나서 뭔가 있어 보이게 가르치고 싶은 생각이 든 건 알겠는데…… 너무 애매하지 않아?

딱히 있어 보이게 가르치려고 그런 건 아니다.

그 정도가 적당하다고 생각해서다.

베릴은 이미 상급 기사 이상의 수준, 심지어 자신이 배워 온 검술과 UDT의 '나이프 파이팅'을 결합해 독자적인 검술을 만들어 가는 검사다.

그런 검사에게 하나하나 시시콜콜 지적하는 건 사족에 불과하다.

베릴이 가는 방향은 틀리지 않았고, 이를 태영이 확인해주는 것만으로도 달라질 것이다. 같은 길이라도 확신을 두고 가는 것과 그렇지 않은 건 다르니까.

물론 실제로 그렇게 될지는 좀 더 지켜봐야 알겠지만 일단 태영이 할 일은 여기까지.

"명심하겠습니다."

베릴도 고개를 숙이며 대답했다.

그리고 몸을 돌리는 태영을 따라 시선을 움직이다가 미간을 좁히며 물었다.

"그런데 저 사람…… 아니, 이제 사람인지 아닌지도 모르겠습니다만, 저대로 괜찮은 겁니까?"

하덴을 보며 하는 말이다.

그만이 아니었다.

사실 태영과 베릴이 대화하는 사이에 다른 사람이 끼어들지 않는 건, 이 중위나 박 중사, 라르고, 하울, 일라, 다란 등은 모두 하덴을 바라보고 있어서였다.

"어라? 뭐야? 이 거치적대는 느낌은? 젠장, 흙이 섞여 들어간 건가? 뭐 딱히 상관은 없지만, 한동안 신경 쓰이는 것보다는 차라리 지금……."

우직! 푸확─!

정확히는 이렇게, 한번 붙였던 팔을 다시 잡아 뜯고 무슨 접착제를 말리듯이 후후 불었다가 다시 붙이는 하덴을 말이다.

당연히 그래도 괜찮으니까 그러는 것이다.

물론 그래도 꽤 아파 보이기도 하고, 태영이 그렇게 아픈 경험을 하지 않게 된 건 하덴 덕분이니 조금 미안한 기분도 들지만.

"아프냐?"

"당연히 아프죠! 팔이 통째로 뜯겨 나갔는데 안 아픈 놈이 어디 있습니까? 하지만…… 뭐 됐습니다. 저는 이미 주인님의 충실한 종! 주인님을 위해서라면 이런 고통쯤은 아무렇지도 않습니다! 네, 엄청나게 아프지만! 이런 거로 주인님이 저를 대하는 방식이 달라졌으면 좋겠다는 얄팍한 생각 따위도 안 합니다! 저는 불만 따위는 없으니까요! 네! 없습니다! 없지만…… 아니, 그냥 없습니다! 없을 겁니다!"

─얄팍하기 짝이 없군.

"알았으니까 1절만 하고 비켜, 인마."

태영이 다시 리치를 해치운 자리로 돌아온 이유는 이딴 말이나 들어 주기 위해서가 아니다.

─[리치의 잿가루]를 습득했습니다.

첫 번째 이유는 바로 이걸 챙기기 위해서다.

일개 몬스터의 사체에도 마력은 남는 법. 하물며 최상위 마법 생명체로 불리는 리치의 몸, 아니 이제 잿가루지만 어쨌든, 마력이 없을 리가 없었다.

실제로 잿가루를 쓸어 담는 손에 따끔따끔한 자극이 전해질 정도의 마력이 느껴졌다.

당연히 이런 게 쓸데가 없을 리가 없었다.

활용 범위는 그야말로 무궁무진!

포션을 만들 때 첨가하면 하급 포션을 단숨에 최상급으로 바뀌는 효력을 발휘하고, 마법 무구를 제작할 때 첨가하면 그것만으로도 소재의 힘을 100%로 끌어내 준다.

결계 마법의 촉매제로도 최상급!

'멜리나가 보면 침을 질질 흘리며 달려들겠군.'

그 잿가루를 쓸어 담는 태영의 입에도 절로 침이 고였지만, 아직 질질 흘리기에는 일렀다.

놈의 영혼 단지를 찾기 위해 연이어 '라이트 웹'을 방출할 때 알아냈기 때문이다.

드드드드─!

놈이 있던 곳의 벽 뒤에 이런 숨겨진 공간이 있다는 걸 말이다.

─호오! 이런 게 숨겨져 있던 건가?

"물론 있겠지. 마법사도 까마귀나 드래곤만큼이나 반짝이는 걸 좋아하니까. 더구나 몇백 년이나 묵은 마법사라면, 그만큼 모아 놓은 것도 많지 않겠어?"

－반짝이는 것만 있는 건 아닌데?

"그래서 더 좋은 거지."

태영이 히죽 웃으며 대답했다.

그 앞에서 갈라지는 벽 너머에는 상당한 양의 고대 금화와 마석, 더불어 각종 무기와 방어구가 쌓여 있었다.

"몇백 년이나 묵은 무기나 방어구가 저렇게 멀쩡한 상태로 보관되어 있으면 반짝이는 것보다 훨씬 가치가 높다는 의미니까 말이야."

확인해 보니 역시나.

20여 점에 달하는 무기와 방어구는 모두 마법 아이템이었다.

그럼에도 굳이 아쉬운 점을 말하자면, 무기는 그리모어가 흡수할 만한 게 없었고, 방어구 역시 모두 철제라 태영이 쓸만한 게 없다는 점이었다.

그러나 낙담할 필요는 없었다.

"일단 이것들을 성으로 옮겨 놓고 돌아와 다시 사냥을 재기한다. 리치가 사라졌으니 놈이 이 던전에 소환해 놓은 몬스터에 걸려 있던 제약도 풀렸을 터. 던전 밖으로 기어 나가는 놈들이 생기기 전에 모두 박멸한다. 여기서 얻은 전리품은 그 성과에 따라 지급해 주도록 하겠다."

태영이 아니라도 쓸데는 얼마든지 있으니까.

그리고 태영의 지시대로 전리품을 지고, 이고 던전을 나온 수인족과 몇몇 한국인, 베릴 일행은 다시 곧바로 던전으로 귀환!

각자 눈독 들이는 무구를 하사받기 위해 다시 사냥에 돌입했다.

그러나 태영은 성에 남았다.

전리품을 가지고 성에 돌아왔을 때 태영이 발탄 대수해에서 얻은 또 다른 전리품, 본 드래곤의 뼈를 실은 헌터 길드의 수송단이 도착했기 때문이다.

그리고 당연히 드래곤의 뼈는 '리치의 잿가루'보다 쓰임새가 많은 소재!

더구나 양도 수백 배는 되는지라 그 뒤로 태영은 왕성과 공장을 왕복하며 바쁜 시간을 보내게 되었다.

그리고 다시 하루가 지났을 때, 태영 앞으로 두 장의 서신이 도착했다.

짐은 준비가 끝났다. 레온, 자네가 짐에게 뭘 원하든 그대로 될 것이다.

그대의 의지가 곧 내 의지다.

한 장은 이런 내용이 적힌 노월 왕국의 국왕, 질리언의 서신이었다.

그리고…….

　결론이 나왔다.
　시간이 걸린 대신 대략적인 준비도 끝내 두었으니 최대한
빨리 와 주기 바라네.

다른 한 장은 그라디오스 후작이 보낸 서신이었다.

출정

"왔는가."

그라디오스 후작이 태영을 돌아보며 살짝 고개를 끄덕였다.

"생각보다 일찍 도착했군."

"그동안 후작님도 바쁘게 움직이셨을 테니까요. 서둘러 달라고 부탁드린 사람이 늦장을 부릴 수는 없죠."

"그래, 그렇지."

후작은 평소보다 경직된 얼굴이었다.

당연한 반응이다.

아르키네아 제국의 기원은 고대 제국의 몰락과 함께 시작되었다.

당시 무리한 영토 확장과 북부 원정의 실패로 군사적, 경제적으로 궁지에 몰리게 되자 내부 균열이 심화해 내전 상태에 돌입하게 되었고, 그 내전을 제압하고 고대 제국의 영토를 그대로 흡수한 게 지금의 제국이다.

그리고 그 뒤로 약 800년간 중앙 대륙의 최강자로 군림.

국경 지대에서 소소한 충돌은 있을지언정 제국의 위상에 정면으로 도전하는 왕국은 없었다.

즉, 제국의 본토가 위협받는 상황은 처음이라는 말이다.

물론 아직 현실화한 건 아니고, 상대가 누군지, 심지어 목적도 모르지만, 그게 위기감을 희석할 요소는 되지 않는다.

정체불명의 적은 눈앞의 검보다 위협이 되는 법.

그라디오스 후작 같은 거물이 급하게 움직인 이유가 그 때문이다.

그리고…….

"단, 거기에는 한 가지 전제가 필요하겠지. 내가 그라디오스 경을 통해 전해 들은 얘기가 모두 사실이라는 전제 말이오."

그 그라디오스 후작과 제국의 실권을 양분하고 있는 노귀족, 왈드 공작이 이 자리에 있는 것도 같은 이유다.

"왈드 공작님, 그 얘기는……."

"물론 충분히 들었소. 또 신뢰할 만하다고 생각하고. 그리 생각하지 않았다면 내가 이 먼 곳까지 올 일은 없었겠지. 그저 앉아서 숨 쉬는 것조차 힘겨워하는 늙은 몸이지만, 내가 제국에서 어떤 위치를 차치하고 있는지는 스스로 잘 알고 있으니까."

왈드 공작이 슬쩍 태영을 돌아보며 덧붙였다.

"일국의 공왕 전하 앞에서 할 얘기는 아니겠지만 말입니다."

"제국의 끄트머리에 붙어 있는, 버려진 땅을 주워 만든 작은 나라일 뿐입니다. 아직은 제국의 실권자인 왈드 공작님이 일부러 신경 쓰실 정도의 나라도 되지 못하죠."

"아직은……입니까?"

태영의 대답에 왈드 공작의 눈매가 좁아졌다.

그러나 곧 피식 웃으며 말을 이었다.

"제가 신경 쓰는 건 그 작은 나라보다 그 작은 나라를 만든 공왕 전하입니다. 공왕 전하께서 말씀하신 것처럼 발테아르가 제국의 끄트머리에 붙어 있는 버려진 땅이었던 건 사실이지만, 그게 아무나 차지할 수 있는 땅이라는 의미는 아니니까요. 일개 헌터에서 기사가 되고, 다시 몇 달 만에 공왕이 되는 건 더 그렇고요. 간간이 공왕 전하의 소식을 접할 때마다 마치 전설적인 영웅의 일대기를 듣는 기분이 들더군요. 번번이 감탄하고 있습니다."

"부끄럽군요."

"그리 말씀하실 것 없습니다. 사실을 말한 것뿐이니까요.

제가 보낸 선물 역시 그런 의미로 받아들여 주시기 바랍니다."

"과분한 말에 몸 둘 바를 모르겠군요. 어쨌든 보내 주신 선물은 발테아르에 큰 도움이 됐습니다. 감사 인사가 늦어서 죄송합니다."

"공왕님께서 공사다망하신 건 저도 알고 있습니다. 그런 인사를 받을 만큼 대단한 선물도 아니었고요. 아주 사소한, 네, 아주 사소한 것에 불과하죠. 앞으로 귀국과 제국의 장래를 생각하면 말입니다."

─뭔가 묘하군. 호의적인 거야, 아닌 거야?

둘 다다.

사실 발테아르가 갑작스러운 인구 증가에도 재정 압박에 시달리지 않은 이유 중 하나가 바로 방금 왈드 공작이 말한 선물 덕분이었다.

그것만으로 현재 발테아르의 국민이 반년 가까이 살 수 있을 정도의 재화.

그러나 당연히 마냥 기쁘게 받을 수만은 없었다.

태영은 그게 단순한 호의로 보낸 것이라고 믿을 정도로 순진하지 않기도 하지만, 왈드 공작 역시 태영이 그렇게 순진한 사람이라고 생각해서 보낸 게 아니다.

되레 그 선물은 경고에 가깝다고 할 수 있었다.

그라디오스 후작은 물론, 주변 왕국과도 비교할 수 없을 정도로 많은 재화를 움직일 수 있는 자신을 적으로 삼지 말라는.

즉, 왈드 공작은 아직 태영이 적이 될지, 아군이 될지 판단하지 못하고 있다는 말이다.

그리고 그건 태영도 마찬가지였다.

'예전이라면 생각할 것도 없었겠지만…….'

애초에 태영이 왈드 공작과 적이 될 수밖에 없던 이유는 두 가지다.

첫째는 회귀 초기부터 태영과 좋은 관계를 유지했던 그라디오스 후작과 왈드 공작이 결코 양립할 수 없는 관계였기 때문이다.

물론 여기서 말하는 그라디오스 후작은 워트를 말하는 것이고, 당시 워트가 본의 아니게 가문을 이어받게 된 이유가 왈드 공작의 암살이 성공한 결과였다.

이는 당연히 그라디오스 후작이 이끄는 황제파와 왈드 공작이 이끄는 귀족파의 전면전 형태로 발전하게 되었다.

두 번째 이유가 바로 그로 인해 생긴 결과라고 할 수 있었다.

건국 이후 중앙 대륙의 패자로 군림해 오던 제국도 양대 세력의 내분에는 피폐해질 수밖에 없었고, 그 탓에 막을 수 없게 된 것이다.

그로부터 얼마 뒤에 시작된 마인, 세컨드 보이스의 침공을 말이다.

이에 제국은 순식간에 사분오열!

점차 범위를 넓히며 압박해 오는 마인의 공세에 각개격파 당하며 몰락의 길을 걸었고, 이는 중앙 대륙 전체의 파멸로 이어졌다.

그러나 이제 상황이 바뀌었다.

아니, 바꿔 놓은 것이다. 다름 아닌 태영이 말이다.

과거와 달리 그라디오스 후작과 왈드 공작과 결코 양립할 수 없는 관계가 되지 않는 이유도, 또 그 둘이 지금 이 자리 에 모여 있는 이유도.

태영이 과거와 달리 그라디오스 후작 암살 사건을 막고, 또 과거보다 빨리 세컨드 보이스에 관한 단서를 찾아냈기 때 문이다.

'뭐랄까…….'

새삼 떠올려 보니 그새 참 많은 일을 했다 싶지만 어쨌든.

'적의 적은 아군이라는 식으로 단순하게 생각할 일은 아니 겠지. 하지만 그라디오스 후작은 물론, 왈드 공작 역시 적어 도 뭐가 더 중요한지는 아는 사람들이다. 제국의 거물인 이 둘이 직접 여기까지 온 게 그 증거다. 그럼 적어도 이번 일에 한해서만은 왈드 공작도 아군으로 생각해도 되겠지.'

물론 그게 방심해도 된다는 의미는 아니다.

"저도 발테아르와 제국의 장래에 대해서는 많이 생각하고 있습니다. 제가 이번 일에 적극적으로 뛰어든 이유도 같은 맥락으로 해석해 주시기 바랍니다. 제국의 분란은 중앙 대륙의 분란으로 이어지고, 그건 저희 같은 소국에는 더할 수 없는 위협이 될 테니 말입니다."

"역시 멀리 볼 줄 아는 분의 답변이군요, 기대하던 대답은 아니지만."

"자리를 가리자는 말이죠."

"네, 무슨 말인지 이해했습니다. 그럼 개인적인 용건은 다음을 기약하도록 하죠."

태영의 대답에 왈드 후작이 의미심장한 미소를 지으며 끄덕였다.

"이제 본론으로 들어가도 되겠습니까?"

불편한 표정으로 지켜보던 그라디오스 후작이 끼어든 건 그때였다.

그리고 태영과 공작이 고개를 끄덕이자 바로 탁자 위에 지도를 펼치며 입을 열었다.

"이미 왈드 공작님과는 황도에서 대략적인 협의를 마쳤으니 레온 공왕님에게 그 내용을 전달하는 방식으로 설명하겠습니다. 괜찮으십니까?"

"물론이네."

왈드 공작이 고개를 끄덕이자 후작이 태영을 돌아보며 말을 이었다.

"일단 확인부터 하죠. 레온 공왕님이 발탄 대수해에서 얻은 자료에 따르면 현재 제국 내부에 정체불명의 조직이 숨어 국가 전복의 음모를 꾸미고 있다. 그리고 놈들의 근거지가 서방 대륙에 있다는 것까지는 확인했지만, 정확한 위치까지는 알 수 없다. 맞습니까?"

─응? 무슨 말이야? 왜…….

그리모어가 의아한 목소리로 중얼거렸다.

그리고 태영 역시, 조금 의아한 얼굴로 후작을 돌아봤지만, 곧 고개를 끄덕였다.

"그렇습니다."

이어지는 대답에 왈드 공작의 입가에 순간적으로 옅은 미소가 떠올랐다. 그리고 그라디오스 후작 역시 살짝 입 끝을 추켜올렸지만 잠깐이었다.

─뭐야? 방금 그 반응들은?

물론 그럴 만한 이유가 있어서 그런 거지만 어쨌든.

"따라서 현재 제국이 취할 수 있는 현실적인 방안은 하나, 원조입니다. 우리 측이 입수한 정보에 의하면 현재 서방 대륙의 왕국들은 대격변 이후 나타난 이계 세력의 공격으로 위기에 몰려 있다고 합니다. 그리고 여러 정황으로 제국 전복을 꾀하는 집단과 이계 세력이 손을 잡고 있을 확률이 높으니, 그들이 서방 대륙을 장악하면 중앙 대륙에도 상당한 위협이 되겠죠."

"그러니 이쪽에서 서방 대륙의 왕국을 직접 지원한다는 거군요. 서방 대륙의 왕국이 놈들을 견제할 힘을 회복하면 중앙 대륙에 숨어 있는 놈들도 함부로 움직이지 못할 테니 말입니다."

"그렇습니다."

"그럼 목적지는 여기가 되겠군요."

"정확합니다."

태영이 지도의 아래쪽을 가리키자 그라디오스 후작이 빙긋 웃으며 고개를 끄덕였다.

-루이너 왕국.

여섯 개의 왕국이 모여 있는 서방 대륙에서 가장 큰 영토를 가지고 있는 왕국이었다.

기왕 밀 거면 될 놈을 밀어야 하니까.

"그쪽에는 알린 겁니까?"

"보내기는 했지만, 제대로 닿을지는 장담할 수 없습니다. 현재 서방 대륙과는 연락 루트가 제한적이기도 하지만, 제국 내부에 숨어 있는 집단을 생각하면 공개적으로 진행할 일도 아니니 말입니다."

"필요한 병력을 모으기도 쉽지 않았겠군요."

"그보다 더 큰일은 이동 수단을 마련하는 것이었죠. 하지만 다행히 그 문제는 왈드 공작님의 도움으로 해결할 수 있었습니다. 그런 쪽으로는 워낙 발이 넓은 분이시라."

"칭찬처럼 들리지는 않는군."

후작의 말에 왈드 공작이 쓴웃음을 지으며 중얼거렸다.

그러나 부정하지는 않았고, 그게 사실이었다.

일단 이번 일은 당연히 비밀로 진행해야 할 필요가 있었다.

제국 내에 숨어 있는 놈들이 알게 되면 제국은 물론, 원정대에도 어떤 위험이 생길지 장담할 수 없으니까.

그러나 그 문제는 의외로 간단히 해결되었다.

그라디오스 후작과 왈드 공작의 대립은 제국은 물론, 중앙 대륙 모두가 아는 사실.

비밀 회담 직후에 왈드 공작은 제국 곳곳에서 크고 작은 문제를 일으켰고, 그라디오스 후작은 이에 화답하듯이 그때마다 병력을 파견했다.

그리고 각지에서 긴장감 넘치는 대치 상황이 벌어지는 가운데, 물밑에서는 공작과 후작이 손을 잡고 주요 기사를 빼돌려 온 것이다.

지금 그들이 모여 있는 곳이 바로 여기, 대륙 서부의 자유 항구도시 델트란.

왈드 공작이 오랫동안 공들여온 덕분에 카잘 왕국에 속해 있지만, 실질적으로는 왈드 공작의 영지라고 해도 과언이 아닌 항구도시였다.

태영이 델트란에 도착했을 때 본 것처럼, 왈드 공작이 마음만 먹는다면 카잘 왕국의 병사들은 물론 도시 전체를 텅텅 비게 만들 수 있을 정도로.

'그래도 말처럼 쉬운 일은 아니었겠지만⋯⋯.'

왈드 공작도 이번 일을 그만큼 중요하게 생각하고 있다는 의미였다.

그가 델트란에 모아 둔 병력만 봐도 알 수 있었다.

대략적인 설명을 끝내고 밖으로 나간 왈드 공작 앞에는 모두 이름만 대어도 알 수 있을 정도로 쟁쟁한 기사들이 모여 있었다.

그러나 굳이 그들을 일일이 돌아볼 필요도 없었다.

"이렇게 또 뵙게 되는군요. 솔직히 개인적으로는 이런 일로 다시 뵙게 된 게 그다지 달가운 일은 아니지만, 그런 불평을 할 상황은 아니겠죠."

도발적인 웃음을 지으며 다가오는 이 사내, 카자드만으로도 이해할 수 있으니까.

그 옆에는 노월 왕국에서 봤을 때처럼 깊게 눌러쓴 후드 사이로 째려보는 울란도 있었지만, 딱히 입을 열지는 않았다.

그때와 달리 태영이 공왕의 신분이 된 게 마음에 안 들어서 그런 모양이다.

무슨 말을 하든 이제 존댓말로 해야 할 테니까.

그러나 딱히 중요하지 않으니 넘어가고, 어쨌든 왈드 공작이 모은 병력은 약 70여 명이었지만, 영지 두어 개쯤은 가볍게 점령할 수준의 전력이라고 할 수 있었다.

뭐 카자드 혼자 하나쯤은 너끈히 점령할 테니까.

그러나 그런 점에서는 그라디오스 후작 측도 마찬가지였다.

"다시 만나 뵙는군요."

"이제야 뵙게 되는군요. 후작님과 아스탈로드 자작님, 그 외에 많은 분에게 듣고 만날 날을 기대하고 있었습니다. 저는 에단이라고 합니다."

밝은 얼굴로 다가와 인사하는 두 기사는 드미트리와 에단.

그라디오스 후작의 세 자루 검이라고 불리는 나이트 마스터 중 호위 기사인 모어를 제외한 나머지 둘이고, 그 둘만으로도 나머지 70여 기사의 수준을 짐작할 수 있었다.

그러나…….

"후작님에게 공왕님이 이번 원정에 직접 동행하신다는 말을 들었습니다. 그런데…… 혼자 가시는 겁니까? 아니, 물론 공왕님이 직접 나서 주신다면 그것만으로도 엄청난 도움이 될 거고, 공작님 측은 몰라도 후작님은 공왕님께 전권을 맡기신 만큼 저희는 만에 하나라도 불미스러운 일이 생기지 않도록 최선을 다해 보필해 드릴 생각입니다만……."

"물론 발테아르도 참전합니다."

당연히 태영도 혼자 갈 생각은 아니고, 또 장담할 수 있었다.

확실히 그라디오스 후작과 왈드 공작이 모은 병력의 수준이 높다는 건 인정하지만, 태영이 꿀릴 일은 없다.

"곧 도착할 겁니다."

태영도 그만한 준비는 해 뒀으니까.

태영이 혼자 델트란으로 온 데는 이유가 있었다.

하나는 발테아르에서 델트란까지도 짧은 거리는 아니라 부대 단위로 이동하기에는 시간도 꽤 걸리고 그만큼 노출될 위험이 크다는 점이다.

그리고 다른 하나는 굳이 그럴 필요가 없어서다.

델트란은 오랜 역사를 가진 항구도시, 무수히 많은 사람과 물자가 드나드는 곳인 만큼 이곳에도 있기 때문이다.

"왈드 공작님, 이제 사용해도 되겠습니까?"

"물론 개방해 두었습니다."

왈드 공작의 대답에 태영이 가방에서 커다란 기계 뭉치를 꺼내 들었다.

사단장에게 받았던 개량형 통신기였다.

"연결하라."

─네.

그리고 통신기에서 대답이 들려 나왔을 때.

파직! 파직! 파지지지─!

병사들이 모여 있는 광장의 뒤쪽, 커다란 원을 그리며 늘어서 있는 기둥이 불이 켜지듯 하나씩 빛나며 그 사이로 스파크가 튀어 올랐다.

연결되는 것이다.

델트란의 포탈과 얼마 전 멜리나가 만들어 둔 발테아르의 포탈이 말이다.

당연히 일렁이는 빛 속에서 떠오르는 사람들은 발테아르에서 이동해 오는 병사들이었다.

그러나 가장 먼저 나오는 사람들은 발테아르의 병사들이 아니었다.

"저 깃발은 노월 왕국이다! 게다가 저 검은 갑옷은……."

"그래, 노월 왕국에 말과 기사가 모두 검은 갑옷을 입고 있는 기사단은 하나밖에 없다. 틀림없어. 흑철 기사단이다."

"흑철 기사단? 저들이 흑철 기사단이라고? 아니, 하지만 흑철 기사단은……."

"배틀 마스터 자레드 경이 지휘하는 왕하(王下) 기사단, 노월 왕국의 최강 전력 중 하나다. 설마 이런 곳에서 흑철 기사단을 보게 될 줄은……."

－제국 녀석들이 왜 저래? 저 시커먼 녀석들이 그렇게 대단한 녀석들이야?

"대단하지."

태영이 피식 웃으며 고개를 끄덕였다.

일단 제국 병사들이 놀란 눈으로 바라보며 중얼대는 말처럼 포탈에서 줄지어 나오는 30여 기사들은 노월 왕국의 흑철 기사단이다.

그러나 그 멤버는 단순한 기사단원이라고 할 수는 없었다.

그들은 모두 평상시에는 각자 별개의 기사단을 지휘하는 부대장. 즉, 30여 명의 흑철 기사단은 30여 명의 기사단장이 모여 있다는 의미인 것이다.

－그런데 이 포탈, 발테아르와 연결되어 있는 거 아니었어? 난 발테아르에서 저런 녀석들을 본 기억은 없는데?

그건 태영이 발테아르를 나온 뒤에 도착해서다.

"노월 왕국이 발테아르와 연맹을 결성했다는 말은 들었지만, 자국의 전쟁도 아닌 일에 흑철 기사단까지 보내올 줄은……."

그리고 이어지는 제국 병사들의 의문에 대한 답도 간단하다.

포탈을 나온 직후, 잠시 주위를 둘러보던 흑철 기사단원들이 황급히 말에서 내려왔다.

그리고 투구를 벗으며 웅성대는 제국 병사들의 뒤에서 지켜보는 그라디오스 후작과 왈드 공작……에게는 눈길도 주지 않고 태영을 향해 일제히 무릎을 꿇으며 소리쳤다.

"위대한 왕의 반지의 주인을 뵙습니다! 노월 왕국의 질리언 국왕 폐하의 우정과 저, 자레드의 경의와 존경의 마음을 담아 흑철 기사단의 지휘권을 레온 공왕님께 맡기겠습니다!"

태영에게는 그럴 만한 자격이 있으니까.

그러나 그 실력만큼이나 고고하기로 소문난 흑철 기사단원들이 이렇게까지 열성적인 태도를 보이는 건 그저 태영의 손에 끼워진 '한 명의 전사' 반지 때문만은 아니었다.

꽤 섞여 있어서다.

"이런 날이 오기만을 손꼽아 기다리고 있었습니다!"

"노월 왕국은 저를 낳아 준 조국이지만, 레온 공왕님은 제 궁지를 지켜 준 은인! 노월 국왕 폐하의 명으로 레온 공왕님을 도울 수 있게 된 지금, 목숨 따위는 얼마든지 바치겠습니다!"

일전에 태영에게 마기에 침습된 몸을 치료받은 기사들이 말이다.

"갚아야 할 은혜라면 저보다 많은 사람은 없죠."

─그게 저렇게 우쭐한 얼굴로 할 말은 아니지 않나?

그런 얼굴로 말하는 레이븐도 포함해서 말이다.

그러나 어쨌든, 당연히 태영이 데리고 갈 병사는 그들이 전부는 아니었다.

태영은 '한 명의 전사'의 주인이기 이전에 발테아르의 왕이니까.

당연히 흑철 기사단 다음에는 본편, 발테아르의 병력이 모습을 드러내자 제국 병사들이 다시 술렁대기 시작했다.

두 가지 이유 때문이다.

"수인족?"

"그래, 얘기를 들은 적이 있어. 발테아르가 건국되기 전의 버림받은 땅에는 각지에서 흘러 들어간 수인족 난민이 꽤 살고 있었고, 모두 발테아르에 흡수됐다고 말이야. 하지만……."

"저 수인족들이 난민이었다고?"

첫 번째는 이것이다.

제국의 병사들도 나름 쟁쟁한 기사들이라 한눈에 알아본 것이다.

라르고와 하울, 일라, 다란, 알바인을 선두로 포탈에서 나오는 30여 명의 수인족이 난민은커녕 그들과 비교해도 꿀릴 게 없는 병사라는 사실을 말이다.

"게다가 저들이 입고 있는 갑옷은……."

"마법 갑옷이군. 선두의 몇 명은 마법 무기까지 차고 있어. 하지만 그보다 신경 쓰이는 건 나머지 병사들이 입고 있는 갑옷이야. 일단 몬스터의 뼈로 만든 갑옷 같기는 한데……."

"그런 건 흔하잖아."

"흔하지. 문제는 저게 그렇게 흔한 몬스터 뼈가 아닌 것 같다는 거지만. 얼마 전에 들은 소문도 있고 말이야."

"소문?"

"발데란의 헌터 길드가 수상한 뼈가 실린 화물을 발테아르로 수송하고 있다는 소문 말이야."

"아, 그건 나도 들었어. 그게 발탄 대수해에서 전설로 전해지는 드래곤의 뼈일지도 모른다는 소문이었지. 그때는 그냥 웃어넘기고 말았지만……."

"웃어넘길 일이 아니었을지도 모른다는 말이지."

"그, 그럼 저 갑옷이 설마……."

물론 그거다.

태영이 드래곤의 뼈를 발테아르로 운송한 건 그저 장식이나 해 놓기 위해서가 아니었으니까.

드래곤의 뼈는 헬 스네이크보다 몇 배는 뛰어난 소재!

당연히 태영은 바로 장비품 제작에 돌입.

패왕의 뼈 갑주(뼈 갑옷)

주요 구성 : 드래곤의 뼈, 유니콘의 가죽, 그 외…….
등급 : 레전드
종합 방어력 : 450 (참격 : A+ 타격 : A+ 관통 : A+)
특기 사항
+원소 계열의 마법에 대한 저항력 : A
+부식 저항력 : A
+환경 적응력 부여(환경 피해 경감, 은신 효과) : A
※최강의 몬스터로 불리는 드래곤의 뼈로 만들어진 갑옷. 드래곤의 뼈에 담긴 마력을 100% 끌어내 모든 공격에 대해 최고의 방어력을 발휘합니다. 또한, 부분적으로 유니콘의 가죽을 덧대 활동성을 끌어 올려 일부 뼈 갑옷에 적용되는 환경 적응력 페널티도 최소화한 일품입니다.

그 결과물이 이것이다.

'감정'으로 확인되는 모든 수치가 A로 점철된 최상급의 방어구!

물론 그렇다고 발테아르의 병사들이 입고 있는 갑옷도 같은 수준이라는 말은 아니다.

이만한 성능을 뽑아낸 건 그만큼 공을 들여 만들고, 그동안 모아 온 고급 재료를 아낌없이 쏟아붓고, 소재의 성능을 100% 끌어내는 '리치의 잿가루'까지 퍼부은 덕분이다.

태영이 직접!

제국 병사들이 태영의 갑옷을 알아보지 못한 이유가 그 때문이다.

그만큼 꼼꼼하게 마감해 놨으니까.

그러나 당연히 모든 갑옷에 그런 정성과 물량을 쏟아붓기는 무리.

"오오! 내, 내가 드래곤의 뼈로 장비품을 만들어 볼 수 있는 날이 올 줄은……."

"퍼스트 해머인 우리 아버지도 매번 술에 취하면 드래곤의 뼈를 한번 만져라도 보는 게 소원이라고 말할 정도인데 내가……."

"일생일대의 기회다!"

"하겠습니다! 아니, 하게 해 주십시오! 며칠 밤을 새워도 상관없습니다!"

발테아르의 병사들이 입고 있는 갑옷은 드래곤의 뼈를 보자마자 침을 질질 흘리며 매달린 드워프들이 만든 양산품이었다.

그러나 양산품이라도 일단 '드래곤 본 아머'!

종합적인 방어 성능이 B+로 웬만한 철제, 그것도 마법 갑옷 이상의 방어력이었다.

수인족의 뒤를 따라 나오는 베릴과 이 중위, 박 중사, 그외에 태영이 엄선한 20명의 한국인 군대도 마찬가지였다.

소총이나 수류탄 같은 현대 장비는 기본.

그 안쪽에는 조끼 형태로 제작된 '드래곤 본 아머'를 착용하고 있었다.

"저들은…… 뭐지? 저들도 병사인가?"

그러니 그 뒤로 '드래곤 본 아머'도 없이 상대적으로 가벼운 무장을 한 사람들이 나오면 그런 의문이 들 수도 있지만, 착각이었다.

발론과 데드릭을 따라 나오는 사람들은 뱀파이어와 워 울프. 5천에 달하는 일족 중에서 상위 20명으로 선발된 정예 뱀파이어와 워 울프였다.

그러나 일단 외견상으로는 평범한 인간과 다름없어 큰 주목을 받지는 못했다.

제국 병사들이 충격을 받은 건 그다음.

쿠쿠쿠쿠--!

"헉! 저, 저게 뭐야? 대체……."

"이계의 유적지에서 쇠로 만들어진 마차 같은 걸 본 적이 있기는 하지만…… 저건 그냥 거대한 쇳덩어리 그 자체잖아? 저런 쇳덩어리가 어떻게 저절로……."

"그냥 쇳덩어리가 아니야. 저건…… 맙소사! 아다만티움이다! 미스릴과 아다만티움이 섞여 있어! 저건 마차가 아니라 그냥 움직이는 성벽이라고!"

"게다가 저 앞에 길쭉하게 나와 있는 건…… 설마 포신인가? 마광포까지 달린 거야?"

정확히는 155mm 곡사포지만 어쨌든.

육중한 울림을 일으키며 나오는 전차는 그렉과 한지영이 아다만티움과 미스릴로 떡칠을 해 놓은 두 대의 K-9 자주포였다.

그리고 여기까지!

"수인족 돌격대 30! 현대화 부대 25! 특수 종족 부대 20! 총원 75명과 K-9 전차 2대, 레온 공왕님의 명령대로 집결 완료했습니다!"

"이게 발테아르……."

쩌렁쩌렁한 목소리에 섞여 흘러나오는 누군가의 말대로, 이게 태영이 이번 원정을 위해 준비한 발테아르의 전력이었다.

아쉽게도 다른 임무를 수행 중인 미스트는 연락이 닿아 참전하지 못했지만 어쨌든.

　─뭐랄까, 볼만하군. 이쪽도 그렇지만, 저쪽도.

제국 병사들만 두고 하는 말은 아니었다.

왈드 공작과 카자드도 꽤 복잡 미묘한 눈으로 바라보고 있었다.

그라디오스 후작과 에단, 드미트리도 마찬가지였다.

차이가 있다면 하나, 카자드나 왈드 공작과 달리 그들은 유난히 한 지점을 바라보고 있다는 점이 다를 뿐이었다.

"후작님, 저들은……."

"그래, 아무래도 저기에는 내가 아는 사람도 몇 명 섞여 있는 것 같군."

뱀파이어와 워 울프 일족 사이에서 가면을 쓴 채 두리번 대다가, 그라디오스 후작과 눈이 마주치자 얼른 고개를 돌리는 세 사람이었다.

"불안하십니까?"

"불안할 건 없지만, 방해가 되지 않겠습니까?"

"그럴 일은 없을 겁니다."

"그렇습니까?"

태영의 대답에 잠시 그들을 바라보던 후작이 고개를 끄덕였다.

"공왕님이 그리 말한다면 그렇겠죠. 맡긴 이상 참견할 생각은 없습니다. 저 녀석들도 이제 자신의 판단에 책임을 질만한 나이니까. 알아서 하겠죠."

－잘 부탁한다는 말이지?

그런 말이다.

어쨌든 이로써 원정군 집결 완료!

준비가 끝나자 왈드 공작도 마냥 복잡한 눈으로 바라보고 있지만은 않았다.

"카잘 왕국의 국왕에게는 양해를 구해 놨지만, 너무 오래 도시를 봉쇄하고 있으면 여러모로 좋지 않으니 서둘러 진행하도록 하죠."

왈드 공작을 따라 이동한 항구에는 이미 무장한 선박 6척이 대기하고 있었다.

이에 왈드 공작과 그라디오스 후작, 그리고 태영의 병력이 각각 2척의 선박에 타는 것으로 준비 완료!

"자, 출항한다! 목적지는 서방 대륙의 루이너 왕국이다!"

삐이이이-!

창공을 가로지르는 매를 따라 출항하는 배와 함께 원정이 시작되었다.

❧

마치 연구 시설처럼 복잡한 기계가 얽혀 있는 넓은 공간.

손에 든 서신을 읽어 내려가던 사내가 후드 아래로 드러난 입술을 추켜올리며 중얼거렸다.

"상황이 재미있게 돌아가는군."

"어디서 온 연락이기에 그러시오?"

"하나는 아르키네아 제국, 다른 하나는 카잘 왕국 쪽에서 온 서신이오. 일단 제국 쪽에서 온 연락에는 발탄 대수해의 기지가 발각되었다는 내용이 적혀 있군."

"아니, 어쩌다가……."

"자세한 내용은 나도 모르지만, 일단 발데란의 헌터 길드와 관련이 있는 모양이오. 타 지부에 있던 조직원이 찾아갔을 때 발데란의 헌터 길드가 붕괴한 기지를 발굴하는 작업을 진행하고 있었다고 하니까."

"헌터 길드라면 나도 들어 본 적이 있지. 꽤 방대한 조직이 아니오?"

중년 남자의 말에 후드의 사내가 피식 웃으며 고개를 저었다.

"정확히는 방대할 뿐이라고 해야겠지. 헌터는 말 그대로 헌터, 소속감 따위는 없소. 조직으로서는 별 볼 일 없다는 말이지. 그보다 신경 쓰이는 건 제국이오. 발탄 대수해의 기지가 붕괴하고 얼마 되지 않아서 그동안 물밑에서 신경전만 벌여 오던 제국의 두 실세, 왈드 공작과 그라디오스 후작의 병사들이 곳곳에서 충돌을 일으키고 있다더군. 하지만…… 위장이지."

"위장?"

"그렇소. 정작 그곳에는 양대 파벌의 주력이라고 할 만한 마법사나 기사는 보이지 않는다고 하오. 즉, 충돌을 가장해 빼돌리고 있다는 말이지."

"빼돌린다니, 어디로 말이오?"

"그와 관련된 내용이 카잘 왕국 쪽에서 온 서신이오. 며칠 전, 왈드 공작과 그라디오스 후작이 비밀리에 카잘 왕국의 항구도시 델트란에서 만난 정황이 포착됐다고 하오. 몰래 병사를 빼돌려 온 그 둘이 중앙 대륙 서부의 항구에서 비밀 회동. 여기까지만 들어도 감이 오지 않소?"

"그럼 혹시……."

"알아냈다는 말이겠지. 그들의 진짜 적이 누구인지, 또 어디에 있는지도."

후드의 사내가 씨익 웃으며 덧붙였다.

"이제야."

"그건 웃을 일은 아닌 것 같은데? 놈들이 우리 기지를 모두 파악했다면……."

"굳이 그런 짓을 할 이유도 없었겠지."

후드의 사내가 고개를 저었다.

"애초에 각 기지에 그런 정보도 없고, 설사 다른 방법으로도 놈들이 그런 정보를 얻었다면 제국 내의 은거지부터 습격했겠지. 그런 놈들이 이쪽 대륙의 근거지까지 알 리는 없소.

그럼 놈들이 할 수 있는 방법은 하나, 이쪽 대륙의 왕국과 공조해 우리를 추적하는 것이겠지. 실제로 놈들이 탄 배도 루이너 왕국 방향으로 이동하고 있는 모양이고."

"루이너 왕국?"

살짝 고개를 갸웃대던 중년인의 얼굴에도 웃음이 번지기 시작했다.

"그래, 그건 확실히 웃을 만한 일이군. 아직도 여기에 그딴 허접한 나라가 남아 있으리라고 생각한다니 말이야."

"이해 못 할 일은 아니지. 대격변 이후 육로는 물론, 바다로도 중앙 대륙의 배는 한 척도 이 땅에 도달하지 못했으니까."

"놈들도 그럴 거요, 내가 허락하지 않을 테니까."

"부탁해도 되겠소?"

"물론, 제국으로 넘어간 뒤에 연락이 끊긴 머저리 같은 놈들의 실수는 이번 일로 벌충하도록 하지. 놈들이 루이너 왕국으로 오고 있다면 루트는 뻔하니까."

중년인이 히죽 웃으며 말했다.

그리고 그 얼굴에 짙은 살의가 더해졌다.

"이전 세계에서도, 또 이 세계에서도 세계를 지배할 자격이 있는 민족은 하나뿐이오. 그 민족의 수장으로서 약속하지. 놈들이 이곳의 땅을 밟는 일은 없을 것이오."

중년인이 몸을 돌리며 소리쳤다.

"탕 제독에게 연락해라!"

🌀

"순풍이군."

태영이 넓게 펼쳐진 수평선을 바라보며 중얼거렸다.

그리고 그 말대로, 태영이 탄 배와 그 뒤를 따르듯 일렬로 늘어선 범선은 한껏 돛을 부풀리며 빠른 속도로 대해를 가로지르고 있었다.

–그러게. 바다도 비교적 잠잠한 것 같고, 바람도 적당히 잘 불어주고. 뭐 다른 대륙으로 간다기에 뭔가 보통 일이 아니라고 생각했는데, 막상 겪고 보니 별일도 아니구면.

그러나 그렇게 말할 일은 아니었다.

그게 별일이 아니었다면 이전까지 활발하게 진행되던 루이너 왕국과 카잘 왕국의 교류가 끊어질 일도 없었을 테니까.

당연히 그만큼 쉬운 일이 아니게 됐기 때문이다.

'대격변으로 변한 건 육지만이 아니다. 그래도 델트란의 선원들이 꾸준히 해로를 탐색해 왔다고 하니 방향을 잃고 헤맬 일은 없겠지만, 별일 없이 도착하기를 바랄 수는 없겠지. 분명 쉽지 않은 여정이 될 것이다.'

태영의 예상은 정확히 맞아떨어졌다.

그것도 델트란에서 출항한 지 채 1시간도 지나지 않아서 말이다.

그리고 이건, 중앙 대륙에서 손꼽히는 군사 대국인 제국과 노월 왕국의 정예 병사들도 피해 갈 수 없는 문제였다.

아니, 되레 그래서 생긴 문제라고 할 수 있었다.

제국과 노월 왕국은 모두 남부의 극히 일부 지방을 제외하면 모두 내륙으로 이루어진 나라.

바다를 본 적도 없는 병사들이 더 많았다.

그런데 갑자기 배를 타고 거대한 너울이 일렁이는 외해까지 나왔으니 당연히…….

"우웩-!"

이런 참사가 벌어질 수밖에 없었다.

그리고…….

"제국의 기사라는 자들이 이 무슨 추태냐? 더구나 이번 원정에는 제국의 기사만 참여한 게 아니다! 노월 왕국과 신생국 발테아르의 병사들도 함께하고 있다! 그런 그들 앞에서 고작 이 정도도 버티지 못하고 헤매는 모습을 보이다니, 부끄럽지도 않은가?"

"하, 하지만 이건 도저히…… 우웩-!"

"멍청한 것들, 대체 마력은 뒀다가 뭘 하려는 거냐? 지금까지 겪어 보지 못한 일이지만, 이것도 따지고 보면 정신 계열 마법과 다를 게 없어! 마력으로 의식을 보호하면…… 욱! 이따위 울렁증은 얼마든지…… 욱! 비, 비켜! 우에에엑-!"

난간에 붙은 부하들을 밀어내며 쏟아내는 기사가 몸소 증
명하듯이 마력으로 어떻게 할 수 있는 일도 아니었다.

"우웩! 헉헉헉! 내, 내장이 몽땅 쏟아져 나오는 기분……
우웩!"

"그, 그만해! 옆에서 그러면…… 우웩!"

"주, 죽을 것 같아!"

-젠장, 보는 나는 더러워 죽겠다.

그냥 그렇게 말하고 넘어갈 일도 아니었다.

난간에 다닥다닥 붙어서 뿜어내는 병사들의 표정이 말해
주듯 뱃멀미는 지옥처럼 고통스러운 일이고, 이는 병사들의
전력을 확실히 갉아먹을 테니까.

그러나 말했듯이 태영은 이미 이번 원정이 쉽지 않은 여정
이 되리라고 예상했고, 그 예상에는 이런 상황도 포함되어
있었다.

"왜들 저래?"

그때, 태영과 같은 배에 타고 있던 발테아르의 병사들이
남 일처럼 그들을 바라보고 있던 이유가 그 때문이었다.

혜안을 가진 상관 덕에 이미 조치가 끝난 상태라서다.

삐이이이-!

그리고 청영 편에 다른 배에도 배포!

"오오! 가, 가라앉았어! 가라앉고 있다고!"

"시끄러워, 인마! 선원들이 째려보는 거 안 보여? 배에서

가라앉는다는 말은 금지어라고! 하지만…… 놀랍기는 하군. 그렇게나 울렁대던 속이 이렇게나 빨리 가라…… 아니, 편해지다니. 레온 공왕님이 왕립 치유원도 포기했던 질리언 국왕님의 다리를 치료하고, 왕성 습격 사건 때 몸 곳곳이 검게 물들어 마력을 사용하지 못하게 된 기사들도 치료해 주셨다는 말은 들었지만, 실제로 경험해 보니……."

"검술 실력만으로도 이미 인간의 수준을 넘어섰는데 이처럼 굉장한 약을 만들 정도의 연금술 지식까지 가지고 있다니, 할 말이 없지."

태영의 넉넉한 씀씀이에 지옥에서 벗어난 기사들이 새삼 감탄하는 얼굴로 웅성거렸지만, 사실 연금술 지식과는 아무 상관도 없었다.

[귀밑에 착!], [마시면 멀미 싹!]

그들이 붙이고, 마신 건 이런 거니까.

그러나 미리 앞일을 내다보고 그런 걸 준비해 오는 것도 실력이라면 실력!

"레온 공왕님 덕분에 또 한 번 살았습니다!"

"공왕님은 제 평생의 은인입니다!"

이런 말을 들을 만한 자격은 있다는 말이다.

그리고 그건 선원들도 마찬가지였다.

물론 그게 선원들도 뱃멀미에 시달리고 있었다는 말은 아니다.

그들이 서방 대륙으로 가지 못하고 있던 이유도 당연히 그런 뱃멀미 때문이 아니다.

몇 가지 다른 문제가 있어서였고…….

"나, 나왔다!"

그중 하나가 바로 이것!

망루 위에서 소리치는 선원이 가리키는 방향에서 파도를 가르며 돌진해 오는 몬스터 떼였다.

"서펀트입니다! 좌측에서 다수의 서펀트가 접근해 오고 있습니다! 아, 아니, 전방과 우측에서도…… 수백 마리의 서펀트가 선단을 포위하며 몰려들고 있습니다!"

"뭐, 뭐라고? 이런 빌어먹을! 대격변으로 해양 몬스터의 서식지가 달라졌다는 말은 들었지만, 이렇게 많은 서펀트가 한곳에 모여 있을 줄은…….

"서, 선장님, 선단 좌측에…….

"나도 보고 있어! 일일이 떠들지 않아도 돼! 여기서 몇 마리 더 늘어난다고 달라질 것도 없잖아!"

"그, 그게 아니라…….

펑! 촤촤촤촤!

그리고 그 앞에서 물기둥과 함께 솟아 나오는 거대한 머리!

"저, 저건 설마…… 레비아탄……."

마치 해일처럼 거대한 물보라를 일으키며 솟아 나온 머리는 레비아탄.

수십 미터에 달하는 육중한 몸으로 대형 선박조차 일격에 침몰시키는, 선원들에게는 천재지변이나 다름없는 거대 해양 몬스터였다.

"끄, 끝장이다!"

그리고 창백한 얼굴로 떠들대는 선장의 말처럼 그게 끝이었다.

크와아아아─!

선박에 장착된 소형 마광포 따위로는 포효를 터뜨리는 놈의 비늘조차 뚫기 힘들지만.

"6시 방향! 거리 370미터!"

─방향 조정 완료! 장전도 끝났습니다!

태영의 통신기를 통해 전달하는 지시에 따라 갑판 위에서 육중한 기계음을 일으키며 회전하는 K-9 자주포의 주포는 그 정도 위력이 아니니까.

이미 현대의 기술로 극한까지 올린 파괴력이 담긴 155mm 탄두에 그렉과 한지영이 달아 둔 무수한 보조 장치로 이계의 마력도 극한까지 추가되도록 개조!

"배의 흔들림에 주의해라. 초탄이 빗나가 경계한 놈이 바닷속으로 숨으면 대처가 어려워지는 만큼, 신중하게 포격하라."

　─걱정하지 않으셔도 됩니다! 저희도 짬밥만 먹으며 군대 생활한 게
아닙니다!

　"좋아, 그럼 맡기지."

　─네! 배의 흔들림에 타이밍을 맞춘다! 3, 2, 1, 발사!

　콰쾅─!

　돌진해 오던 놈의 대가리가 박살 나는 건 너무나 당연한
결말이라는 말이다.

　그리고 사방에서 몰려드는 서펀트도 마찬가지.

　"뭐냐, 저건?"

　"평범한 차량이 아니라는 건 알고 있었지만, 저런 거대한
몬스터의 머리를 한 방에……."

　"방금 봤어? 저 자주포라는 게 뿜어낸 쇳덩어리가 놈의 머
리에 박힐 때, 그 쇳덩어리가 폭발하는 거."

　"그래, 엄청난 파괴력이더군. 그런 위력이라면 성벽도……."

　"듣자니 이계의 병기라고 하던데…… 이계의 인간들은 모
두 약하다고만 생각해 왔는데, 이계의 병사들은 저런 것과
싸운다는 건가?"

　난간에 다닥다닥 붙어 그 장면을 관람한 기사들은 하나같
이 충격에 휩싸인 얼굴이었지만, 마냥 그러고 있지만은 않
았다.

　"적당히들 해! 네놈들은 그딴 리액션이나 하려고 따라온

거냐?"

당연히 그런 건 아니니까.

지금 배에 타고 있는 병사들은 모두 최소 기사, 검기 정도는 기본이었다.

그리고 결정적으로 그들을 번번이 놀라게 만드는 현대의 기술과 태영의 혜안 덕분에 이제 뱃멀미도 멈춘 상황!

콰콰콰콰—!

그리하여 사방으로 기관총처럼 뿜어져 날아가는 검기! 검기! 검기!

선단으로 몰려들던 수백 마리의 서펀트를 순식간에 바다에 떠다니는 어육으로 바꾸어 놓았다.

바닷속으로 숨어도 아무런 의미가 없었다.

퍼펑! 퍼펑! 콰지지지—!

승객 중에는 이런, 배 주위로 낙뢰를 내리꽂는 무지막지한 마법사도 있었기 때문이다.

─번개 마법인가? 그것도 저 정도의 위력이라면……

"한 명밖에 없지."

태영으로서는 마냥 편한 기분으로 지켜볼 수 없는 장면이었지만 어쨌든, 그건 선장과 선원들도 마찬가지였다.

"그 많던 서펀트가……."

"그래, 그러니까 멍하니 보고만 있지 말라고, 이 자식들아! 그 많은 서펀트가 몽땅 어육이 돼 버렸으니까! 인근 해역의 해양 몬스터가 몽땅 몰려올 게 뻔하잖아! 저 기사나 방금 레비아탄의 대가리를 한 방에 날려 버린 쇳덩이에 탄 사람들은 어떨지 몰라도, 난 다시 그런 놈을 보고 싶은 생각은 없어! 배보다 내 심장이 먼저 침몰해 버릴 거라고!"

그들도 짬밥만 먹은 게 아니니까.

"서둘러 이 해역을 벗어난다!"

이에 분주하게 움직여 어묵탕으로 변해 버린 해역에서 재빨리 도망쳤다.

물론 그런다고 몬스터를 완전히 피할 수는 없었다.

뭐가 됐든 선단은 여전히 바다를 가로질러 가야 하고, 바다에는 벽이 없으니까.

게다가 대격변으로 바닷속 지형이 변한 탓인지 레비아탄 같은 심해 몬스터까지 수면 위로 올라와 태영 일행은 하루에도 몇 번이나 몬스터의 습격을 받았다.

콰쾅―!

그러나 앞서 증명한 바와 같이 나오는 족족 박살!

"아, 또 나왔네요."

"그래? 뭐 할 수 없지. 승객분들에게 알리고, 방향을 바꿀 준비를 해라. 젠장, 하필이면 점심 먹을 때 다 돼서 나타나는 거야?"

"그러게나 말입니다."

곧 선장과 선원들에게도 대수로운 일이 아니게 되었다.

그리고 실제로, 그 뒤로 일주일 동안 항해가 이어진 현재
까지 이렇다 할 문제는 없었다.

　그러나 정작 태영은 그들처럼 느긋해지지는 못했다.

　"아직 마음을 놓을 때가 아니야."

　– 아니면?

　"그라디오스 후작님에게 들었잖아. 대격변 이후에 카잘
왕국에서 해로 탐색을 위해서 보냈던 20여 척의 조사 선단이
어떻게 됐는지 말이야."

　그 대부분이 바로 태영 일행의 목적지인 서방 대륙의 앞
바다에서 격침됐기 때문이다.

　그라디오스 후작은 정체불명의 선단이라고 말했지만, 어
느 나라 소속인지 너무나 뻔한 군함에 말이다.

　그리고 태영은 그게 우연히 마주쳐 우연히 일어난 일이라
고 생각할 정도로 순진하지 않았다.

　"물론 그렇다고 100% 노리고 한 짓이라고 단언할 수는
없지. '그' 나라는 원래 그런 나라니까. 하지만 세컨드 보이
스와 손잡고 서방 대륙을 침탈하고 있다면 중앙 대륙에서 넘
어오는 배를 공격한 것도 우연이 아닐 확률이 높아."

　– 그럼…….

　"그래, 이제 서방 대륙까지는 불과 몇 시간 거리다. 하지
만 내 예상이 맞는다면…….."

　곧 무슨 일이 벌어질지도 예상할 수 있었다.

그리고 태영의 말대로 몇 시간 뒤.

"육지다! 서방 대륙입니다!"

─응? 정말 육지잖아? 나 참, 뭐야? 당장이라도 뭔 일이 생길 것처럼 말하더니, 아무 일도 일어나지 않았잖아.

"그래, 아무 일도 일어나지 않겠지."

태영이 씨익 웃으며 대답했다.

"말했잖아. 무슨 일이 일어날지 예상할 수 있었다고 말이야. 나는 물론, 그라디오스 후작과 왈드 공작도."

원정군의 목표 (1)

선단이 육지에 닿은 직후.

태영은 신속한 상륙 작업을 지시하는 한편, 각 부대의 지휘관을 소집했다.

왈드 공작 측에서는 카자드와 울란, 그라디오스 측에서는 드미트리와 에단, 그리고 노월 왕국에서 참가한 레이븐과 흑철 기사단장 자레드와 발테아르의 부대장들이다.

그리고…….

"일단 앞으로의 일을 논의하기에 앞서 경들이 잘못 알고 있는 것부터 정정하겠다. 아마 대부분 우리의 목적지를 루이너 왕국의 동부 항구도시 중 하나로 알고 있었겠지만, 이곳은 루이너 왕국이 아니다."

태영의 말에 어리둥절한 표정이 되었다.

"루이너 왕국이 아니라고요? 그럼 여기가 서방 대륙이 아니라는 말입니까?"

"서방 대륙이기도 하고, 아니기도 하지."

"네?"

"이곳은 루이너 왕국에서 남쪽으로 100여 킬로미터 이상 떨어진 지역. 과거의 서방 대륙에는 존재하지 않았던, 대격변으로 이 세계와 겹쳐진 대륙으로 이계에서는 중국이라고 불리는 나라의 남부에 해당하는 지역이다."

"아니, 왜……."

그리고 이어지는 말에 한층 더 어리둥절한 표정이 되었다.

그때 카자드가 피식 웃으며 고개를 저었다.

"뻔한 걸 묻는군. 여기가 어디인지 알고, 그럼에도 상륙하고 있다면 답은 뻔하지 않나? 처음부터 여기가 목적지였다는 말이지."

"알고 있었나?"

태영이 돌아보자 카자드가 살짝 고개를 숙이며 말을 이었다.

"공작님에게 언질은 받았습니다. 목적지가 바뀔지도 모른다고 말입니다. 하지만 구체적으로 어디로 바뀔지, 또 거기서 뭘 하게 될지는 듣지 못했습니다."

당연히 그럴 거다.

태영은 그라디오스 후작과 왈드 공작에게도 거기까지 말해 주지는 않았으니까.

－응? 뭔 소리야? 저 녀석이나 주인은 어떨지 모르겠지만, 난 하나도 이해가 안 되는데? 그럼 대체 루이너 왕국을 지원하러 간다는 말은 어디서 나온 거야?

그건 그 둘의 머리에서 나온 것이다.

태영이 델트란에서 루이너 왕국의 지원 얘기를 들었을 때 잠시 머뭇거린 이유가 그 때문이다.

그런 말은 태영도 그때 처음 들었으니까.

그러나 곧 이해했다.

현재 제국 내에는 곳곳에 세컨드 보이스의 비밀 아지트가 숨겨져 있지만, 어디인지는 모른다.

이는 곧 어디서 어떤 방식으로 정보가 새어 나갈지도 모른다는 의미.

'확실한 건 하나다. 만약 사전에 정보가 새어 나가고, 또 만약 놈들이 그 정보를 우리보다 빨리 서방 대륙으로 전달할 방법이 있다면 이번 원정은 100% 시작도 해 보기 전에 실패하게 된다는 것이다.'

카잘 왕국의 조사 선단을 괴멸시킨 배가 현대의 군함이라면 설사 어떤 병사들이 타고 있든 이계의 범선으로는 대적할 방법이 없으니 말이다.

'그런 위험을 감수할 수는 없지.'

태영은 그렇게 생각했고, 그라디오스 후작과 왈드 공작도 그렇게 생각한 모양이다.

느닷없이 루이너 왕국 얘기가 나온 이유가 그 때문이다.

100% 보안을 장담할 수 없으니, 차라리 잘못된 정보를 흘리는 게 더 효과적이라고 판단한 것이다.

그리고 그 결과는 바로 확인할 수 있었다.

삐이이이—!

조금 전 돌아온 청영을 통해서.

태영은 이미 어제 청영을 루이너 왕국의 항구도시 쪽으로 보내 놨었고, 돌아오는 청영이 전해 주는 이미지로 확인할 수 있었다.

별 다섯 개가 박힌 깃발을 펄럭대며 그 주변을 돌아다니는 현대의 초계함을 말이다.

뭐 '그' 나라의 수준을 생각하면 그 초계함도 깃발에 박힌 것처럼 별 다섯 개짜리는 아닐 확률이 높지만 어쨌든.

'청영이 보고 온 바에 따르면 최소 30여 척…… 용케 저만 한 숫자의 군함이 살아남았군. 아마 그 배후에 세컨드 보이스가 있어서겠지. 현대의 최대 민폐국과 이계의 최대 민폐 조직의 결합이라…….'

최악의 조합이라고 할 수 있었다.

그리고 지금 이 순간에도 '그' 나라와 세컨드 보이스는 끊임없이 현대와 이계의 지식을 주고받으며 한층 더 위험한 민폐 세력으로 커 가고 있을 터!

　태영은 그런 상황에서 이름조차 생소한 루이너 왕국이나 지원할 생각이 없었다.

　애초에 태영이 이번 원정을 계획한 건 뱀파이어가 된 덕분에 누구보다 적극적으로 협조하게 된 하오룽에게 들은 말이 있어서였다.

　"저는 본래 심천의 연구소에서 바이러스를 연구하던 학자였습니다."

　"심천?"

　"대륙 남부의 상강보다 조금 위쪽에 있는 도시입니다. 아, 주인님에게는 상강보다 홍콩이라는 이름이 더 익숙하겠군요. 대격변이 일어나고 얼마 안 돼서 찾아온 군인들이 저를 끌고 간 곳도 바로 그 홍콩이었습니다. 눈이 가려진 상태로 이동했지만, 도착해 보고 바로 알았죠. 예전에 제가 연구하던 바이러스에 관련된 연구원들이 모두 수감된 적이 있었는데, 군인들이 저를 끌고 간 곳이 바로 그때 제가 수감되었던 교도소였습니다."

　"그럼 그 교도소가……."

　"저도 자세히는 모릅니다. 저는 그곳에서 이틀 정도 사상 교육을 받고 세븐이라는 자와 함께 그 동굴로 이동되었습니다."

"사상 교육?"

"뭐 그곳에 갇혀 있던 피험자…… 사람이나 몬스터처럼 되고 싶지 않으면 얌전히 시키는 대로 하라는 말이었죠. 실제로 보여 주기도 했고 말입니다. 저처럼 군인들에게 끌려왔던 연구원 중 한 명이 실험대에 오르는 장면을 말입니다. 저도 아는 유명한 북경 대학의 교수였는데, 순식간에 알 수 없는 물체로 변하더군요. 어쨌든, 당시에도 그곳에는 제가 있던 동굴과는 비교도 안 될 정도로 많은 연구 시설로 채워져 있었습니다. 군인과 세븐처럼 후드를 쓴 사람들도 꽤 많았고요. 제가 아는 건 거기까지입니다."

태영, 아니 원정군의 진짜 목적지가 바로 그곳이었다.

'그만한 연구 시설에, 북경에 있던 사람까지 끌려왔다면 그곳이 놈들의 본거지는 아니라도 핵심 근거지 중 하나인 것만은 분명하다! 게다가 이미 놈들이 장악하다시피 한 지역에 있는 근거지라면…….'

얻을 수 있는 게 꽤 많을 테니까.

목적지를 철저하게 비밀로 유지해 온 이유가 그 때문이다.

그곳에 놈들에게 중요한 곳이면 중요한 곳일수록 사전에 대략적인 방향만 알려져도 놈들은 바로 태영의 진짜 목적지를 알게 될 것이다.

태영 일행이 상륙한 곳에서 하오룽이 말한 교도소는 불과

15킬로미터 거리니까.

"15킬로미터……."

"두어 시간이면 닿을 거리군요."

"그렇겠지."

고개를 끄덕인 태영이 부대장들을 훑어보며 말을 이었다.

"그라디오스 후작님과 왈드 공작님의 교란 작전이 제대로 먹혀들어 현재 놈들의 전력은 루이너 왕국의 동부 해안에 집중되어 있다. 하지만 그게 여유가 있다는 말은 아니다. 놈들이 정찰 범위를 넓히면 우리가 이곳에 상륙했다는 건 바로 발각될 것이다. 마음의 준비를 할 시간 따위는 없다는 말이지."

"그런 건 필요 없습니다."

태영의 말에 자레드가 눈을 빛내며 대답했다.

"우리가 해야 할 일만 알면 됩니다."

"할 일은 간단하다. 놈들이 알아차리기 전에 그곳을 함락, 필요한 정보를 확보하고 퇴각, 무사히 돌아가는 것이다. 한 가지 문제가 있다면 아직 그곳에 얼마나 되는 적이 있는지 모른다는 것 정도지."

"사소한 문제군요."

자레드가 피식 웃으며 고개를 저었다.

"저희 흑철 기사단은 지금까지 그런 걸 신경 써 본 적이 없습니다. 저희가 전장에 서는 이유는 오직 하나! 따르는 주인의 명을 완수하는 것이고, 지금 저희의 주인은 공왕님입니다. 그게 뭐든, 목숨을 바쳐 수행하겠습니다!"

"주인님의 명대로!"

한쪽 무릎을 꿇으며 대답하는 자레드를 따라 라르고, 하울, 일라, 다란, 알바인 등 발테아르의 부대장들도 일제히 무릎을 꿇으며 소리쳤다.

단 두 명, 카자드는 그들을 흥미로운 눈으로 훑어보고, 그 옆의 울란은 쓸데없이 검은 기운을 질질 흘리고 있었지만.

"그런 눈으로 보지 마십시오. 사람마다 각자의 입장이라는 게 있는 법이니까요. 그래도 맡은 일은 확실히 할 테니 그 부분만큼은 걱정하지 않으셔도 됩니다."

태영도 딱히 따질 생각은 없었다.

아니, 그럴 시간도 아까웠다.

"좋아, 진군한다!"

이에 K-9 전차를 마지막으로 상륙을 끝낸 240여 원정군을 이끌고 진군 개시!

멀리 보이는 폐허의 외곽을 따라 이동할 때였다.

후위에서 말을 타고 따라오던 자레드가 몇몇 기사와 함께 태영에게 다가왔다.

"공왕님, 여기는 적진이나 다름없습니다. 더구나 근방에 적의 주요 거점이 있다면 나름의 경계 태세도 갖춰져 있을 터. 진로를 알려 주시면 저희가 앞서가며 정찰하겠습니다."

"그럴 필요는 없다."

태영이 피식 웃으며 머리 위를 가리켰다.

"정찰이 필요 없다는 말이 아니야. 이미 하고 있다는 말이다."

삐이이이─!

그 위에서는 진군을 시작하기 전부터 청영이 넓은 범위를 맴돌고 있었다.

게다가 이번에는 청영만이 아니었다.

다른 병사들의 눈에는 보이지 않겠지만, 그 아래의 숲은 물론, 멀리 보이는 폐허 근처에도 알바인과 이번 원정에 참여한 무잠족의 환수, 뱀이나 다람쥐 따위가 부지런히 뛰어다니고 있었다.

그리고 또, 다른 병사들은 봐도 모르겠지만, 대한민국 육군, 아니 이제 발테아르의 육군이 된 박 중사 휘하의 병사들이 조종하는 드론도 부지런히 날아다니고 있었다.

삐이이이─!

"공왕님, 발견했습니다!"

"위치는?"

"저 앞에 보이는 산 너머, 산등성이를 따라 세 지점에 각각 약 10여 명의 사람이 모여 있습니다. 그리고 저쪽, 방금 공왕님의 매가 울음을 터뜨린 지역을 확인해 보니 거기서 약 1킬로미터 떨어진 전선 탑 같은 구조물 위에 3명이 더 있습니다. 일단 확인해 보십시오. 어이, 김 일병, 각 지점에 드론 배치하고, 모니터에 연결해!"

"이미 배치했습니다! 여깁니다!"

이런 게 가능한 이유가 그 덕분이다.

박 중위의 명령에 잽싸게 뛰어온 김 일병의 들이미는 전선이 주렁주렁 달린 모니터에 떠오르는 붉은 점들.

"공왕님, 이건……."

"방금 경이 지적했던 적 경계병들이겠지."

좀 더 정확히 말하면 열화상 모드로 전환한 드론 부대의 카메라에 딱 걸려 버린 적 경계병들이었다.

덕분에 태영과 주위의 다양한 사람들도 산 너머의 적을 또렷하게 볼 수 있었고, 그 숫자만큼 다양한 반응을 보여 주었지만 잠깐이었다.

이미 현대의 군사기술이 이계보다 한참 앞서 있다는 건 K-9 자주포가 레비아탄의 대가리를 펑펑 날려 버릴 때 확인했고, 그들도 나름 베테랑 전사들이니까.

"뭐랄까…… 아니, 따지고 들어가면 끝도 없을 테니 그만두죠. 어쨌든 이 기계로 보이는 지형으로는 목적지는 놈들이 잠복해 있는 산에서 불과 수 킬로미터, 그 사이는 평야니 어디로 돌아가든 경계병의 눈을 피하기 힘들어 보이는군요."

"적의 거점을 공격하기 위해서라도 미리 점령해 둬야 하는 지점이지. 물론 놈들이 본거지에 연락하기 전에."

"놈들도 그…… 통신기라는 걸 사용할까요?"

"아마도."

"그럼 은밀 기동이 가능한 전력을 투입해 네 곳을 동시에 기습해 속전속결로 해치우는 수밖에 없겠군요. 저희만으로도 충분하다고 말씀드리고 싶지만, 아직 적의 수준도 파악되지 않은 상태에서 함부로 말할 일은 아니겠군요."

"그래, 흑철 기사단의 실력은 믿지만, 무리할 이유는 없지. 흑철 기사단은 한 곳만 맡아 주면 된다. 나머지는 우리 쪽에서 처리하지. 제국 쪽보다는 우리 쪽에 이런 임무를 처리하기에 어울리는 병사가 많으니까."

이의를 제기하는 사람은 없었다.

태영이 돌아보는 수인족 전사들이 그런 임무에 적합하다는 건 누구라도 알 수 있으니까.

묵묵히 모니터를 들여다보던 드미트리가 의문을 제기한 건 다른 쪽이었다.

"저도 은밀 기동에서는 저희보다 흑철 기사단과 수인족 전사들이 뛰어나다는 데는 이견이 없습니다. 하지만 저쪽, 탑 같은 구조물 위에 있는 적은 어떻게 처리하실 생각입니까? 위치상으로 볼 때 놈들이 있는 한 다른 곳으로 접근하기도 쉽지 않을 겁니다. 놈들에게 접근하는 것도 마찬가지고요."

"물론 놈들부터 처치해야겠지. 어려운 일도 아니고 말이야. 저렇게 다 들여다보이는 장소에서 대가리를 내밀고 있으면 여기서도 충분히 저격할 수 있으니까.”

“네? 1킬로미터도 넘는 거리를 저격이라니…… 그런 건 레이븐 경 수준의 궁수라도…….”

퉁! 퉁! 퉁!

뒤에서 둔탁한 소리가 연이어 울린 건 그때였다.

철컥!

“전선 탑 위의 5명, 처리 끝났습니다!”

소음기가 달린 저격총을 들어 올리며 말하는 사람은 이 중위와 UDT 대원들이었고, 그 결과는 모니터로 확인할 수 있었다.

덜컥대며 흔들리다가 차곡차곡 쌓이듯이 쓰러지는 5개의 붉은 점으로.

“이, 이건…….”

“드미트리 경, 공왕님이 하시는 일은 그저 그런가 보다 하고 넘어가십시오. 제가 해 보니 한결 편해지더군요.”

자레드가 뻐끔대는 드미트리의 어깨를 툭툭 치며 지나갔다.

“흑철 기사단, 첫 출격이다!”

그리고 곧 단원들과 함께 숲으로 들어갔고, 그때 라르고와 일라, 하울과 다란을 따라 둘로 나뉜 수인족 전사들은 이미 숲을 가로지르고 있었다.

흑철 기사단과 수인족은 곧 시야에서 사라졌다.

그리고 채 몇 분도 지나지 않아 적 초소 주위를 비추는 모니터에 떠올랐다.

태영 일행이 모여 있는 곳에서 모니터에 비치는 적 초소까지는 약 1킬로미터, 그것도 산길을 몇 분 만에 이동했다는 말이다.

그러나 그 정도는 원정군에 참여한 병사라면 대부분 할 수 있는 일이다.

"흠……."

"수인족은 그렇다 쳐도 중갑을 입은 흑철 기사단까지……."

모니터를 지켜보는 부대장들이 감탄사를 흘리는 것도 그 속도 때문이 아니었다.

그런 속도로 움직임에도 유지되는 은밀함이다.

흑철 기사단과 수인족이 각각의 초소를 포위하듯 둘러싸고 거리를 좁혀 가고 있음에도 상대 중 눈치챈 듯한 반응을 보이는 놈은 없었다.

그리고 그 거리가 5~6미터까지 좁아졌을 때.

서너 명이 뛰어 들어가자 곧바로 같은 숫자의 적이 쓰러졌다.

그리고 나머지 놈들이 놀란 반응을 보이며 그들을 돌아보는 것과 동시에 초소를 포위한 나머지 대원들도 일제히 돌입!

"흑철 기사단이 1 지역을 클리어했습니다. 호인족과 묘인족이 2 지역 클리어, 야랑족과 견인족 3 지역 클리어. 작전 지역을 벗어난 적은 보이지 않습니다."

차례대로 빠르게 정리되었다.

"현재로서는 아직 본거지와의 통신 여부까지는 확인할 수 없지만······."

그쪽은 태영이 청영으로 확인하는 중이다.

"그쪽도 문제는 없는 모양이군."

그러나 상황이 종료되고 몇 분이 지날 때까지 별다른 움직임은 포착되지 않았다.

"해당 지역까지 이동한다."

이에 다시 원정군을 이끌고 진군.

적 초소가 자리 잡은 산등성이로 올라가자 그 아래로 넓게 펼쳐진 평야가 보였다.

그리고 그 중심 지역을 통째로 감싸듯이 둘러쳐진 성벽처럼 높은 벽과 그 안쪽에 모여 있는 크고 작은 건물들.

"저기가 바로 그 교도소군요."

"전 교도소지. 지금은 현대의 민폐국과 이계의 민폐 조직이 남에게 보여 주기 힘든 수상한 짓을 하는 곳일 테고 말이야."

"현대의 민폐국과 이계의 민폐 조직이라······ 저기서 무슨 일이 벌어지고 있을지 상상도 되지 않는군요."

"그걸 알아보기 위해 여기까지 온 거지."

"그렇죠."

옆에서 쌍안경으로 건물을 살피던 이 중위가 살짝 고개를 끄덕였다.

대강 건물을 훑어본 태영은 각자 맡은 초소를 정리하고 돌아온 흑철 기사단과 수인족, 카자드, 드미트리 등을 소집했다.

"상황을 보고해라."

"네."

태영의 말에 이 중위가 앞으로 나서며 설명했다.

"적 기지는 모두 보신 것처럼 상당한 규모입니다. 일반적으로 저만한 시설을 유지하려면 1천 이상의 병력이 필요합니다. 하지만 그건 방금 말한 것처럼 일반적일 때고, 저기가 적의 주요 거점 중 하나라면 최소 그 두 배, 2천 이상의 병력이 주둔하고 있을 확률이 높습니다."

반면 현재 태영 일행의 병력은 약 240.

열 배 가까이 차이 나는 숫자였지만, 부대장들은 그저 덤덤한 얼굴로 끄덕일 뿐이었다.

"딱히 새삼스러운 숫자도 아니군."

"십여 명으로 수천의 적 속에 고립된 채 일주일을 버티던 때를 생각하면 그 정도는 열세라고 할 수도 없지."

그들은 괜히 정예로 불리는 게 아니다.

그만한 실력을 인정받아 항상 가장 위험한 전장에 투입되었고, 또 살아남았기에 정예라고 불릴 수 있는 것이다.

적어도 '그' 나라가 자랑하는 머릿수 따위에 움찔할 병사들은 아니라는 말이다.

"걱정되는 부분은 두 가지입니다. 하나는 2천이라는 숫자도 가정일 뿐 실제 숫자나 배치 상황, 무장도를 모른다는 것이고, 다른 하나는 거점 그 자체. 벽이나 건물 요소요소에 배치되어 있는 중화기입니다."

그러나 이쪽까지 범위를 넓히면 얘기가 달라진다.

"중화기라면……."

"일단 벽이나 건물 위에 30기 이상의 기관포가 배치되어 있는 걸 확인했습니다. 기관포는 20mm 구경 이상의 화기로 연사 속도는 저희가 사용하는 소총의 두 배 이상, 위력은 서너 배 이상이라고 생각하시면 됩니다. 또한, 10여 대의 전차도 확인했습니다."

"전차라는 건 그 K-9 라는 것과 같은 병기를 말하는 겁니까?"

"전혀 다른 거다."

에단의 질문에 태영이 고개를 저으며 끼어들었다.

"그렇지?"

그리고 다시 시선을 돌리며 묻자 이 중위가 피식 웃으며 대답했다.

"네, 비슷한 건 겉모양뿐이고, 내용물은 전혀 다르죠. 현대에서도 그랬지만, 지금은 더 말입니다."

"그럼 정리하지."

태영이 고개를 끄덕이며 말했다.

"모두 알다시피 우리에게는 시간이 많지 않다. 이곳에 배치됐던 병사들이 당했다는 것도 곧 알려질 테니. 꼼꼼히 적진을 살피고 작전을 세울 여유는 없다. 사실 의미도 없지. 여기서부터 적의 거점까지는 이렇다 할 장애물도 없는 평야니 돌격 외에는 할 수 있는 게 없고, 내부로 진입하면 난전이 될 테니까. 이 중위."

"네."

태영의 눈짓을 받은 이 중위가 각 부대장에게 통신기를 나눠 주었다.

"따라서 적의 거점에 돌입한 뒤부터는 그때그때의 상황에 따라 이 통신기로 지시하는 방식으로 전투를 진행한다."

"적의 거점에 돌입하고부터……입니까?"

"그래, 방금 이 중위가 말한 적의 중화기와 전차는 우리 발테아르군이 맡는다. 단……."

잠시 말을 멈춘 태영이 씨익 웃으며 카자드를 돌아보았다.

"도움은 좀 받아야겠지."

"물론, 기꺼이 돕죠, 레온 공왕 전하."

카자드도 슬쩍 입술을 추켜올리며 대답했다.

"어이, 뭔가 이상한데?"

벽 사이에 첨탑처럼 솟아 있는 관제실 내부.

군복을 입은 남자가 뒤쪽에 앉아 있는 사내를 돌아보며 말했다.

"뭐가?"

"텐센 봉우리에 있는 A-1, 2, 3초소 말이야. 일몰 보고 시간이잖아. 그런데 다른 초소에서는 다 연락이 왔는데 그 세 초소는 아직 연락이 안 왔어."

"그런 적이 한두 번이냐? 또 제들끼리 카드라도 치고 있겠지. 그냥 네가 연락해서 욕이라도 해 주면 되잖아."

"해 봤지. 그런데도 안 받으니까 하는 말이야."

"연락도 안 받는다고? 확실히 그건 좀 이상하네. 그 자식들, 대체 초소에 처박혀서 뭔 짓을 하고 있기에…… 어?"

고개를 돌리던 사내가 움찔하며 미간을 좁혔다.

"왜?"

"아니, 그게…… 어두워."

이어지는 말에 덩달아 고개를 돌리던 사내가 와락 인상을 찌푸렸다.

"나 참, 넌 또 어디에 정신을 팔고 있었기에 헛소리야? 내 말은 또 어디로 들었고? 일몰 보고 시간이라고, 일몰. 해 뜰어졌는데 어두워지지, 밝아지겠냐?"

"그런 말이 아니야. 너도 자세히 좀 봐. 텐센 봉우리만 유난히 어둡잖아. 다른 곳은 형태라도 보이는데 텐센 봉우리는 완전히 시커멓다고."

"어라? 그러고 보니…… 황사인가?"

"이 지역에 종종 황사가 몰려오기는 하지만, 대격변이 일어난 뒤로 그런 적은 없었어. 더구나 저 봉우리의 초소와 연락도 안 된다며?"

"그게 저거랑 관련이 있다고?"

"그걸 모르니까 하는 말 아니야! 게다가 저거, 이쪽으로 오고 있어!"

그 말처럼 봉우리를 덮은 정체불명의 어둠은 이미 산 아래까지 흘러 내려와 그들이 있는 첨탑 쪽으로 밀려오고 있었다.

두 사내가 떠들어 대는 사이에 평야를 반 이상 덮을 정도로 빠르게.

"대체 저건……."

"뭔가 이상해! 일단 상위님에게 보고부터 하자!"

이에 한 사내가 황급히 몸을 돌리며 무전기를 들어 올렸을 때였다.

퍼펑-!

어둠에 휩싸인 봉우리에서 포성이 터져 나왔다.

그리고…….

쉐에에엑! 콰쾅! 콰쾅!

대기를 찢으며 이어지는 파공음 끝에서 연이어 터져 나오는 폭음!

"뭐…… 헉!"

반사적으로 고개를 돌린 두 사내의 얼굴이 경악으로 물들었다.

벽 안쪽에 배치되어 있던 전차 두 대가 포탑 정중앙에 구멍이 뻥 뚫린 채로 시커먼 연기를 뿜어 올리고 있었다.

퍼펑-!

쉐에에엑! 콰쾅! 콰쾅!

그리고 채 상황을 파악하기도 전에 다시 울리는 두 발의 포성과 두 번의 폭음!

당연하다는 듯이 두 대의 전차가 시커먼 연기를 뿜어 올렸다.

"포, 포격! 적습이다!"

"마, 말도 안 돼! 대체 어디서? 이 근방에는 적이라고 할 만한 놈도 없잖아! 하물며 포격이라니…….."

"지금 그딴 걸 따질 때가 아니잖아!"

"시끄럽군."

두 사내의 고함 사이로 또 다른 목소리가 끼어든 건 그때였다.

움찔하며 고개를 돌리자 바로 뒤에서 고풍스러운 정장 차림의 중년인이 그들을 바라보며 웃고 있었다.

"알아듣지는 못해도 네놈들이 뭐라고 떠들어 대는지는 대강 짐작이 된다. 하지만 네놈들은 이제 그딴 건 신경 쓰지 않아도 돼."

중년인이 성큼성큼 다가오며 말했다.

순간 빠르게 시선을 교환하던 두 사내는 동시에 소총을 들어 올렸다.

투투투투! 투투투투!

굉음과 함께 중년인의 몸에서 핏줄기가 뿜어져 올라왔다.

그러나 그뿐이었다.

"내 기분을 더럽게 만들 생각이었다면, 성공이다. 그 이상을 기대했다면 실패지만."

중년인은 여전히 히죽대며 다가갔다.

턱! 턱!

그리고 양손으로 두 사내의 머리를 움켜쥐는 순간!

콰직! 푸확! 푸확!

머리가 깡통처럼 구겨지며 터져 나갔다.

털썩 주저앉는 두 사내가 목 위로 뿜어 올리는 피가 중년인의 입으로 빨려 들어간 건 그다음이었다.

"들을 때마다 기분을 더럽게 하는 말을 쓰는 놈들은 피 맛도 찜찜하군. 뭐 이제 그런 걸 따져 가며 먹을 처지도 아니지만."

그리고 중년인이 입가에 묻은 피를 쓸어내리며 몸을 돌렸을 때.

그 앞에서는 비슷한 장면이 연출되고 있었다.

푸확-! 푸확-!

관제탑과 연결된 벽 위 곳곳에서 치솟아 오르는 피!

벽 위에 수십 미터 간격으로 배치되어 있는 기관포탑에 앉아 있던 병사들의 피였다.

그리고 중년인처럼 그 피를 빨아들이는 건 그사이 성벽까지 몰려온 검은 안개 속에서 우수수 떨어지는 사람, 바로 발테아르의 뱀파이어 부대였다.

"자, 그럼 이제……."

콰쾅-!

폭음과 함께 관제탑 아래에 붙어 있던 철문이 터져 나간 그때였다.

"주인님이 오셨군."

중년인, 하덴의 몸이 안개처럼 흩어졌다.

※

웨에에엥-!

구겨진 철문 너머.

"적습이다! 적이 텐센 봉우리 쪽에서 포격하고 있다!"

"소장님에게 알려라!"

"멍청한 놈! 알리기는 뭘 알려? 아직 상황 파악이 안 되나? 이 난리가 났는데 소장님이 모르고 계실 리가 없잖아! 그보다 정문 쪽이다! 방금 포격으로 정문이 뚫렸어! 당장 부대원을 모아 정문부터 봉쇄해라! 언제 적군이 밀고 들어올지 모른단 말이다!"

산에서부터 밀려온 검은 안개에 뒤덮인 광장에서 요란한 사이렌 사이로 고함이 터져 나왔다.

그러나 제대로 상황을 파악하지 못하는 되레 그렇게 소리치는 놈이었다.

"내가 먼저 가서 상황을 볼 테니……."

푸확—!

보고 자시고 할 거 없이 이미 들어와 있으니까.

구겨진 철문 사이로 밀려 들어와 광장까지 뒤덮어 버린 검은 안개와 함께.

허둥지둥 뛰어오다 피를 뿜으며 쓰러지는 놈 옆을 성큼성큼 걸어가는 태영과 그 뒤를 따르는 발테아르와 노월 왕국, 아르키네아 제국의 원정군이 말이다.

함성 따위는 없었다.

"일단 이 주변부터 정리한다!"

"네!"

그저 짧은 대답과 함께 일제히 분산!

일렁이는 검은 안개 속으로 흩어지자 곳곳에서 터져 나오던 고함이 비명으로 바뀌었고, 그마저도 빠르게 사라져갔다.

"다크 포그라…… 염두에 두고 있기는 했지만, 솔직히 이렇게까지 큰 도움이 되리라고는 나도 생각하지 못했군. 수 킬로미터 넓이의 다크 포그라니, 대체 어느 정도의 마력이 있으면 이렇게까지 할 수 있는지는 모르겠지만, 한 가지만은 알겠군. 경이 내게 이 다크 포그로 쓴맛을 보게 했을 때보다 훨씬 강해졌다는 거 말이야."

"공왕님 탓이죠. 그때는 저도 꽤 뜨거운 맛을 봤으니, 다시 그런 경험을 하지 않기 위해 애쓰는 중입니다."

"그리 달갑게 들리지는 않는군."

"그야 사람마다 다르겠지만, 일단 저는 꽤 만족하고 있습니다. 저도 그리 게으른 편은 아니라고 생각하지만, 같은 노력이라도 구체적인 목표가 있는 쪽이 더 좋으니까요."

"타깃이라는 말을 실수한 건 아니겠지?"

"물론이죠, 지금은."

카자드가 미묘한 미소를 지으며 대답했을 때였다.

앞서가던 태영의 앞에서 검은 안개가 일렁이며 한 사내가 뚝 떨어졌다.

"주인님, 말씀하신 기관포라는 무기는 모두 제압해 뒀습니다."

태영의 앞에 무릎을 꿇으며 말하는 사내는 조금 전 관제탑의 두 병사를 해치운 중년인, 하덴이었다.

"주변 정리가 끝났습니다."

거의 동시에 흩어졌던 부대장들도 다시 태영의 앞으로 모여들었다.

"그럼……."

고개를 끄덕인 태영이 슬쩍 입술을 추켜올렸다.

"시작해야지."

to be continued

꿈의 도약, 로크에서 하십시오
(주)로크미디어에서 신인 작가를 모십니다

즐거운 세상, (주)로크미디어는 꿈을 사랑하고 도전을 두려워하지 않는 작가분들의 참신한 작품을 기다리고 있습니다. 21세기 장르 문학계를 이끌어 갈 차세대 선두 주자 (주)로크미디어에서 여러분의 나래를 활짝 펴 보시길 바랍니다.

모집 분야 판타지와 무협을 포함한 장르 문학
모집 대상 아마추어 작가, 인터넷 작가
모집 기한 수시 모집

작품 접수 시 유의 사항

1. 파일명은 작가명_작품명.hwp 형식을 갖춰 주십시오.
1. 파일에 들어갈 내용은 다음과 같습니다.
   — 성명(필명인 경우 실명을 밝혀 주세요), 연락처, 이메일 주소.
   — 제목, 기획 의도.
   — A4용지 1장 분량의 등장인물 소개.
   — A4용지 2장 분량의 전체 줄거리.
   — 본문.
1. 작품이 인터넷에 연재되고 있다면, 게시판명과 사이트의 구체적이고 정확한 주소를 기재해 주십시오.

선택된 작품은 정식 계약 후 출판물로 간행되어 전국 서점에 유통됩니다.
작가분은 (주)로크미디어의 전폭적인 지원하에 전속 작가로 활동하시게 됩니다.
※ 자세한 내용은 로크미디어 홈페이지(rokmedia.com)를 참조하세요.

(03920)서울시 마포구 성암로 330 DMC첨단산업센터 3층 318호
(주)로크미디어 편집부 신간 기획 담당자 앞
전화 : 02)3273-5135
www.rokmedia.com   이메일 : rokmedia@empas.com

만렙닥터

13월생 현대 판타지 장편소설

리턴즈

**인생 2회 차 경력직 신입
칼솜씨도, 인성도 '만렙'인 의사가 돌아왔다!**

만성 인력난에 시달리는 흉부외과에 들어온 인턴
메스도 잡아 본 적 없는 주제에
죽을 생명을 여럿 살려 내기 시작한다?

"이 새끼, 꼴통 맞네."
"죄송합니다."
"잘했어!"
"네?"

출세만을 좇으며 살았던 전생
이렇게 된 이상 인생도 재수술 한번 가자!

무데뽀(?) 정신으로 무장한 회귀 의사
이제부터 모든 상황은 내가 집도한다!

南魔宮帝 남궁마제

문운도 신무협 장편소설

회귀한 뇌왕, 가족을 지키기 위해
정파의 중심에서 제대로 흑화하다!

세상을 뒤집으려는 귀천성에 맞서 싸우다
가족을 모두 잃고 제물로 바쳐진 뇌왕 남궁진화
마지막 순간 원수의 뒤통수를 치고 죽으려 했으나
제물을 바치는 진법이 뒤틀리며 과거로 회귀하다!?

남궁세가의 양자가 된 어린 시절로 돌아온 후
귀천성이 노리는 자신의 체질을 연구하다 기연을 얻고
회귀 전과 다른 엄청난 미모와 함께
뇌전의 비밀마저 알아내 경지를 뛰어넘는데……

가족들에게는 꽃처럼 사랑스러운 막내지만
적이라면 일단 패고 보는 패악질의 끝판왕!
귀천성 패려잡기에 나서다!